天地外國經典文庫

The Moon and Sixpence

月亮和六便士

[英] 威廉・薩默塞特・毛姆 著
William Somerset Maugham

傅惟慈 譯

天地
www.cosmosbooks.com.hk

書　　名　月亮和六便士（The Moon and Sixpence）
作　　者　威廉·薩默塞特·毛姆（William Somerset Maugham）
譯　　者　傅惟慈
編輯委員會　馬文通　梅　子　曾協泰
孫立川　陳儉雯　林苑鶯
責任編輯　陳幹持
美術編輯　郭志民
出　　版　天地圖書有限公司
香港黃竹坑道46號
新興工業大廈11樓（總寫字樓）
電話：2528 3671　傳真：2865 2609
香港灣仔莊士敦道30號地庫（門市部）
電話：2865 0708　傳真：2861 1541
印　　刷　美雅印刷製本有限公司
香港九龍官塘榮業街 6 號海濱工業大廈4字樓A室
電話：2342 0109　傳真：2790 3614
發　　行　聯合新零售（香港）有限公司
香港新界荃灣德士古道220-248號荃灣工業中心16樓
電話：2150 2100　傳真：2407 3062
出版日期　2018年6月 初版 / 2022年9月 第二版

ISBN ： 978-988-8258-67-3

本書譯文由上海譯文出版社有限公司授權繁體字版出版發行

總序

香港是中西文化薈萃之地，文化以多元為主要特徵；人們讀的，既有四書五經、唐詩宋詞、胡適陳寅恪，也有聖經和莎士比亞、培根和狄更斯。香港文化發展史的重要內容是文化交流史。所謂文化交流，就是研究和介紹由外國先進思想衍生的普世價值，以及各國的優秀文學作品，作為發展本地文化的借鑒。用著名學者錢鍾書先生的話來說，就是「東海西海，心理攸同；南學北學，道術未裂。」[1] 翻譯家傅雷先生在〈翻譯經驗點滴〉一文中說：「中國人的思想方式和西方人的距離多麼遠。他們喜歡抽象，長於分析；我們喜歡具體，長於綜合。」[2] 可見，同為人類，中國人和西方人「心理攸同」；作為不同人種，他們的思維方式各有短長。香港各大學設英國語言文學系、翻譯系、比較文學系，文學院有歐洲和日本研究專業，目的就在於此。在這方面，香港有着足以驕人的成就。

茲舉一例。有學者考證，俄國大作家列夫．托爾斯泰作品最早的中譯本《托氏宗教小說》就是香港禮賢會出版的（時在清光緒三十三年即一九零七年），以此為嚆矢，托翁的著作以後呈扇形輻射到全國各地，被大量迻譯成中文出版，對我國文學界和思想界產生了深遠的影響。[3]

再舉一例，上世紀六、七十年代，香港今日世界出版社聘請了多位著名翻譯家、作家和詩人，如張愛玲、劉以鬯、林以亮、湯新楣、董橋、余光中等，迻譯了一批美國文學名著，其中包括《老人與海》、《湖濱散記》、《人間樂園》、《美國詩選》等書，到九十年代，這批書籍已成為名譯，由內地出版社重新印行，對後生學子可謂深致裨益。

為了持久延續這種交流，我們與相關專家會商斟酌，擬訂了引進「外國經典文庫」的計劃，盡可能蒐集資深翻譯家中譯外國文化（包括文學、哲學、思想、人文科學）經典的新舊版本，選粹付梓，給廣大讀者提供閱讀和研究參考的方便。

所謂經典，即傳統的權威性著作。它們古今俱備，題材多樣，以恢宏、深刻、精警見稱，在文學史、哲學史、思想史上具有崇高地位，迥異於坊間流行的通俗讀物。先期分批推出的二十種名著，簡述如下：

希臘哲學家柏拉圖的《對話集》，既是哲學名著，也在美學領域佔有重要地位，開了散文史上論辯文學的先河。

《莎士比亞十四行詩集》是西洋詩歌史上最深宏博大的十四行詩集。

愛爾蘭小說家喬伊斯短篇集《都柏林人》，由傳統走向革新。這位二十世紀最重要的作家之一，以其代表作、意識流長篇《尤利西斯》奠定了現代派文學的基礎。

英國女作家伍爾夫是運用「意識流」手法進行小說創作的先驅。她的長篇小說《到燈塔去》，以描寫人物內心世界見長，語言富有詩意。

勞倫斯是上世紀最具爭議的英國小說和散文家。他畢生以四海為家，著名的意大利遊記選《漂泊的異鄉人》，對當地風土人情的描寫繪影繪色，《不列顛百科全書》盛讚為具有「畫的描繪、詩的抒情、哲理的沉思」。

英國小說家赫胥黎的長篇《美麗新世界》，與奧威爾的《一九八四》、俄國作家扎米亞金的《我們》，被譽為文學史上三部最有名的反烏托邦小說。

奧威爾的《動物農場》與《一九八四》同為寓言體諷刺小說名著，在現代外國文學史上迄今仍享有盛名。

英國小說家毛姆的長篇《月亮和六便士》，以法國印象派畫家高庚為人物原型，刻劃的角色人情練達，冰雪聰明，筆致輕鬆流麗，幽默感人。他的另一小說《面紗》，雖非代表作，卻是以香港為背景的經典，而且二零零七年經荷里活改編為電影（譯名《愛在遙遠的附近》），頗值得注意。

小說家歐·亨利的《最後一片葉子》是膾炙人口的短篇集，作者堅持傳統寫作手法，享有「美國短篇小說創始人」之譽。

美國作家海明威的中篇小說《老人與海》，因「精通敍事藝術以及對當代風格的有力影響」榮膺一九五四年諾貝爾文學獎。他上世紀長居巴黎時構思的特寫集《流動的盛宴》，體裁略有不同，表現了含蓄凝練、搖曳生姿的散文風格。

法國存在主義小說《鼠疫》和《局外人》，冶文學和哲理於一爐。作者加繆與同為存在主義作家的薩特齊名，是一九五七年諾貝爾文學獎得主。

意大利作家亞米契斯的兒童文學作品《愛的教育》，早年由民初作家夏丏尊從日譯轉譯為中文，是當時傳誦一時的日記體文學作品；夏氏是我國新文學的優秀散文家，譯文暢達，此書初版迄今，在兩岸三地屢屢重版。

作為西方現代派文學鼻祖，奧國作家卡夫卡的小說《變形記》，荒誕離奇，寓意深刻，揭示了社會中的各種異化現象。

風格大不相同的兩位日本作家的作品：被譽為「日本毀滅型私小說家」代表人物太宰治的《人間失格（附〈女生徒〉）》；與川端康成、谷崎潤一郎等唯美派大家齊名的永井荷風的散文集《荷風細雨》入列，為文庫增添了東方文學的獨特風采。《泰戈爾散文詩選集》雖然詩制精悍短小，但給予中國早期新詩的影響，我們卻可以從胡適、徐志摩、冰心等人的小詩中窺見它的痕跡。

考慮到歷史、語言和讀者熟悉與接受程度等原因，以上品種還較集中於英美日經典，其他如古希臘羅馬、印度、德、法、意、西班牙、俄羅斯乃至別的亞洲、非洲、拉丁美洲國家的精品尚待增補。我們希望書種得以逐年擴大，使「文庫」成為一套覆蓋寬廣、姿彩紛呈的外國文學寶庫，更有力地促進本地文化與世界各國優秀文化的廣泛互動，加速新時期本地文化的向前發展。

末了，對於迻譯各書的專家和結合本地實際撰寫導讀的學者，謹此表示由衷謝忱。

天地外國經典文庫編輯委員會

二零一一年一月二十日修訂

註釋：

[1]《談藝錄．序》，中華書局（香港）有限公司，一九八六年版。

[2]《傅雷談翻譯》第八頁，當代世界出版社，二零零六年九月。

[3] 戈寶權〈托爾斯泰和中國〉，載《托爾斯泰研究論文集》，上海譯文出版社，一九八三年版。

目錄

總序　天地外國經典文庫編輯委員會 …… 3
導讀　人生自畫像　蕭頌恒 …… 9
月亮和六便士 …… 14

導讀

人生自畫像

生命如畫，假如我們要用一幅畫總結自己的人生，那會是幅怎樣的畫？在落墨之前，我們可能想着曾得到甚麼或失去甚麼。人生得、失的部份就如畫中的色彩與留白，有些得失旁人輕而易見，但有些只能自己確認或體悟。

《月亮和六便士》寫的是一位證券經紀人查理斯．思特里克蘭德（下簡稱查理斯）在中年時，突然放棄事業、家庭而去巴黎追求繪畫的理想。他的行徑就連跟他生活多年的太太也難以理解，最初冠以其他原因去解釋他的怪行，更派出敍事者去查探真相。

當敍事者跟查理斯相處愈久時，便發現他的怪行往往難以解釋。怎能為了繪畫而捱窮忍餓？怎能隻身到與世隔絕的荒島繪畫度過餘生？怎能在死前又將所繪的偉大作品燒毀？

讀畢此書，我們很容易聯想起法國畫家保羅．高庚（Paul Gauguin，另譯作高更），書中的事跡仿如高庚的寫照。但書不只描繪畫家的一生，更想刻劃一位為理想奮鬥的藝術家。查理斯做出旁人不理解的荒謬事，卻得到敍事者的讚美，讚他是位偉大的人。在敍事者看來，查理斯的偉大不在於他放棄高薪事業和家庭，而是他訂立人生目標後勇於實現的精神。

查理斯性格孤僻，處事怪異，但他不是標奇立異，他不需要別人的認同，畫作並非用來賺錢的，他甚至在生前不太主動跟別人分享作品。他這種對美的追求肯定了自我的價值，卻不為旁人所諒解。

毛姆藉查理斯的故事去探討理想面對現實時我們所作出的掙扎與取捨，書名《月亮和六便士》便暗藏其意圖。六便士原是英國價值不高的貨幣，月亮則是可望而不可觸的。貨幣與月亮，理想與現實，在書中可見不同人有不同看法，而查理斯的價值觀與身邊的人大為不同，更是衝擊我們一直對「貨幣即現實、月亮即理想」的刻板印象。毛姆沒有為任何一方辯解，查理斯也不是由小到大就立下當畫家的志願，他也當過股票經紀。有趣的地方是，當查理斯的理想受到周邊人的質疑、推翻時，他的理想是否如月亮的倒影般輕易被巨浪吞噬？甚至旁人的打擊層層遞進時，查理斯有否在追求理想時讓步？身份只是個頭銜？責任只是個背包？也許只要我們認清理想，不惜一切靠近，自然會發現月亮就在眼前。而當中的掙扎與取捨是歲月的痕跡，似乎任誰也難以避免。

而提到貨幣，也不能忽略金融海嘯後量化寬鬆帶給我們的啟示。量化寬鬆帶來貨幣的貶值，很多人有感工資追不上通脹，這給予大家機會思考前路，讓大家思考該如何在現實與理想之間作出考慮。童年時有的是時間，年青時有的是對理想的抱負，但現實往往讓人把理想放在起步點，讓沙塵埋沒理想，就如陰雲遮蓋月亮。隨着在社會投身工作的日子愈久，理想貶值得愈快。我們不禁慨嘆現實多折磨人啊，但想深一層，究竟造成理想貶值的海嘯從何而來？是現實的枷鎖太多，抑或我們的恐懼使然？

得到愈多，便難以放下，但隨之而來要問的問題是：究竟月亮和六便士哪個才重要呢？或者可以兩者兼得嗎？中秋節常見到有小孩圍着月餅盒，往盒裏倒水，然後月亮來了，便紛紛從水中觀月，甚或觸之。讀畢《月亮和六便士》，就有如在水中觀月般，讀者會發覺理想不是遙不可及，現實也非洪水猛獸。有人抬頭賞月，也有人低頭撿拾貨幣。毛姆並沒有在小說裏為人性作出判斷，他只是嘗試了解人性。

面對理想貶值，我們只能擁抱資產，而這資產正是我們定下理想的初心。做自己最想做的事，生活在自己喜愛的環境裏，做回自己，難道是種糟蹋嗎？當我們忠於初心，回頭細想查理斯的怪異行為之所以讓敘事者感到偉大，也許是因為他那種在現實的道路勇往直奔向理想國度的精神。

毛姆是位說故事的能手，他利用刀鋒般銳利的文字刻劃人性，他的作品命題往往指向人性。而他慣常把東西描繪得很仔細，就如《月亮和六便士》，整本書說的是查理斯人生旅途轉變方向的事及其遭遇，讀者卻不知不覺跟着敘事者遊走英法，這可能歸功於他不對人性作出判斷，讀者也沒有停下來審判角色的價值觀，反而享受他單純的敘述，釋放讀者心中對自我的嚮往。而小說中的人物全是小人物，查理斯也並非聲勢顯赫的人，但他在畫藝上的追求不為環境或社會道德標準所限，只為做自己想做的事，其自我的追求令人聯想起海明威《老人與海》的老人那「一個人可以被毀滅，但不能被打敗」的精神，縱使最後只帶着魚骨回家，老人也無悔在海上的拼搏。查理斯最後只在荒島過得不怎麼樣，但他在畫藝上探究的精神附寄在畫作上，感染他人。

誠然，查理斯是位偉大的畫家，可是站在旁人的角度，他是位道德欠奉的人，這造成了他被社會孤立的處境。但他雖然孤獨，卻感到愉悅。拜倫（George Gordon Byron）的詩《無路的森林有一種愉悅》曾說：「孤獨的海岸令人狂喜／有一個世界無人闖入／心海的深處，一個聲音正在轟鳴／我愛世人／但我更愛自然……」這種孤獨的愉悅不是要遠離人，而是遠離主流的群眾意識。現實太多雜聲，人生太多枝節，當遠離群眾的主流意識時，那種心靈的愉悅就如海面波平如鏡時的一刻，短暫而可貴。查理斯隱居塔希提島時，他藉着心靈的平靜將畢生所想透過壁畫呈現，那是他心中的伊甸園，那是他切切實實的自己。他死前雙眼雖然瞎了，但心扉卻打開了一扇靈魂之窗，讓看畫者分享他晚年那孤獨的愉悅。而毛姆安排敍事者得知他晚年的生活及看其畫作是要傳達一個訊息：孤獨的愉悅只有在分享才能讓人感受。所以查理斯其實沒有遠離群眾，他的畫作落到世界各地，他藉着畫作跟群眾分享他的心靈，讓他們共享那孤獨的愉悅。

查理斯的苦修，不是尋求人生定義的結論，而是自我覺悟的過程。青年階段自踏入社會過渡至中年時，總會感到徬徨，當中自我的追尋旅程彷彿告一段落，很多人因而常常在現實的物質欲望這個迷宮裏迷失。查理斯離鄉別井，這場驚人的告別，是為了更遠大的追尋。他的告別也許是因為發現了身體有兩個我，一個是不斷往上追尋的我，一個在社會裏還有牽掛的我。然而正如上面提及，他的告別並非對世俗的告別，而是為了開展尋覓自我的旅程。而他的出走讓我們明白到一個人可以用自己的力量抗衡社會的種種價值觀念，甚至當我們在追求真理的道路上，也可以走出自己的路，忠於自己正是探尋生命真理的鑰匙。人只有在忠於自己的時候才能覺知生命，貼近生命，然後以不同的媒介將這種覺悟分享。

生命本是張大畫紙，也許我們看不見畫紙的末端，於是我們沒必要尋找結論，只需享受那忠於自我的尋覓過程，人生交由自己繪畫，畫作留給別人欣賞，哪怕是彩色的還是黑白的。

蕭頌恒

蕭頌恒，嶺南大學中文系畢業。火苗文學工作室成員。喜文學創作，尤愛寫詩、評論。作品散見於報章及文學雜誌。

1

老實說，我剛剛認識查理斯．思特里克蘭德的時候，從來沒注意到這個人有甚麼與眾不同的地方，但是今天卻很少有人不承認他的偉大了。我所謂的偉大不是走紅運的政治家或是立戰功的軍人的偉大，這種人顯赫一時，與其說是他們本身的特質倒不如說沾了他們地位的光，一旦事過境遷，他們的偉大也就黯然失色了。人們常常發現一位離了職的首相當年只不過是個大言不慚的演說家；一個解甲歸田的將軍無非是個平淡乏味的市井英雄。但是查理斯．思特里克蘭德的偉大卻是真正的偉大。你可能不喜歡他的藝術，但無論如何你不能不對他感到興趣。他的作品使你不能平靜，扣緊你的心弦。思特里克蘭德受人揶揄譏嘲的時代已經過去了，為他辯護或甚至對他讚譽也不再被看作是某些人的奇行怪癖了。他的瑕疵在世人的眼中已經成為他的優點的必不可少的派生物。他在藝術史上的地位盡可以繼續爭論。崇拜者對他的讚頌同貶抑者對他的詆毀固然都可能出於偏頗和任性，但是有一點是不容置疑的，那就是他具有天才。在我看來，藝術中最令人感興趣的就是藝術家的個性；如果藝術家賦有獨特的性格，儘管他有一千個缺點，我也可以原諒。我料想，委拉斯凱茲[1]是個比埃爾．格列柯[2]更高超的畫家，可是由於所見過多，卻使我們感到他的繪畫有些乏味。而那位克里特島畫家的作品卻有一種肉慾和悲劇性的美，彷彿作為永恆的犧牲似地把自己靈魂的秘密呈獻出來。一個藝術家——畫家也好，詩人也好，音樂家也好，用他的崇高的或者美麗的作品把世界裝點起來，滿足了人們的審美意識，但這也同人類的性本能不無相似的地方，都有其粗野狂暴的一面。在把作品奉獻給世人的同時，藝術家也把他個人的偉大才能呈現到你眼前。探索一個藝術家的秘密頗有些閱讀偵探小說的迷人勁兒。這個奧秘同大自然極相似，其妙處就在於無法找到答案。思特里克蘭德的最不足道的作品也使你模糊看到他的奇特、複雜、受着折磨的性格；那些不喜歡他的繪畫的人之所以不能對他漠不關心，肯定是因為這個原因。也正是這一點，使得那麼多人對他的生活和性格充滿了好奇心和濃厚的興趣。

直到思特里克蘭德去世四年以後，莫利斯．胥瑞才寫了那篇發表在《法蘭西信使》上的文章，使這位不為人所知的畫家不致湮沒無聞。他的這篇文章打響了第一炮，很多怯於標新的作家這才踏着他的足跡走了下去。在很長一段時間內法國藝術評論界更沒有哪個人享有比胥瑞更無可爭辯的權威。胥瑞提出的論點不可能不給人以深刻的印象，看起來他對思特里克蘭德的稱許似乎有些過份，但後來輿論的裁決卻證實了他評價的公正；而查理斯·思特里克蘭德的聲名便也在他所定的調子上不可動搖地建立起來了。思特里克蘭德聲名噪起，這在藝術史上實在是最富於浪漫主義味道的一個事例。但是我在這裏並不想對查理斯·思特里克蘭德的藝術作品有所評論，除非在這些作品涉及到畫家性格的時候。我對某些畫家的意見不敢苟同，他們傲慢地認為外行根本不懂得繪畫，門外漢要表示對藝術的鑒賞，最好的方法就是免開尊口，大大方方地掏出支票簿。老實講，把藝術看作只有名工巧匠才能完全理解的藝術技巧，其實是一種荒謬的誤解。藝術是甚麼？藝術是感情的表露，藝術使用的是一種人人都能理解的語言。但是我也承認，藝術評論家如果對技巧沒有實際知識，是很少能作出真正有價值的評論的，而我自己對繪畫恰好是非常無知的。幸而在這方面我無庸冒任何風險，因為我的朋友愛德華·雷加特先生既是一位寫文章的高手，又是一位深有造詣的畫家，他在一本小書裏[3]對查理斯·思特里克蘭德的作品已經作了詳盡的探索，這本書的優美文風也為我們樹立了一個典範。很可惜，這種文風今天在英國遠不如在法國那麼時興了。

莫利斯·胥瑞在他那篇馳名的文章裏簡單地勾畫了查理斯·思特里克蘭德的生

平，作者有意這樣吊一下讀者的胃口。他對藝術的熱情毫不攙雜個人的好惡，他這篇文章的真正目的是喚起那些有頭腦的人對一個極為獨特的天才畫家的注意力。但是胥瑞是一個善於寫文章的老手，他不會不知道，只有引起讀者「興味」的文章才更容易達到目的。後來那些在思特里克蘭德生前曾和他有過接觸的人——有些人是在倫敦就認識他的作家，有些是在蒙瑪特爾咖啡座上和他會過面的畫家——極其吃驚地發現，他們當初看作是個失敗的畫家，一個同無數落魄藝術家沒有甚麼不同的畫家，原來是個真正的天才，他們卻交臂失之。從這時起，在法國和美國的一些雜誌上就連篇累牘地出現了各式各類的文章：這個寫對思特里克蘭德的回憶，那個寫對他作品的評述。結果是，這些文章更增加了思特里克蘭德的聲譽，挑起了、但卻無法滿足讀者的好奇心。這個題目大受讀者歡迎，魏特布瑞希特-羅特霍爾茲下了不少工夫，在他寫的一篇洋洋灑灑的專題論文[4]裏開列了一張篇目，列舉出富有權威性的一些文章。

製造神話是人類的天性。對那些出類拔萃的人物，如果他們生活中有甚麼令人感到詫異或者迷惑不解的事件，人們就會如飢似渴地抓住不放，編造出種種神話，而且深信不疑，近乎狂熱。這可以說是浪漫主義對平凡暗淡的生活的一種抗議。傳奇中的一些小故事成為英雄通向不朽境界的最可靠的護照。瓦爾特·饒利爵士[5]之所以永遠珍留在人們記憶裏是因為他把披風鋪在地上，讓伊麗莎白女皇踏着走過去，而不是因為他把英國名字帶給了許多過去人們從來沒有發現的國土，一個玩世不恭的哲學家在想到這件事時肯定會啞然失笑的。講到查理斯·思特里克蘭德，生前知道他的人並不多。他樹了不少敵人，但沒有交下甚麼朋友。因此，那些給他寫文章的人必須借助於活躍的想像以彌補貧乏的事實，看來也就不足為奇了。非常清楚，儘管人們對思特里克蘭德生平的事跡知道得並不多，也盡夠浪漫主義的文人從中找到大量鋪陳敷衍的材料，他的生活中有不少離奇可怕的行徑，他的性格裏有不少荒謬絕倫的乖僻，他的命運中又不乏悲壯悽愴的遭遇。經過一段時間，從這一系列事情的演繹附會中便產生了一個神話，明智的歷史學家對這種神話是不會貿然反對的。

羅伯特·思特里克蘭德牧師偏偏不是這樣一位明智的歷史學家。他認為有關他父親的後半生人們誤解頗多，他公開申明自己寫這部傳記[6]就是為了「排除某些成為流傳的誤解」，這些謬種流傳「給生者帶來很大的痛苦」。誰都清楚，在外界傳播的思特里克蘭德生平軼事裏有許多使一個體面的家庭感到難堪的事。我讀這本傳記的時候忍不住啞然失笑，但也暗自慶幸，幸好這本書寫得實在枯燥乏味。思特里克蘭德牧師在傳記裏刻劃的是一個體貼的丈夫和慈祥的父親，一個性格善良、作風勤奮、品行端正的君子。當代的教士在研究人們稱之為《聖經》詮釋這門學問中都學會了遮掩粉飾的驚人本領，但羅伯特·思特里克蘭德牧師用以「解釋」他父親行狀（這些行動都是一個孝順的兒子認為值得記住的）的那種精思敏辯，在時機成熟時肯定會導致他在教會中榮獲顯職的。我好像已經看到他那筋骨強健的小腿套上了主教的皮裹腿了。他做的是一件危險的，但或許是很勇敢的事，因為思特里克蘭德之所以名傳遐邇，在很大程度上要歸功於人們普遍接受了的傳説。他的藝術對很多人有那麼大的魅力，或者是由於人們對他性格的嫌惡，或者是對他慘死的同情；而兒子的這部旨在為父親遮羞掩醜的傳記對於父親的崇拜者卻不啻當頭澆了一盆冷水。思特里克蘭德的最重要的一幅作品《薩瑪利亞的女人》[7]九個月以前曾經賣給一位有名的收藏家。由於這位收藏家後來突然逝世，這幅畫再度拍賣，又被克利斯蒂購去。這次拍賣正值思特里克蘭德牧師的傳記出版、人們議論紛紛之際，這幅名畫的價格竟比九個月以前降低了二百三十五鎊；這顯然不是一件偶合。如果不是人們對神話的喜愛，叫他們對這個使他們的獵奇心大失所望的故事嗤之以鼻的話，只靠思特里克蘭德個人的權威和獨特也許無力挽回大局的。說也湊巧，沒有過多久魏特布瑞希特-羅特霍爾茲博士的文章就問世了，藝術愛好者們的疑慮不安終於消除了。

魏特布瑞希特-羅特霍爾茲博士隸屬的這一歷史學派不只相信「人之初，性本惡」，而且認為其惡劣程度是遠遠超過人們的想像的；用不着說，比起那些把富有浪漫色彩的人物寫成道貌岸然的君子的使人敗興的作家來，這一派歷史學者的著作肯定能夠給予讀者更大的樂趣。對於我這樣的讀者，如果把安東尼和克莉奧佩特拉的關係只寫作經濟上的聯盟，我是會覺得非常遺憾的；要想勸說我讓我把泰伯利歐斯[8]看作是同英王喬治五世同樣的一位毫無瑕疵的君主，也需要遠比手頭掌握的多得多的證據（謝天謝地，這種證據看來很難找到）。魏特布瑞希特-羅特霍爾茲博士在評論羅伯特．思特里克蘭德牧師那部天真的傳記時所用的詞句，讀起來很難叫人對這位不幸的牧師不感到同情。凡是這位牧師為了維護體面不便暢言的地方都被攻擊為虛偽，凡是他鋪陳贅述的章節則率直地被叫作謊言，作者對某些事情保持緘默則乾脆被魏特布瑞希特-羅特霍爾茲斥之為背叛。作品中的這些缺陷，從一個傳記作家的角度來看，固然應該受到指摘，但作為傳記主人公的兒子倒也情有可原；

倒霉的是，竟連盎格魯-薩克遜民族也連帶遭了殃，被魏特布瑞希特-羅特霍爾茲博士批評為假裝正經、作勢嚇人、自命不凡、狡猾欺心，只會烹調倒人胃口的菜飯。講到我個人的意見，我認為思特里克蘭德牧師在駁斥外間深入人心的一種傳述——關於他父母之間某些「不愉快」的事件時，實在不夠慎重。他在傳記裏引證查理斯·思特里克蘭德從巴黎寫的一封家信，說他父親稱呼自己的妻子為「了不起的女人」，而魏特布瑞希特-羅特霍爾茲卻把原信複製出來；原來思特里克蘭德牧師引證的這段原文是這樣的：「叫上帝懲罰我的妻子吧！這個女人太了不起了，我真希望叫她下地獄。」在教會勢力鼎盛的日子，它們並不是用這種方法對待不受歡迎的事實的。

魏特布瑞希特-羅特霍爾茲博士是查理斯·思特里克蘭德的一位熱心的崇拜者，如果他想為思特里克蘭德塗脂抹粉本來是不會有甚麼危險的。但他的目光敏銳，一眼就望穿了隱含在一些天真無邪的行為下的可鄙的動機。他既是一個藝術研究者，又是一個心理—病理學家。他對一個人的潛意識瞭如指掌。沒有哪個探索心靈秘密的人能夠像他那樣透過普通事物看到更深邃的意義。探索心靈秘密的人能夠看到不好用語言表達出來的東西，心理病理學家卻看到了根本不能表達的事物。我們看到這位學識淵深的作家如何熱衷於搜尋出每一件使這位英雄人物丟臉的細節瑣事，真是令人拍案叫絕。每當他列舉出主人公一件冷酷無情或者卑鄙自私的例證，他的心就對他更增加一分同情。在他尋找到主人公某件為人遺忘的軼事用來嘲弄羅伯特．思特里克蘭德牧師的一片孝心時，他就像宗教法庭的法官審判異教徒那樣樂得心花怒放。他寫這篇文章的那種認真勤奮勁兒也着實令人吃驚。沒有哪件細小的事情被他漏掉，如果查理斯．思特里克蘭德有一筆洗衣賬沒有付清，這件事一定會被詳細記錄下來；如果他欠人家一筆借款沒有償還，這筆債務的每一個細節也絕對不會遺漏，這一點讀者是完全可以放心的。

註釋：

[1] 迪埃戈．羅德里蓋斯．德．西爾瓦．委拉斯凱茲（一五九九—一六六零），西班牙畫家。

[2] 埃爾．格列柯（一五四一？—一六一四？），西班牙畫家，生於克里特島。

[3]《一位當代畫家，對查理斯．思特里克蘭德繪畫的評論》，愛爾蘭皇家學院會員愛德華．雷加特著，一九一七年馬丁．塞克爾出版。——原註

[4]《查理斯．思特里克蘭德，生平與作品》，哲學博士雨果．魏特布瑞希特-羅特霍爾茲著，萊比錫一九一四年施威英格爾與漢尼施出版，原書德文。——原註

[5] 瓦爾特·饒利爵士（一五五二？—一六一八），英國歷史學家及航海家。

[6]《思特里克蘭德，生平與作品》，畫家的兒子羅伯特·思特里克蘭德撰寫，一九一三年海因曼出版。——原註

[7] 根據克利斯蒂藏畫目錄的描述，這幅畫的內容是：一個裸體女人，社會島的土人，躺在一條小溪邊的草地上，背景是棕櫚樹、芭蕉等熱帶風景。六十英寸乘四十八英寸。——原註

[8] 泰伯利歐斯·克勞迪烏斯·尼祿（公元前四二—公元三七），羅馬皇帝。

2

關於查理斯·思特里克蘭德的文章既已寫了這麼多，看來我似乎沒有必要再多費筆墨了。為畫家樹碑立傳歸根結底還是他的作品。當然啫，我比大多數人對他更為熟悉，我第一次和他會面遠在他改行學畫以前。在他落魄巴黎的一段坎坷困頓的日子裏，我經常和他見面。但如果不是戰爭的動亂使我有機會踏上塔希提島的話，我是不會把我的一些回憶寫在紙上的。眾所周知，他正是在塔希提度過生命中最後幾年，我在那裏遇見不少熟悉他的人。我發現對他悲劇的一生中人們最不清晰的一段日子，我恰好可以投擲一道亮光。如果那些相信思特里克蘭德偉大的人看法正確的話，與他有過親身接觸的人對他的追述便很難說是多餘的了。如果有人同埃爾·格列柯像我同思特里克蘭德那樣熟稔，為了讀到他寫的格列柯回憶錄，有甚麼代價我們不肯付呢？

但是我並不想以這些事為自己辯解。我不記得是誰曾經建議過，為了使靈魂寧靜，一個人每天要做兩件他不喜歡的事。說這句話的人是個聰明人，我也一直在一絲不苟地按照這條格言行事：因為我每天早上都起床，每天也都上床睡覺。但是我這個人生來還有苦行主義的性格，我還一直叫我的肉體每個星期經受一次更大的磨難。《泰晤士報》的文學增刊我一期也沒有漏掉。想到有那麼多書被辛勤地寫出來，作者看着書籍出版，抱着那麼殷切的希望，等待着這些書又是甚麼樣的命運，這真是一種有益身心的修養。一本書要能從這汪洋大海中掙扎出來希望是多麼渺茫啊！即使獲得成功，那成功又是多麼瞬息即逝的事啊！天曉得，作者為他一本書花費了多少心血，經受多少磨折，嘗盡了多少辛酸，只為了給偶然讀到這本書的人幾小時的休憩，幫助他驅除一下旅途中的疲勞。如果我能根據書評下斷語的話，很多書是作者嘔心瀝血的結晶，作者為它絞盡了腦汁，有的甚至是孜孜終生的成果。我從這件事取得的教訓是，作者應該從寫作的樂趣中，從鬱積在他心頭的思想的發洩中取得寫書的酬報，對於其他一切都不應該介意，作品成功或失敗，受到稱譽或是詆毀，他都應該淡然處之。

戰爭來了，戰爭也帶來了新的生活態度。年輕人求助於我們老一代人過去不了解的一些神，已經看得出繼我們之後而來的人要向哪個方向活動了。年輕的一代意識到自己的力量，吵吵嚷嚷，早已經不再叩擊門扉了。他們已經闖進房子裏來，坐到我們的寶座上，空中早已充滿了他們喧鬧的喊叫聲。老一代的人有的也模仿年輕人的滑稽動作，努力叫自己相信他們的日子還沒有過去；這些人同那些最活躍的年輕人比賽喉嚨，但是他們發出的吶喊聽起來卻那麼空洞，他們有如一些可憐的浪蕩女人，雖然年華已過，卻仍然希望靠塗脂抹粉，靠輕狂浮蕩來恢復青春的幻影。聰明一點兒的則擺出一副端莊文雅的姿態。他們的莞爾微笑中流露着一種寬容的譏誚。他們記起了自己當初也曾經把一代高踞寶座的人踐踏在腳下，也正是這樣大喊大叫、傲慢不遜；他們預見到這些高舉火把的勇士們有朝一日同樣也要讓位於他人。誰說的話也不能算最後拍板。當尼尼微城昌盛一時、名震遐邇的時候，新福音書已經老舊了。說這些豪言壯語的人可能還覺得他們在說一些前人未曾道過的真理，但是實際上連他們說話的腔調前人也已經用過一百次，而且絲毫也沒有變化。鐘擺擺過來又盪過去，這一旅程永遠反覆循環。

有時候一個人早已活過了他享有一定地位的時期，進入了一個他感到陌生的新世紀，這時候人們便會看到人間喜劇中一幅最奇特的景象。譬如說，今天還有誰想得到喬治·克萊布[1]呢？在他生活的那一時代，他是享有盛名的，當時所有的人一致承認他是個偉大的天才，這在今天更趨複雜的現代生活中是很罕見的事了。他寫詩的技巧是從亞歷山大·蒲柏[2]派那裏學習來的，他用押韻的對句寫了很多說教的故事。後來爆發了法國大革命和拿破崙戰爭，詩人們唱起新的詩歌來。克萊布先生繼續寫他的押韻對句的道德詩，我想他一定讀過那些年輕人寫的風靡一時的新詩，而且我還想像他一定認為這些詩不堪卒讀。當然，大多數新詩確實是這樣子的。但是像濟慈同華茲華斯寫的頌歌，柯勒律治的一兩首詩，雪萊的更多的幾首，確實發現了前人未曾探索過的廣闊精神領域。克萊布先生已經陳腐過時了，但是克萊布先生還是孜孜不倦地繼續寫他的押韻對句詩。我也斷斷續續讀了一些我們這一時代的年輕人的詩作，他們當中可能有一位更熾情的濟慈或者更一塵不染的雪萊，而且已經發表了世界將長久記憶的詩章，這我說不定。我讚賞他們的優美詞句——儘管他們還年輕，卻已才華橫溢，因此如果僅僅說他們很有希望，就顯得荒唐可笑了——，我驚嘆他們精巧的文體，但是雖然他們用詞豐富（從他們的語匯看，倒彷彿這些人躺在搖籃裏就已經翻讀過羅傑特的《詞彙寶庫》了），卻沒有告訴我們甚麼新鮮東西。在我看來，他們知道的太多，感覺過於膚淺，對於他們拍我肩膀的那股親熱勁兒同闖進我懷抱時的那種感情，我實在受不了。我覺得他們的熱情似乎沒有血色，他們的夢想也有些平淡。我不喜歡他們。我已經是過時的老古董了。我仍然要寫押韻對句的道德故事。但是如果我對自己寫作除了自娛以外還抱有其他目的，我就是個雙料的傻瓜了。

註釋：

[1] 喬治・克萊布（一七五四—一八三二），英國詩人。

[2] 亞歷山大・蒲柏（一六八八—一七四四），英國詩人。

3

但是這一切都是題外之言。

我寫第一本書的時候非常年輕，但由於偶然的因緣這本書引起了人們的注意，不少人想要同我結識。

我剛剛被引進倫敦文學界的時候，心情又是熱切又是羞澀，現在回憶起當時的種種情況，不無淒涼之感。很久我沒有到倫敦去了，如果現在出版的小說裏面的描寫是真，倫敦一定發生了很大變化了。文人聚會的地點已經改變了。柴爾西和布魯姆斯伯里取代了漢普斯台德、諾廷山門、高街和肯星頓的地位。當時年紀不到四十歲就被看作了不起的人物，如今過了二十五歲就會讓人覺得滑稽可笑了。我想在過去的日子裏我們都羞於使自己的感情外露，因為怕人嘲笑，所以都約束着自己不給人以傲慢自大的印象。我並不認為當時風雅放浪的詩人作家執身如何端肅，但我卻不記得那時候文藝界有今天這麼多風流韻事。我們對自己的一些荒誕不經的行為遮上一層保持體面的緘默，並不認為這是虛偽。我們講話講究含蓄，並不總是口無遮攔，說甚麼都直言不諱。女性們那時也還沒有完全取得絕對自主的地位。

我住在維多利亞車站附近，我還記得我到一些殷勤好客的文藝家庭中去作客總要乘車在市區兜很大的圈子，因為羞怯的心理作祟，我往往在街上來來回回走好幾遍才鼓起勇氣去按門鈴。然後，我心裏捏着一把汗，被讓進一間高朋滿座、悶得透不過氣的屋子。我被介紹給這位名士、那位巨擘，這些人對我的著作所説的恭維話讓我感到坐立不安。我知道他們都等着我説幾句雋詞妙語，可是直到茶會開完了，我仍然想不出甚麼有風趣的話來。為了遮蓋自己窘態，我就張羅着給客人倒茶送水，把切得不成形的塗着黃油的麵包遞到人們手裏。我希望的是誰都別注意我，讓我心神寧靜地觀察一下這些知名人士，好好聽一聽他們妙趣橫生的言語。

我記得我遇見不少身材壯碩、腰板挺得筆直的女人。這些女人生着大鼻頭，目光炯炯，衣服穿在她們身上好像披着一掛甲冑；我也看到許多像小老鼠似的瘦小枯乾的老處女，説話柔聲細氣，眼睛滴溜溜亂轉。我對她們那種總是戴着手套吃黃油吐司的怪毛病常常感到十分好笑；她們認為沒有人看見的時候就偷偷在椅子上揩手指頭，這讓我看着也十分佩服。這對主人的傢具肯定不是件好事，但是我想在輪到主人到這些人家裏作客的時候，肯定也會在她朋友的傢具上進行報復的。這些女人有的衣着入時，她們説她們無論如何也看不出一個人為甚麼只因為寫了一本小説就要穿得邋裏邋遢。如果你的身段苗條為甚麼不能盡量把它顯示出來呢？俊俏的小腳穿上時髦的鞋子絕不會妨礙編輯採用你的稿件。但是也有一些人認為這樣不夠莊重，這些人穿的是藝術性的紡織品，戴着具有蠻荒色調的珠寶裝飾。男士們的衣着一般卻很少有怪裏怪氣的。他們盡量不讓人看出自己是作家，總希望別人把他們當作是老於世故的人。不論到甚麼地方，人們都會以為他們是一家大公司的高級辦事員。這些人總顯出有些勞累的樣子。我過去同作家從來沒有接觸，我發現他們挺奇怪，但是我總覺得這些人不像真實的人物。

我還記得，我總覺得他們的談話富於機智。他們中的一個同行剛一轉身，他們就會把他批評得體無完膚，我總是驚訝不已地聽着他們那辛辣刻毒的幽默話。藝術家較之其他行業的人有一個有利的地方，他們不僅可以譏笑朋友們的性格和儀表，而且可以嘲弄他們的著作。他們的評論恰到好處，話語滔滔不絕，我實在望塵莫及。在那個時代談話仍然被看作是一種需要下工夫陶冶的藝術，一句巧妙的對答比鍋子底下劈啪爆響的荊棘[1]更受人賞識，格言警句當時還不是癡笨的人利用來冒充聰敏的工具，風雅人物的閒談中隨便使用幾句會使得談話妙趣橫生。遺憾的是，這些妙言雋語我現在都回憶不起來了。我只記得最舒適順暢的談話莫過於這些人談論起他們從事的行業的另一方面——談起進行交易的一些細節來。在我們品評完畢一本新書的優劣後，自然要猜測一下這本書銷售掉多少本，作者得到多少預支稿費，他一共能得到多少錢。以後我們就要談到這個、那個出版商，比較一下這個人的慷慨和那個人的吝嗇。我們還要爭辯一下是把稿件交給這一個稿酬優厚的人還是哪一個會做宣傳、善於推銷的人。有的出版商不善於做廣告，有的在這方面非常內行。有些出版商古板，有些能夠適應潮流。再以後我們還要談論一些出版代理人和他們為我們作家搞到的門路。我們還要談論編輯和他們歡迎哪類作品，一千字付多少稿費，是很快付清呢，還是拖泥帶水。這些對我說來都非常富於浪漫氣味。它給我一種身為這一神秘的兄弟會成員的親密感。

註釋：

[1] 見《聖經》舊約傳道書第七章：「愚昧人的笑聲，好像鍋下燒荊棘的爆聲。」

4

在那些日子裏，再沒有誰像柔斯·瓦特爾芙德那樣關心照拂我了。她既有男性的才智又有女人的怪脾氣。她寫的小說很有特色，讀起來叫你心緒不能平靜。正是在她家裏，有一天我見到了查理斯·思特里克蘭德太太。那一天瓦特爾芙德小姐舉行了一次茶話會，在她的一間小屋子裏，客人比往常來得還多。每個人好像都在和別人交談，只有我一個人靜靜地坐在那裏，感到很窘；既然客人們都在三三兩兩地談他們自己的事，我就很不好意思擠進哪個人堆裏去了。瓦特爾芙德小姐是個很體貼的女主人，她注意到我有些尷尬，便走到我身邊來。

「我想讓你去同思特里克蘭德太太談一談，」她說，「她對你的書崇拜得了不得。」

「她是幹甚麼的？」我問。

我知道自己孤陋寡聞，如果思特里克蘭德是一位名作家，我在同她談話以前最好還是把情況弄清楚。

為了使自己的答話給我更深的印象，瓦特爾芙德故意把眼皮一低，做出一副一本正經的樣子。

「她專門招待人吃午餐。你只要別那麼靦覥，多吹噓自己幾句，她準會請你吃飯的。」

柔斯·瓦特爾芙德處世採取的是一種玩世不恭的態度。她把生活看作是給她寫小說的一個機會，把世人當作她作品的素材。如果讀者中有誰對她的才能非常賞識而且慷慨地宴請過她，她有時也會請他們到自己家招待一番。這些人對作家的崇拜熱讓她感到又好笑又鄙夷，但是她卻同他們周旋應酬，十足表現出一個有名望的女文學家的風度。

我被帶到思特里克蘭德太太面前，同她談了十來分鐘的話。除了她的聲音很悅耳外，我沒有發現她有甚麼特別的地方。她在威斯敏斯特區有一套房子，正對着沒有完工的大教堂。因為我也住在那一帶，我們兩人就覺得親近了一層。對於所有那些住在泰晤士河同聖傑姆斯公園之間的人來說，陸海軍商店好像是一個把他們聯結起來的紐帶。思特里克蘭德太太要了我的住址，又過了幾天我收到她一張請吃午飯的請柬。

我的約會並不多，我欣然接受了這個邀請。我到她家的時候稍微晚了一些，因為我害怕去得過早，圍着大教堂先兜了三個圈子。進門以後我才發現客人都已經到齊了。瓦特爾芙德是其中之一，另外還有傑伊太太、理查·特維寧和喬治·婁德。在座的人都是作家。這是早春的一天，天氣很好，大家興致都非常高。我們談東談西，甚麼都談到了。瓦特爾芙德小姐拿不定主意，是照她更年輕時的淡雅裝扮，身着灰綠，手拿一枝水仙花去赴宴呢，還是表現出一點年事稍高時的丰姿；如果是後者，那就要穿上高跟鞋、披着巴黎式的上衣了。猶豫了半天，結果她只戴了一頂帽子。這頂帽子使她的情緒很高，我還從來沒有聽過她用這麼刻薄的語言議論我們都熟識的朋友呢。傑伊太太知道得很清楚，逾越禮規的言詞是機智的靈魂，因此時不時地用不高於耳語的音調說一些足能使雪白的枱布泛上紅暈的話語。理查·特維寧則滔滔不絕地發表荒唐離奇的謬論。喬治·婁德知道他的妙語驚人已經盡人皆知，用不着再施展才華，因此每次張口只不過是往嘴裏添送菜餚。思特里克蘭德太太說話不多，但是她也有一種可愛的本領，能夠引導大家的談話總是環繞着一個共同的話題；一出現冷場，她總能說一句合適的話使談話繼續下去。思特里克蘭德太太這一年三十七歲，身材略高，體態豐腴，但又不顯得太胖。她生得並不美，但面龐很討人喜歡，這可能主要歸功於她那雙棕色的、非常和藹的眼睛。她的皮膚血色不太好，一頭黑髮梳理得非常精巧。在三個女性裏面，她是唯一沒有施用化妝品的，但是同別人比較起來，這樣她反而顯得更樸素、更自然。

餐室是按照當時的藝術風尚佈置的，非常樸素。白色護牆板很高，綠色的糊牆紙上掛着嵌在精緻的黑鏡框裏的惠斯勒[1]的蝕刻畫。印着孔雀圖案的綠色窗簾線條筆直地高懸着。地毯也是綠顏色的，地毯上白色小兔在濃鬱樹蔭中嬉戲的圖畫使人想到是受了威廉·莫利斯[2]的影響。壁爐架上擺着白釉藍彩陶器。當時的倫敦一定有五百間餐廳的裝潢同這裏一模一樣，淡雅，別致，卻有些沉悶。

離開思特里克蘭德太太家的時候，我是同瓦特爾芙德小姐一同走的。因為天氣很好，又加上她這頂新帽子提了興致，我們決定散一會步，從聖傑姆斯公園穿出去。

「剛才的聚會很不錯，」我說。

「你覺得菜做得不壞，是不是？我告訴過她，如果她想同作家來往，就得請他們吃好的。」

「你給她出的主意太妙了，」我回答。「可是她為甚麼要同作家來往呢？」

瓦特爾芙德小姐聳了聳肩膀。

「她覺得作家有意思，她想迎合潮流。我看她頭腦有些簡單，可憐的人，她認為我們這些作家都是了不起的人。不管怎麼説，她喜歡請我們吃飯，我們對吃飯也沒有反感。我喜歡她就是喜歡這一點。」

現在回想起來，在那些慣愛結交文人名士的人中，思特里克蘭德太太要算心地最單純的了，這些人為了把獵物捕捉到手，從漢普斯台德的遠離塵囂的象牙塔一直搜尋到柴納街的寒酸破舊的畫室。思特里克蘭德太太年輕的時候住在寂靜的鄉間，從穆迪圖書館借來的書籍不只使她閱讀到不少浪漫故事，而且也給她的腦子裏裝上了倫敦這個大城市的羅曼史。她從心眼裏喜歡看書（這在她們這類人中是少見的，這些人大多數對作家比對作家寫的書、對畫家比對畫家畫的畫興趣更大），她為自己創造了一個幻想的小天地，生活於其中，感到日常生活所無從享受到的自由。當她同作家結識以後，她有一種感覺，彷彿過去只能隔着腳燈瞭望的舞台，這回卻親身登上去了。她看着這些人粉墨登場，好像自己的生活也擴大了，因為她不僅設宴招待他們，而且居然闖進這些人的重門深鎖的幽居裏去。對於這些人遊戲人生的信條她認為無可厚非，但是她自己卻一分鐘也不想按照他們的方式調整自己的生活。這些人道德倫理上的奇行怪癖，正如他們奇特的衣着、荒唐背理的言論一樣，使她覺得非常有趣，但是對她自己立身處世的原則卻絲毫也沒有影響。

「有沒有一位思特里克蘭德先生啊？」我問。

「怎麼沒有啊，他在倫敦做事，我想是個證券經紀人吧，沒有甚麼風趣。」

「他倆感情好嗎？」

「兩個人互敬互愛。如果你在他們家吃晚飯，你會見到他的。但是她很少請人吃晚飯。他不太愛說話，對文學藝術一點兒也不感興趣。」

「為甚麼討人喜歡的女人總是嫁給蠢物啊？」

「因為有腦子的男人是不娶討人喜歡的女人的。」

我想不出甚麼反駁的話來，於是我就把話頭轉開，打聽思特里克蘭德太太有沒有孩子。

「有，一個男孩和一個女孩，兩個人都在上學。」

這個題目已經沒有好說的了。我們又扯起別的事來。

註釋：

[1] 傑姆斯·艾波特·麥克奈爾·惠斯勒（一八三四——一九零三），美國畫家和蝕刻畫家，長期定居英國。

[2] 威廉·莫利斯（一八三四——一八九六），英國詩人和藝術家。

5

夏天我同思特里克蘭德太太見面的次數不算少。我時不時地到她家裏去吃午飯，或是去參加茶會；午飯總是吃得很好，茶點更是非常豐盛。我同思特里克蘭德太太很相投。我當時年紀很輕，或許她喜歡的是指引着我幼稚的腳步走上文壇的艱辛道路，而在我這一方面，遇到一些不如意的瑣事也樂於找到一個人傾訴一番。我準知道她會專神傾聽，也一定能給我一些合乎情理的勸告。思特里克蘭德太太是很會同情人的。同情體貼本是一種很難得的本領，但是卻常常被那些知道自己有這種本領的人濫用了。他們一看到自己的朋友有甚麼不幸就惡狠狠地撲到人們身上，把自己的全部才能施展出來，這就未免太可怕了。同情心應該像一口油井一樣噴薄而出；慣愛表同情的人讓它縱情奔放，反而使那些受難者非常困窘。有的人胸膛上已經沾了那麼多淚水，我不忍再把我的灑上了。思特里克蘭德太太對自己的長處運用很得體，她讓你覺得你接受她的同情是對她做了一件好事。我年輕的時候在一陣熱情衝動中，曾同柔斯·瓦特爾芙德談論這件事，她說：

「牛奶很好吃，特別是加上幾滴白蘭地。但是母牛卻巴不得趕快讓它淌出去。

腫脹的乳頭是很不舒服的。」

柔斯．瓦特爾芙德的嘴非常刻薄。這種辛辣的話誰也說不出口，但是另一方面，哪個人做事也沒有她漂亮。

還有一件事叫我喜歡思特里克蘭德太太。她的住所佈置得非常優雅，房間總是乾乾淨淨，擺着花，叫人感到非常舒服。客廳裏的印花布窗簾雖然圖案比較古板，可是色彩光艷，淡雅宜人。在雅致的小餐廳裏吃飯是一種享受；餐桌式樣大方，兩個侍女乾淨利落，菜餚烹調得非常精緻。誰都看得出，思特里克蘭德太太是一位能幹的主婦，另外，毫無疑問她也是一位賢妻良母。客廳裏擺着她兒女的照片。兒子——他名叫羅伯特——十六歲，正在羅格貝學校讀書；你在照片上看到他穿着一套法蘭絨衣服，戴着板球帽，另外一張照片穿的是燕尾服，繫着直立的硬領。他同母親一樣，生着寬淨的前額和沉思的漂亮眼睛。他的樣子乾淨整齊，看上去又健康，又端正。

「我想他不算太聰明，」有一天我正在看照片的時候，思特里克蘭德太太說，「但是我知道他是個好孩子，性格很可愛。」

女兒十四歲。頭髮同母親一樣，又粗又黑，濃密地披在肩膀上。溫順的臉相，端莊、明淨的眼睛也同母親活脱兒一樣。

「他們兩個人長得都非常像你，」我説。

「可不是，他們都更隨我，不隨他們的父親。」

「你為甚麼一直不讓我同他見面？」

「你願意見他嗎？」

她笑了，她的笑容很甜，臉上微微泛起一層紅暈，像她這樣年紀的女人竟這麼容易臉紅，是很少有的，也許她最迷人之處就在於她的純真。

「你知道，他一點兒也沒有文學修養，」她説，「他是個十足的小市民。」

她用這個詞一點兒也沒有貶抑的意思，相反地，倒是懷着一股深情，好像由她自己説出他最大的缺點就可以保護他不受她朋友們的挖苦似的。

「他在證券交易所幹事兒，是一個典型的經紀人。我猜想，他一定會叫你覺得很厭煩的。」

「你對他感到厭煩嗎？」

「你知道，我剛好是他的妻子。我很喜歡他。」

她笑了一下，掩蓋住自己的羞澀。我想她可能擔心我會説一句甚麼打趣的話，換了柔斯．瓦特爾芙德，聽見她這樣坦白，肯定會挖苦諷刺幾句的。她躊躇了一會兒，眼神變得更加溫柔了。

「他不想假充自己有甚麼才華。就是在證券交易所裏他賺的錢也不多。但是他心地非常善良。」

「我想我會非常喜歡他的。」

「等哪天沒有外人的時候，我請你來吃晚飯。但是我把話說在前頭，你可是自願冒這個風險。如果這天晚上你過得非常無聊，可千萬不要怨我。」

6

但是最後我同查理斯．思特里克蘭德見面，並不是在思特里克蘭德太太說的那種情況下。她請我吃飯的那天晚上，除了她丈夫以外，我還結識了另外幾個人。這天早上，思特里克蘭德太太派人給我送來一張條子，告訴我她當天晚上要請客，有一個客人臨時有事不能出席，她請我填補這個空缺。條子是這麼寫的：

我要預先聲明，你將會厭煩得要命。從一開始我就知道這是一次枯燥乏味的宴客。但是如果你能來的話，我是非常感激的。咱們兩個人總還可以談一談。

我不能不幫她這個忙，我接受了她的邀請。

當思特里克蘭德太太把我介紹給她丈夫的時候，他不冷不熱地同我握了握手。思特里克蘭德太太的情緒很高，轉身對他說了一句開玩笑的話。

「我請他來是要叫他看看我真的是有丈夫的，我想他已經開始懷疑了。」

思特里克蘭德很有禮貌地笑了笑，就像那些承認你說了一個笑話而又不覺得有甚麼可笑的人一樣，他並沒有說甚麼。又來了別的客人，需要主人去周旋，我被丟在一邊。當最後客人都已到齊，只等着宣佈開飯的時候，我一邊和一位叫我「陪同」的女客隨便閒談，一邊思忖：文明社會這樣消磨自己的心智，把短促的生命浪費在無聊的應酬上實在令人莫解。拿這一天的宴會來說，你不能不感到奇怪為甚麼女主人要請這些客人來，而為甚麼這些客人也會不嫌麻煩，接受邀請。當天一共有十位賓客，這些人見面時冷冷淡淡，分手時更有一種如釋重負的感覺。當然了，這只是完成一次社交義務。思特里克蘭德夫婦在人家吃過飯，「欠下」許多人情，對這些人他們本來是絲毫不感興趣的。但是他們還是不得不回請這些人，而這些人也都應邀而來了。為甚麼這樣做？是為了避免吃飯時總是夫妻對坐的厭煩，為了讓僕人休息半天，還是因為沒有理由謝絕，因為該着吃別人一頓飯？誰也說不清。

餐廳非常擁擠，讓人感到很不舒服。這些人中有一位皇家法律顧問和夫人，一位政府官員和夫人，思特里克蘭德太太的姐姐和姐夫麥克安德魯上校，還有一位議員的妻子。正是因為議員發現自己不能離開議院我才臨時被請來補缺。這些客人的身份都非常高貴。太太們因為知道自己的氣派，所以並不太講究衣着，而且因為知道自己的地位，也不想去討人高興。男人們個個雍容華貴。總之，所有這裏的人都帶着一種殷實富足、躊躇滿志的神色。

每個人都想叫宴會熱鬧一些，所以談話的嗓門都比平常高了許多，屋子裏一片喧嘩。但是從來沒有大家共同談一件事的時候，每個人都在同他的鄰座談話，吃湯、魚和小菜的當兒同右邊的人談，吃烤肉、甜食和開胃小吃的當兒同左邊的人談。他們談政治形勢，談高爾夫球，談孩子和新上演的戲，談皇家藝術學院展出的繪畫，談天氣，談度假的計劃。談話一刻也沒有中斷過，聲音也越來越響。思特里克蘭德太太的宴會非常成功，她可以感到慶幸。她的丈夫舉止非常得體，也許他沒有談很多話，我覺得飯快吃完的時候，坐在他兩邊的女客臉容都有些疲憊，她們肯定認為很難同他談甚麼。有一兩次思特里克蘭德太太的目光帶着些焦慮地落在他身上。

最後，她站起來，帶着一群女客離開屋子。在她們走出去以後，思特里克蘭德把門關上，走到桌子的另一頭，在皇家法律顧問和那位政府官員中間坐下來。他又一次把紅葡萄酒傳過來，給客人遞雪茄。皇家法律顧問稱讚酒很好，思特里克蘭德告訴我們他是從甚麼地方買來的。我們開始談論起釀酒同煙草來。皇家法律顧問給大家說了他正在審理的一個案件，上校談起打馬球的事。我沒有甚麼事好說，所以只是坐在那裏，裝作很有禮貌地津津有味地聽着別人談話的樣子。因為我知道這些人誰都和我無關，所以就從從容容地仔細打量起思特里克蘭德來。他比我想像中的要高大一些，我不知道為甚麼我以前會認為他比較纖弱，貌不出眾。實際上他生得魁梧壯實，大手大腳，晚禮服穿在身上有些笨拙，給人的印象多少同一個裝扮起來參加宴會的馬車夫差不多。他年紀約四十歲，相貌談不上漂亮，但也不難看，因為他的五官都很端正，只不過都比一般人大了一號，所以顯得有些粗笨。他的鬍鬚刮得很乾淨，一張大臉光禿禿的讓人看着很不舒服。他的頭髮顏色發紅，剪得很短，眼睛比較小，是藍色或者灰色的。他的相貌很平凡。我不再奇怪為甚麼思特里克蘭德太太談起他來總是有些不好意思了。對於一個想在文學藝術界取得一個位置的女人來說，他是很難給她增加光彩的。很清楚，他一點兒也沒有社交的本領，但這也不一定人人都要有的。他甚至沒有甚麼奇行怪癖，使他免於平凡庸俗之嫌。他只不過是一個忠厚老實、索然無味的普通人。一個人可以欽佩他的為人，卻不願意同他待在一起，他是一個毫不引人注意的人。他可能是一個令人起敬的社會成員，一個誠實的經紀人，一個恪盡職責的丈夫和父親，但是在他身上你沒有任何必要浪費時間。

7

喧囂紛擾的社交季節逐漸接近尾聲，我認識的每一個人都忙着準備離開城裏。思特里克蘭德太太計劃把一家人帶到諾佛克海濱去，孩子們可以在那裏洗海水浴，丈夫可以打高爾夫球。我們告了別，說好秋天再會面。但是在我留在倫敦的最後一天，剛從陸海軍商店裏買完東西走出來，卻又遇到思特里克蘭德太太帶着她的一兒一女；同我一樣，她也是在離開倫敦之前抓空買最後一批東西。我們都又熱又累，我提議一起到公園去吃一點冷食。

我猜想思特里克蘭德太太很高興讓我看到她的兩個孩子，她一點兒也沒有猶豫就接受了我的邀請。孩子們比照片上看到的更招人喜愛，她為他們感到驕傲是很有道理的。我的年紀也很輕，所以他們在我面前一點也不拘束，只顧高高興興地談他們自己的事。這兩個孩子都十分漂亮，健康活潑。歇息在樹蔭下，大家都感到非常愉快。

一個鐘頭以後，這一家擠上一輛馬車回家去了，我也一個人懶散地往俱樂部踱去。我也許感到有一點寂寞，回想我剛才瞥見的這種幸福家庭生活，心裏不無艷羨之感。這一家人感情似乎非常融洽。他們說一些外人無從理解的小笑話，笑得要命。如果純粹從善於辭令這一角度衡量一個人的智慧，也許查理斯·思特里克蘭德算不得聰明，但是在他自己的那個環境裏，他的智慧還是綽綽有餘的，這不僅是事業成功的敲門磚，而且是生活幸福的保障。思特里克蘭德太太是一個招人喜愛的女人，她很愛她的丈夫。我想像着這一對夫妻的生活，不受任何災殃禍變的干擾，誠實、體面，兩個孩子更是規矩可愛，肯定會繼承和發揚這一家人的地位和傳統。在不知不覺間，他們倆的年紀越來越老，兒女卻逐漸長大成人，到了一定的年齡，就會結婚成家——一個已經出息成美麗的姑娘，將來還會生育活潑健康的孩子；另一個則是儀表堂堂的男子漢，顯然會成為一名軍人。最後這一對夫妻告老引退，受到子孫敬愛，過着富足、體面的晚年。他們幸福的一生並未虛度，直到年壽已經很高，才告別了人世。

這一定是世間無數對夫妻的故事。這種生活模式給人以安詳親切之感。它使人想到一條平靜的小河，蜿蜒流過綠茸茸的牧場，與鬱鬱的樹蔭交相掩映，直到最後瀉入煙波浩渺的大海中。但是大海卻總是那麼平靜，總是沉默無言、聲色不動，你會突然感到一種莫名的不安。也許這只是我自己的一種怪想法（就是在那些日子這種想法也常在我心頭作祟），我總覺得大多數人這樣度過一生好像欠缺一點甚麼。我承認這種生活的社會價值，我也看到了它的井然有序的幸福，但是我的血液裏卻有一種強烈的願望，渴望一種更狂放不羈的旅途。這種安詳寧靜的快樂好像有一種叫我驚懼不安的東西。我的心渴望一種更加驚險的生活。只要在我的生活中能有變遷——變遷和無法預見的刺激，我是準備踏上怪石嶙峋的山崖，奔赴暗礁滿佈的海灘的。

8

回過頭來讀了讀我寫的思特里克蘭德夫婦的故事，我感到這兩個人被我寫得太沒有血肉了。要使書中人物真實動人，需要把他們的性格特徵寫出來，而我卻沒有賦予他們任何特色。我想知道這是不是我的過錯，我苦思苦想，希望回憶起一些能使他們性格鮮明的特徵。我覺得如果我能夠詳細寫出他們說話的某些習慣或者他們的一些離奇的舉止，或許就能夠突出他們的特點了。像我現在這樣寫，這兩個人好像是一幅古舊掛毯上的兩個人形，同背景很難分辨出來；如果從遠處看，那就連輪廓也辨別不出，只剩下一團花花綠綠的顏色了。我只有一種辯解：他們給我的就是這樣一個印象。有些人的生活只是社會有機體的一部份，他們只能生活在這個有機體內，也只能依靠它而生活，這種人總是給人以虛幻的感覺，思特里克蘭德夫婦正是這樣的人。他們有如體內的細胞，是身體所決不能缺少的，但是只要他們健康存在一天，就被吞沒在一個重大的整體裏。思特里克蘭德這家人是普普通通的一個中產階級家庭。一個和藹可親、殷勤好客的妻子，有着喜歡結交文學界小名人的無害的癖好；一個並不很聰明的丈夫，在慈悲的上帝安排給他的那種生活中兢兢業業、恪盡職責；兩個漂亮、健康的孩子。沒有甚麼比這一家人更為平凡的了。我不知道這一家人有甚麼能夠引起好奇的人注意的。

當我想到後來發生的種種事情時，不禁自問：是不是當初我過於遲鈍，沒有看出查理斯·思特里克蘭德身上與常人不同的地方啊？也許是這樣的。從那個時候起到現在已經過了這麼多年，在此期間我對人情世故知道了不少東西，但是即使當初我認識他們夫婦時就已經有了今天的閱歷，我也不認為我對他們的判斷就有所不同。只不過有一點會和當年不一樣：在我了解到人是多麼玄妙莫測之後，我今天決不會像那年初秋我剛剛回到倫敦時那樣，在聽到那個消息以後會那樣大吃一驚了。

回到倫敦還不到二十四小時，我就在傑爾敏大街上遇見了柔斯·瓦特爾芙德。

「看你今天這麼喜氣洋洋的樣子，」我說，「有甚麼開心的事啊？」

她笑了起來，眼睛流露出一道我早已熟悉的幸災樂禍的閃光。這意味着她又聽到她的某個朋友的一件醜聞，這位女作家的直覺已經處於極度警覺狀態。

「你看見過查理斯·思特里克蘭德，是不是？」

不僅她的面孔，就連她的全身都變得非常緊張。我點了點頭。我懷疑這個倒霉鬼是不是在證券交易所蝕了老本兒，要不就是讓公共汽車軋傷了。

「你說，是不是太可怕了？他把他老婆扔了，跑掉了。」

瓦特爾芙德小姐肯定覺得，在傑爾敏大街馬路邊上講這個故事太辱沒這樣一個好題目，所以她只是像個藝術家似地把主題拋出來，宣稱她並不知道細節。而我卻不能埋沒她的口才，認為根本無需介意的環境竟會妨礙她給我講述故事。但是她還是執拗地不肯講。

「我告訴你我甚麼也不知道，」她回答我激動的問題說，接着，很俏皮地聳了聳肩膀，又加了一句：「我相信倫敦哪家茶點店準有一位年輕姑娘把活兒辭了。」

她朝我笑了一下，道歉說同牙醫約定了時間，便神氣十足地揚長而去。這個消息與其說叫我難過，不如說使我很感興趣。在那些日子裏我的見聞還很少是親身經歷的第一手材料，因此在我碰到這樣一件我在書本裏閱讀到的故事時，覺得非常興奮。我承認，現在時間和閱歷已經使我習慣於在我相識的人中遇到這類事情了。但是我當時還有一種驚駭的感覺。思特里克蘭德那一年一定已經有四十歲了，我認為像他這樣年紀的人再牽扯到這種愛情瓜葛中未免令人作嘔。在我當時年幼無知，睥睨一切的目光中，一個人陷入愛情而又不使自己成為笑柄，三十五歲是最大的年限。除此以外，這個新聞也給我個人添了點兒小麻煩。原來我在鄉下就給思特里克蘭德太太寫了信，通知她我回倫敦的日期，並且在信中說好如果她不回信另作安排的話，我將在某月某日到她家去吃茶。我遇見瓦特爾芙德小姐正是在這一天，可是思特里克蘭德太太並沒有給我捎甚麼信來。她到底想不想見我呢？非常可能，她在心緒煩亂中把我信裏訂的約會忘到腦後了。也許我應該有自知之明，不去打擾她。可是另一方面，她也可能想把這件事瞞着我，如果我叫她猜出來自己已經聽到這件奇怪的消息，那就太不慎重了。我既怕傷害這位夫人的感情，又怕去她家作客惹她心煩，心裏非常矛盾。我知道她這時一定痛苦不堪，我不願意看到別人受苦，自己無力替她分憂；但另一方面我又很想看一看思特里克蘭德太太對這件事有何反應，儘管我對這個想法自己也覺得不好意思。我真不知道該怎麼辦好了。

最後我想了個主意：我應該像甚麼事也沒發生那樣到她家去，先叫使女進去問一聲，思特里克蘭德太太方便不方便會客。如果她不想見我，就可以把我打發走了。儘管如此，在我對使女講起我事前準備的一套話時，我還是窘得要命。當我在幽暗的過道裏等着回話的當兒，我不得不鼓起全部勇氣才沒有中途溜掉。使女從裏面走出來。也可能是我過於激動，胡亂猜想，我覺得從那使女的神情看，好像她已經完全知道這家人遭遇的不幸了。

「請您跟我來，先生，」她說。

我跟在她後面走進客廳。為了使室內光線暗淡，窗簾沒有完全拉開。思特里克蘭德太太的姐夫麥克安德魯上校正站在壁爐前面，在沒有燃旺的火爐前邊烤自己的脊背。我覺得我闖進來是一件極其尷尬的事。我猜想我到這裏來一定很出他們意料之外，思特里克蘭德太太只是忘記同我另外約會日子才不得不讓我進來。我還想，上校一定為我打擾了他們非常生氣。

「我不太清楚，你是不是等着我來，」我說，故意裝作一副若無其事的樣子。

「當然我在等着你，安妮馬上就把茶拿來。」

儘管屋子裏光線很暗，我也看出來思特里克蘭德太太的眼睛已經哭腫了。她的面色本來就不太好，現在更是變成土灰色了。

「你還記得我的姐夫吧？度假以前，你在這裏吃飯的那天和他見過面。」

我們握了握手。我感到忐忑不安，想不出一句好說的話來。但是思特里克蘭德太太解救了我，她問起我怎樣消夏的事。有她提了這個頭，我多少也找到些話說，直挨到使女端上茶點來，上校要了一杯蘇打威士忌。

「你最好也喝一杯，阿美，」他說。

「不，我還是喝茶吧。」

這是暗示發生了一件不幸事件的第一句話。我故意不作理會，盡量同思特里克蘭德太太東拉西扯，上校仍然站在壁爐前面一句話也不説。我很想知道甚麼時候我才能不失禮儀地向主人告別，我奇怪地問我自己，思特里克蘭德太太讓我進來究竟是為了甚麼。屋子裏沒有擺花，度夏以前收拾起的一些擺設也沒有重新擺上。一向舒適愉快的房間顯得一片寂寥清冷，給人一種感覺，倒彷彿牆壁的另一邊停着一個死人似的。我把茶喝完。

「要不要吸一支煙？」思特里克蘭德太太問我道。

她四處看了看，要找煙盒，但是卻沒有找到。

「我怕已經沒有了。」

一下子，她的眼淚撲簌簌地落下來，匆匆跑出了客廳。

我吃了一驚。我想到紙煙過去一向是由她丈夫添置的，現在突然發現找不到紙煙，這件小事顯然勾起了她的記憶，她伸手就能拿到的東西竟然丟三落四的這種新感覺彷彿在她胸口上突然刺了一刀，她意識到舊日的生活已經一去不復返了，過去那種光榮體面不可能再維持下去了。

「我看我該走了吧，」我對上校說，站起身來。

「我想你已經聽説那個流氓把她甩了的事吧，」他一下子爆發出來。

我躊躇了一會兒。

「你知道人們怎樣愛扯閒話，」我説，「有人閃爍其詞地對我説，這裏出了點兒事。」

「他逃跑了，他同一個女人跑到巴黎去了。他把阿美扔了，一個便士也沒留下。」

「我感到很難過，」我説，我實在找不到別的甚麼話了。

上校一口氣把威士忌灌下去。他是一個五十歲左右的高大、瘦削的漢子，鬍鬚向下垂着，頭髮已經灰白。他的眼睛是淺藍色的，嘴唇的輪廓很不鮮明。我從上一次見到他就記得他長着一副傻裏傻氣的面孔，並且自誇他離開軍隊以前每星期打三次馬球，十年沒有間斷過。

「我想現在我不必再打攪思特里克蘭德太太了，」我説，「好不好請你告訴她，我非常為她難過?如果有甚麼我能做的事，我很願意為她効勞。」

他沒有理會我的話。

「我不知道她以後怎麼辦，而且還有孩子。難道讓他們靠空氣過活？十七年啊！」

「甚麼十七年？」

「他們結婚十七年了，」他沒好氣兒地說。「我從來就不喜歡他。當然了，他是我的連襟，我盡量容忍着。你以為他是個紳士嗎？她根本就不應該嫁給他。」

「就沒有挽回的餘地了嗎？」

「她只有一件事好做：同他離婚。這就是你剛進來的時候我對她說的。『把離婚申請書遞上去，親愛的阿美，』我說，『為了你自己，為了你的孩子，你都該這麼做。』他最好還是別叫我遇見，我不把他打得靈魂出竅才怪。」

我禁不住想，麥克安德魯上校做這件事並不很容易，因為思特里克蘭德身強力壯，給我留下的印象很深，但是我並沒有說甚麼。如果一個人受到侮辱損害而又沒有力量對罪人直接施行懲罰，這實在是一件痛苦不堪的事。我正準備再作一次努力向他告辭，這時思特里克蘭德太太又回到屋子裏來了。她已經把眼淚揩乾，在鼻子上撲了點兒粉。

「真是對不起，我的感情太脆弱了，」她說，「我很高興你沒有走。」

她坐了下來，我一點兒也不知道該說甚麼，我不太好意思談論同自己毫不相干的事。那時候我還不懂女人的一種無法擺脫的惡習——熱衷於同任何一個願意傾聽的人討論自己的私事。思特里克蘭德太太似乎在努力克制着自己。

「人們是不是都在議論這件事啊？」她問。我非常吃驚，她竟認為我知道她家的這件不幸是想當然的事。

「我剛剛回來。我就見到了柔斯·瓦特爾芙德一個人。」

思特里克蘭德太太拍了一下巴掌。

「她是怎麼說的，把她的原話一個字不差地告訴我。」我有點兒躊躇，她卻堅持叫我講。「我特別想知道她怎麼談論這件事。」

「你知道別人怎麼談論。她這個人說話靠不住，對不對？她說你的丈夫把你丟開了。」

「就說了這些嗎？」

我不想告訴她柔斯·瓦特爾芙德分手時講到茶點店女侍的那句話。我對她扯了個謊。

「她說沒說他是跟一個甚麼人一塊走的？」

「沒有。」

「我想知道的就是這件事。」

我有一些困惑莫解，但是不管怎麼說我知道現在我可以告辭了。當我同思特里克蘭德太太握手告別的時候我對她說，如果有甚麼事需要我做，我一定為她盡力。她的臉上掠過一絲笑影。

「非常感謝你。我不知道有誰能替我做甚麼。」

我不好意思向她表示我的同情，便轉過身去同上校告別。上校並沒有同我握手。

「我也要走。如果你從維多利亞路走，我跟你同路。」

「好吧，」我說，「咱們一起走。」

9

「真太可怕了，」我們剛剛走到大街上，他馬上開口說。

我看出來，他同我一起出來目的就是想同我繼續談論這件他已經同他的小姨子談了好幾小時的事。

「我們根本弄不清是哪個女人，你知道，」他說，「我們只知道那個流氓跑到巴黎去了。」

「我一直以為他倆感情挺不錯。」

「是不錯。哼，你來以前，阿美還說他們結婚這麼多年就沒有吵過一次嘴。你知道阿美是怎樣一個人，世界上沒有比她更好的女人了。」

既然他主動把這家人的秘密都告訴我，我覺得我不妨繼續提出幾個問題來。

「你的意思是說她甚麼也沒有猜到？」

「甚麼也沒猜到。八月他是同她和孩子們一起在諾佛克度過的。他同平常日子一模一樣，一點也沒有反常的地方。我和我妻子到他們鄉下過了兩三天，我還同他玩過高爾夫球。九月，他回到城裏來，為了讓他的合股人去度假，阿美仍然待在鄉下。他們在鄉下房子租了六個星期，房子快滿期以前她給他寫了封信，告訴他自己哪一天回倫敦來。他的回信是從巴黎發的，說他已經打定主意不同她一起生活了。」

「他怎樣解釋呢？」

「他根本沒有解釋，小朋友。那封信我看了。還不到十行字。」

「真是奇怪了。」

說到這裏我們正好過馬路，過往車輛把我們的談話打斷了。麥克安德魯告訴我的事聽起來很難令人相信，我懷疑思特里克蘭德太太根據她自己的理由把一部份事實隱瞞着沒對他說。非常清楚，一個人結婚十七年不會平白無故地離家出走的，這裏面一定有一些事會使她猜想兩人的夫妻生活並不美滿。我正在思忖這件事，上校又從後面趕上來。

「當然了，除了坦白承認自己是同另外一個女人私奔之外，他是無法解釋這件事的。據我看，他認為早晚她會自己弄清楚的，他就是這樣一個人。」

「思特里克蘭德太太打算怎麼辦？」

「哈，第一件事是抓到證據，我準備自己到巴黎去一趟。」

「他的買賣怎麼辦？」

「這正是他狡詐的地方，一年來他一直把攤子越縮越小。」

「他告訴沒告訴他的合股人他不想幹了？」

「一句也沒透露。」

麥克安德魯上校對證券交易的事不太內行，我更是一竅不通，因此我不太清楚思特里克蘭德是在甚麼情況下退出了他經營的交易。我得到的印象是，被他中途甩開的合股人氣得要命，威脅說要提出訴訟。看來一切都安排妥善後，這個人的腰包要損失四五百鎊錢。

「幸而住房的全套傢具都是寫在阿美名下的，不管怎麼說這些東西她還都能落下。」

「剛才你說她一個便士也沒有是真實情況嗎？」

「當然是真的，她手頭就只有兩三百鎊錢和那些傢具。」

「那她怎樣生活呢？」

「天曉得。」

事情變得更加複雜了，再加上上校火冒三丈，罵罵咧咧，不但不能把事情講清楚，反而叫我越聽越糊塗。我很高興，在他看到陸海軍商店上面的大鐘的時候，突然記起他要到俱樂部玩牌的約會來。他同我分了手，穿過聖傑姆斯公園往另一個方向走去了。

10

沒過一兩天，思特里克蘭德太太給我寄來一封短信，叫我當天晚上到她家去一趟。我發現只有她一個人在家。她穿着一身黑衣服，樸素得近乎嚴肅，使人想到她遭遇的不幸。儘管她悲痛的感情是真實的，卻沒忘記使自己的衣着合乎她腦子裏的禮規叫她扮演的角色。我當時不諳世故，感到非常吃驚。

「你說過，要是我有事求你，你樂於幫忙，」她開口說。

「一點兒不錯。」

「那麼你願意不願意到巴黎去看看思特里克蘭德是怎麼個情況？」

「我？」

我嚇了一跳。我想到自己只見過思特里克蘭德一面，我不知道她想叫我去辦甚麼事。

「弗雷德決心要去。」弗雷德就是麥克安德魯上校。「但是我知道他肯定不是辦這種事的人，他只會把事弄得更糟，我不知道該求誰去。」

她的聲音有些顫抖，我覺得哪怕我稍微猶豫一下，也顯得太沒有心肝了。

「可是我同你丈夫説過不到十句話，他不認識我，沒準兒他一句話就把我打發走了。」

「這對你也沒有損害，」思特里克蘭德太太笑着説。

「你究竟想叫我去做甚麼事？」

她並沒有直接回答我的問話。

「我認為他不認識你反而有利。你知道，他從來也不喜歡弗雷德。他認為弗雷德是個傻瓜，他不了解軍人。弗雷德會大發雷霆，兩個人大吵一頓，事情不但辦不好，反而會更糟。如果你對他説你是代表我去的，他不會拒絕你同他談談的。」

「我同你們認識的時間不長，」我回答説。「除非了解全部詳細情況，這種事是很難處理的。我不願意打探同我自己沒有關係的事。為甚麼你不自己去看看他呢？」

「你忘記了，他在那裏不是一個人。」

我沒有説甚麼。我想到我去拜訪查理斯·思特里克蘭德，遞上我的名片，我想到他走進屋子裏來，用兩個指頭捏着我的名片。

「您有甚麼貴幹？」

「我來同您談談您太太的事。」

「是嗎？當您年紀再長幾歲的時候，肯定就會懂得不該管別人的閒事了。如果您把頭稍微向左轉一轉，您會看到那裏有一扇門。再見。」

可以預見，走出來的時候我很難保持尊嚴體面。我真希望晚回倫敦幾天，等到思特里克蘭德太太料理好這件事以後再回來。我偷偷地看了她一眼，她正陷入沉思裏，但是她馬上就把頭抬起來看着我，嘆了一口氣，笑了一下。

「這麼突如其來，」她說，「我們結婚十七年了，我做夢也沒想到查理斯是這樣一個人，會迷上了甚麼人。我們相處得一直很好，當然了，我有許多興趣愛好與他不同。」

「你發現沒發現是甚麼人，」——我不知道該怎樣措詞——「那人是誰，同他一起走的？」

「沒有。好像誰都不知道。太奇怪了。在一般情況下，男人如果同甚麼人有了愛情的事，總會被人看到，出去吃飯啊甚麼的。做妻子的總有幾個朋友來把這些事告訴她。我卻沒有接到警告——沒有任何警告。他的信對我好像是晴天霹靂。我還以為他一直生活得很幸福呢。」

她開始哭起來，可憐的女人，我很替她難過。但是沒有過一會兒她又逐漸平靜下來。

「不該讓人家拿我當笑話看，」她擦了擦眼睛說，「唯一要做的事是從速決定到底該怎麼辦。」

她繼續說下去，有些語無倫次。一會兒說剛過去不久的事；一會兒又說起他們初次相遇和結婚的事。但是這樣一來他倆的生活在我的腦子裏倒逐漸形成了一幅相當清晰的圖畫。我覺得我過去的臆測還是正確的，思特里克蘭德太太的父親在印度當過文職官吏，退休以後定居到英國偏遠的鄉間，但每年八月他總要帶着一家老小到伊思特堡恩去換一換環境。她就是在那裏認識了查理斯·思特里克蘭德的。那一年她二十歲，思特里克蘭德二十三歲。他們一起打網球，在濱海大路上散步，聽黑人流浪歌手唱歌。在他正式提出以前一個星期她已經決心接受他的求婚了。他們在倫敦定居下來，開始時住在漢普斯台德區，後來他們的生活逐漸富裕起來，便搬到市區裏來，他們有兩個孩子。

「他好像一直很喜歡這兩個孩子，即使他對我厭倦了，我不理解他怎麼會忍心把孩子也拋棄了。這一切簡直令人不能置信。到了今天我也不能相信這會是真事。」

最後她把他寫來的信拿出來給我看。我本來就有些好奇，可是一直沒敢大膽提出來。

親愛的阿美：

我想你會發現家中一切都已安排好，你囑咐安妮的事我都已轉告她。你同孩子到家以後晚飯會給你們準備好。我將不能迎接你們了，我已決心同你分居另過，明晨我就去巴黎。這封信我等到巴黎後再發出，我不回來了，我的決定不能更改了。

永遠是你的，

查理斯·思特里克蘭德

「沒有一句解釋的話，也絲毫沒有表示歉仄不安。你是不是覺得這人太沒有人性了？」

「在這種情況下這封信是很奇怪，」我回答。

「只有一個解釋，那就是他人已經變了。我不知道是哪個女人把他抓在手掌裏，但是她肯定把他變成另外一個人了。事情非常清楚，這件事已經進行了很長一段時間了。」

「你這麼想有甚麼根據？」

「弗雷德已經發現了。我丈夫總是説每星期他要去俱樂部打三四個晚上橋牌。這個弗雷德認識那個俱樂部的一個會員，有一次同他説起查理斯喜歡打橋牌的事。這個人非常驚訝，他説他從來沒有在玩牌的屋子看見過查理斯。這就非常清楚了，我以為查理斯在俱樂部的時間，實際上他是在同那個女人廝混。」

我半晌兒沒有言語，後來我又想起了孩子們。

「這件事一定很難向羅伯特解釋，」我說。

「啊，他們倆我誰也沒告訴，一個字也沒有説。你知道，我們回城的第二天他們就回學校了。我沒有張皇失措，我對他們説父親有事到外地去了。」

心裏懷着這樣大的一個秘密，要使自己舉止得體、裝作一副坦然無事的樣子，實在很不容易。再説，為了打發孩子上學，還必須花費精力把樣樣東西打點齊全，也使她煞費苦心。思特里克蘭德太太的聲音哽住了。

「他們以後可怎麼辦啊，可憐的寶貝？我這一家人以後怎麼活下去啊？」

她拚命克制着自己的感情，我注意到她的兩手一會兒握緊，一會兒又鬆開。那種痛苦簡直太可怕了。

「如果你認為我到巴黎去有好處，我當然會去的，但是你一定要同我說清楚，你要叫我去做甚麼。」

「我要叫他回來。」

「我聽麥克安德魯上校的意思，你已經決心同他離婚了。」

「我永遠也不會同他離婚。」她突然氣狠狠地說，「把我的話告訴他，他永遠也別想同那個女人結婚。我同他一樣，是個拗性子，我永遠也不同他離婚，我要為我的孩子着想。」

我想她最後加添的話是為了向我解釋她為甚麼要採取這種態度，但是我卻認為她這樣做與其說出於母愛不如說由於極其自然的嫉妒心理。

「你還愛他嗎？」

「我不知道，我要他回來。如果他回來了，我可以既往不咎。不管怎麼說，我們已經是十七年的夫妻了。我不是一個心胸狹小的女人，過去我一直蒙在鼓裏，只要我不知道，我也就不會介意這件事，他應該知道這種迷戀是長不了的。如果他現在就回來，事情會很容易彌補過去，誰也發現不了。」

思特里克蘭德太太對流言蜚語這樣介意，叫我心裏有些發涼，因為當時我還不知道旁人的意見對於女人的生活竟有這麼大的關係。我認為這種態度對她們深切的情感投擲上一層不真摯的暗影。

思特里克蘭德住的地方家裏人是知道的。他的合股人曾通過思特里克蘭德存款的銀行給他寫過一封措詞嚴厲的信，責罵他隱匿自己行蹤，思特里克蘭德在一封冷嘲熱諷的回信裏告訴這位合股人在甚麼地方可以找到他，看來他正住在一家旅館裏。

「我沒聽說過這個地方，」思特里克蘭德太太說。「但是弗雷德對這家旅館非常熟悉。他說這是很昂貴的一家。」

她的臉漲得通紅，我猜想她似乎看到自己的丈夫正住在一套豪華的房間裏，在一家又一家的講究的飯店吃飯。她想像他正過着花天酒地的生活，天天去賽馬廳，夜夜去劇場。

「像他這樣的年齡，不能老過這種生活，」她說，「他到底是四十歲的人了，如果是一個年輕人，我是能夠理解的。可是他這種年紀就太可怕了，他的孩子都快長大成人了，再説他的身體也受不住。」

憤怒同痛苦在她胸中搏鬥着。

「告訴他，他的家在召喚他回來。家裏甚麼都同過去一樣，但是也都同過去不一樣了。沒有他我無法生活下去，我寧可殺死自己。同他談談往事，談談我們的共同經歷。如果孩子們問起來，我該對他們説甚麼呢？他的屋子還同他走的時候一模一樣，他的屋子在等着他呢，我們都在等着他呢。」

我到那裏該談甚麼，她句句都告訴我了。她甚至想到思特里克蘭德可能説甚麼話，教給我怎樣答對。

「你會盡一切力量替我把這件事辦好吧？」她可憐巴巴地説，「把我現在的處境告訴他。」

我看出來，她希望我施展一切手段打動他的憐憫心。她的眼淚一個勁兒往下落，我心裏難過極了。我對思特里克蘭德的冷酷、殘忍非常氣憤，我答應她我要盡一切力量把他弄回來。我同意再過一天就啓程，不把事情辦出個眉目決不回來。這時天色已晚，我們兩人也都由於感情激動而疲憊不堪，我就向她告辭了。

11

旅途中，我仔細考慮了一下這次去巴黎的差事，不覺又有些疑慮。現在我的眼睛已經看不到思特里克蘭德太太一副痛楚不堪的樣子，好像能夠更冷靜地考慮這件事了。我在思特里克蘭德太太的舉動裏發現一些矛盾，感到疑惑不解。她非常不幸，但是為了激起我的同情心，她也很會把她的不幸表演給我看。她顯然準備要大哭一場，因為她預備好大量的手帕。她這種深思遠慮雖然使我佩服，可是如今回想起來，她的眼淚的感人力量卻不免減低了。我看不透她要自己丈夫回來是因為愛他呢，還是因為怕別人議論是非；我還懷疑使她腸斷心傷的失戀之痛是否也攙雜着虛榮心受到損害的悲傷（這對我年輕的心靈是一件齷齪的事），這種疑心也使我很惶惑。我那時還不了解人性多麼矛盾，我不知道真摯中含有多少做作，高尚中蘊藏着多少卑鄙，或者，即使在邪惡裏也找得着美德。

但是我這次到巴黎去是帶着一定冒險成份的，當我離目的地越來越近的時候，我的情緒也逐漸高起來。我也從做戲的角度看待自己，對我扮演的這個角色——一個受人衷心相託的朋友把誤入歧途的丈夫帶回給寬恕的妻子——非常欣賞。我決定第二天晚上再去找思特里克蘭德，因為我本能地覺得，必須細緻盤算，並選定這一時間。如果想從感情上說動一個人，在午飯以前是很少會成功的。在那些年代裏，我自己就常常遐想一些愛情的事，但是只有吃過晚茶後我才能幻想美好婚姻的幸福。

我在自己落腳的旅館打聽了一個查理斯·思特里克蘭德住的地方。他住的那家旅館名叫比利時旅館。我很奇怪，看門人竟沒聽說過這個地方。我從思特里克蘭德太太那裏聽說，這家旅館很大、很闊氣，坐落在利渥里路後邊。我們查了一下旅館商號指南，叫這個名字的旅館只有一家，在摩納路。這不是有錢人居住的地區，甚至不是一個體面的地方，我搖了搖頭。

「絕對不是這一家，」我說。

看門人聳了聳肩膀，巴黎再沒有另一家叫這個名字的旅館了。我想起來，思特里克蘭德本來是不想叫別人知道他行蹤的，他給他的合股人這個地址也許是在同他開玩笑。不知道為甚麼，我暗想這很合思特里克蘭德的幽默感，把一個怒氣沖沖的證券交易人騙到巴黎一條下流街道上的很不名譽的房子裏去，出盡洋相。雖然如此，我覺得我還是得去看一看。第二天六點鐘左右我叫了一輛馬車，到了摩納街。我在街角上把車打發掉，我想我還是步行到旅館，先在外面看看再進去。這一條街兩旁都是為窮人開設的小店舖，路走了一半，在我拐進來的左面，就是比利時旅館。我自己住的是一家普普通通的旅館，可是同這家旅館比起來簡直宏偉極了。這是一座破爛的小樓，多年沒有粉刷過，齷齷齪齪，相形之下，兩邊的房子倒顯得又乾淨又整齊，骯髒的窗子全部關着。查理斯．思特里克蘭德同那位勾引他丟棄了名譽和職責的美女顯然不會在這樣一個地方尋歡作樂，享受他們罪惡而豪華的生活。我非常惱火，覺得自己分明是被耍弄了，我差一點連問都不問就扭頭而去。我走進去只是為了事後好向思特里克蘭德太太交代，告訴她我已經盡了最大的努力。

旅館的入口在一家店舖的旁邊，門開着，一進門便有一塊牌子：賬房在二樓[1]。我沿着狹窄的樓梯走上去，在樓梯平台上看到一間用玻璃門窗隔起來的小閣子，裏面擺着一張辦公桌和兩三把椅子。閣子外面有一條長櫈，晚上守門人多半就在這裏過夜。附近沒有一個人影，但是我在一個電鈴按鈕下面看到有侍者[2]字樣。我按了一下，馬上從甚麼地方鑽出一個人來。這人很年輕，賊眉鼠眼，滿臉喪氣，身上只穿一件襯衫，趿拉着一雙氈子拖鞋。

我自己不知道為甚麼我向他打聽思特里克蘭德時要裝出一副漫不經心的樣子。

「這裏住沒住着一位思特里克蘭德先生？」我問。
「三十二號，六樓。」
我大吃一驚，一時沒有答出話來。
「他在家嗎？」
侍者看了看賬房裏的一塊木板。
「他的鑰匙不在這裏，自己上去看看吧。」
我想不妨再問他一個問題。
「太太也在這裏嗎[3]？」
「只有先生一個人[4]。」
當我走上樓梯的時候，侍者一直懷疑地打量着我。樓梯又悶又暗，一股污濁的霉味撲鼻而來。三層樓梯上面有一扇門開了，我經過的時候，一個披着睡衣、頭髮蓬鬆的女人一聲不吭地盯着我。最後，我走到六樓，在三十二號房門上敲了敲。屋裏響動了一下，房門開了一條縫。查理斯·思特里克蘭德出現在我面前。他一語不發地站在那裏，顯然沒有認出我是誰來。
我通報了姓名，我盡量擺出一副大大咧咧的樣子。

「你不記得我了，今年六月我榮幸地在你家吃過飯。」

「進來吧，」他興致很高地說，「很高興見到你。坐下。」

我走進去。這是一間很小的房間，幾件法國人稱之為路易・菲力浦式樣的傢具把屋子擠得轉不過身來。有一張大木床，上面堆放着一床鼓鼓囊囊的大紅鴨絨被，一張大衣櫃，一張圓桌，一個很小的臉盆架，兩把軟座椅子，包着紅色稜紋平布。沒有一件東西不是骯髒、破爛的。麥克安德魯上校煞有介事地描述的那種浪蕩浮華這裏連一點兒影子也看不到。思特里克蘭德把亂堆在一把椅子上的衣服扔到地上，叫我坐下。

「你來找我有事嗎？」他問。

在這間小屋子裏他好像比我記憶中的更加高大。他穿着一件諾弗克式的舊上衣，鬍鬚有很多天沒有刮了。我上次見到他，他修飾得整齊乾淨，可是看去卻不很自在；現在他邋裏邋遢，神態卻非常自然。我不知道他聽了我準備好的一番話以後會有甚麼反應。

「我是受你妻子的囑託來看你的。」

「我正預備在吃晚飯以前到外邊去喝點甚麼，你最好同我一起去。你喜歡喝苦艾酒？」

「可以喝一點兒。」

「那咱們就走吧。」

他戴上一頂圓頂禮帽，帽子也早就該刷洗了。

「我們可以一起吃飯。你還欠我一頓飯呢，你知道。」

「當然了，你就一個人嗎？」

我很得意，這樣重要的一個問題我竟極其自然地提了出來。

「啊，是的。說實在的，我已經有三天沒有同人講話了，我的法文很不高明。」

當我領先走下樓梯的時候，我想起茶點店的那位女郎來，我很想知道她出了甚麼事了。是他們已經吵架了呢，還是他迷戀的熱勁兒已經過去了？從我見到的光景看，很難相信他策劃了一年只是為了這樣沒頭沒腦地竄到巴黎來。我們步行到克里舍林蔭路，在一家大咖啡館擺在人行道上的許多枱子中揀了一張坐下。

註釋：

[1] 原文為法語。

[2] 原文為法語。

[3] 原文為法語。

[4] 原文為法語。

12

這會兒正是克里舍林蔭路最熱鬧的時刻，只需要發揮一點兒想像力，就能夠在過往行人中發現不少庸俗羅曼司中的人物。小職員和女售貨員，宛如從巴爾扎克的小說中走出來的老古董，靠着人性的弱點賺錢餬口的一些行當的男女成員。在巴黎的一些貧窮地區，街道上總是人群熙攘，充滿無限生機，使你血流激動，隨時準備為你演一齣意想不到的好戲。

「你對巴黎熟悉不熟悉？」我問。

「不熟悉。我們度蜜月的時候來過，以後我從來沒有再來。」

「那你怎麼會找到這家旅館的？」

「別人介紹的，我要找一家便宜的。」

苦艾酒端上來了，我們一本正經地把水澆在溶化的糖上。

「我想我還是坦白對你講我為甚麼來找你吧，」我有一些困窘地說。

他的眼睛閃閃發亮。

「我早就想遲早會有個人來的，阿美已經給我寫了一大堆信來了。」

「那麼我要對你講的，不用我說你也知道得很清楚了。」

「她那些信我都沒有看。」

我點了一支煙，為了給自己一些思索的時間，我這時候真不知道該怎樣辦理我承擔下的這件差事了。我準備好的一套絕妙詞令，哀婉的也罷、憤激的也罷，在克里舍林蔭路上似乎都不合拍了。突然，思特里克蘭德咯咯地笑起來。

「交給你辦的事很叫你頭疼，對不對？」

「啊，我不知道，」我回答。

「聽我說，你趕快把肚子裏的事說出來，以後咱們可以痛快地玩一個晚上。」

我猶豫不定。

「你想到過沒有，你的妻子痛苦極了？」

「事情會過去的。」

他說這句話的那種冷漠無情我簡直無法描摹，我被他這種態度搞得心慌意亂，但是我盡量掩蓋着自己。我採用了我的一位亨利叔叔說話的語調，亨利叔叔是個牧師，每逢他請求哪位親戚給候補副牧師協會捐款的時候總是用這種語調。

「我說話不同你轉彎抹角，你不介意吧？」

他笑着搖了搖頭。

「你這樣對待她說得過去嗎？」

「說不過去。」

「你有甚麼不滿意她的地方嗎？」

「沒有。」

「那麼，你們結婚十七年，你又挑不出她任何毛病，你這樣離開了她不是太豈有此理了嗎？」

「是太豈有此理了。」

我感到非常驚奇，看了他一眼。不管我說甚麼，他都從心眼裏贊同，這就把我的口預先鉗住了。他使我的處境變得非常複雜，且不說滑稽可笑了。本來我預備說服他、打動他、規勸他、訓誡他、同他講道理，如果需要的話還要斥責他，要發一通脾氣，要把他冷嘲熱諷個夠；但是如果罪人對自己犯的罪直認不諱，規勸的人還有甚麼事情好做呢？我對他這種人一點也沒有經驗，因為我自己如果做錯了事總是矢口否認。

「你還要說甚麼？」思特里克蘭德說。

我對他撇了撇嘴。

「沒甚麼了，如果你都承認了，好像也沒有甚麼要多說的了。」

「我想也是。」

我覺得我這次執行任務手腕太不高明，我顯然有些冒火了。

「別的都不要說了，你總不能一個銅板也不留就把你女人甩了啊！」

「為甚麼不能？」

「她怎麼活下去呢？」

「我已經養活她十七年了，為甚麼她不能換換樣，自己養活自己呢？」

「她養活不了。」

「她不妨試一試。」

我當然有許多話可以答辯，我可以談婦女的經濟地位，談男人結婚以後公開或默認地承擔的義務，還有許許多多別的道理，但是我認為真正重要的只有一點。

「你還愛不愛她了？」

「一點兒也不愛了，」他回答。

不論對哪方面講，這都是一件極端嚴肅的事，可是他的答話卻帶着那麼一種幸災樂禍、厚顏無恥的勁兒。為了不笑出聲來，我拚命咬住嘴唇，我一再提醒自己他的行為是可惡的，我終於激動起自己的義憤來。

「他媽的，你得想想自己的孩子啊。他們從來沒有做過對不起你的事。他們不是自己要求到這個世界上來的。如果你這樣把一家人都扔了，他們就只好流浪街頭了。」

「他們已經過了不少年舒服日子了，大多數孩子都沒有享過這麼大的福。再說，總有人養活他們。必要的時候，麥克安德魯夫婦可以供他們上學的。」

「可是，你難道不喜歡他們嗎？你的兩個孩子多麼可愛啊！你的意思是，你不想再同他們有任何關係了嗎？」

「孩子小的時候我確實喜歡他們，可是現在他們都長大了，我對他們沒有甚麼特殊的感情了。」

「你簡直太沒有人性了。」

「我看就是這樣的。」

「你一點兒也不覺得害臊。」

「我不害臊。」

我想再變換一個手法。

「誰都會認為你是個沒有人性的壞蛋。」

「讓他們這樣想去吧。」

「所有的人都討厭你、鄙視你，這對你一點兒都無所謂嗎？」

「無所謂。」

他那短得不能再短的回答使得我提出的問題（儘管我的問題提得很有道理）顯得非常荒謬，我想了一兩分鐘。

「我懷疑，如果一個人知道自己的親戚朋友都責罵自己，他能不能心安理得地活下去。你準知道你就一點兒無動於衷嗎？誰都不能沒有一點兒良心，早晚你會受到良心譴責的。假如你的妻子死了，你難道一點兒也不悔恨嗎？」

他並沒有回答我的問題，我等了一會兒，看他是不是開口，最後我不得不自己打破沉寂。

「你有甚麼要說的？」

「我要說的只有一句：你是個大傻蛋。」

「不管怎麼說，法律可以強迫你扶養你的妻子兒女，」我有些生氣地駁斥說，

「我想法律會提出對他們的保障的。」

「法律能夠從石頭裏榨出油來嗎？我沒有錢，只有百十來鎊。」

我比以前更糊塗了。當然，從他住的旅館看，他的經濟情況是非常窘迫的。

「把這筆錢花完了你怎麼辦？」

「再去掙一點兒。」

他冷靜得要命，眼睛裏始終閃露着訕笑，倒彷彿我在說一些愚不可及的蠢話似的。我停了一會兒，考慮下面該怎麼說，但是這回他倒先開口了。

「為甚麼阿美不重新嫁人呢？她年紀並不老，也還有吸引人的地方。我還可以推薦一下：她是個賢妻。如果她想同我離婚，我完全可以給她製造她需要的藉口。」

現在該輪到我發笑了。他很狡猾，但是他誰也瞞不過，這才是他的真正目的呢。由於某種原因，他必須把自己同另外一個女人私奔的事隱瞞着，他採取了一切預防措施把那個女人的行蹤隱藏起來。我斬釘截鐵地說：

「你的妻子說，不論你用甚麼手段她也不同你離婚。她已經打定主意了。我勸你還是死了這條心吧。」

他非常驚訝地緊緊盯着我，顯然不是在裝假。笑容從他嘴角上消失了，他一本正經地說：

「但是，親愛的朋友，我才不管她怎麼做呢。她同我離婚也好，不離婚也好，我都無所謂。」

我笑了起來。

「噢，算了吧！你別把我們當成那樣的傻瓜了，我們湊巧知道你是同一個女人一起走的。」

他愣了一下，但是馬上就哈哈大笑起來。他笑得聲音那麼響，連坐在我們旁邊的人都好奇地轉過頭來，甚至還有幾個人也跟着笑起來。

「我看不出這有甚麼可笑的。」

「可憐的阿美，」他笑容未消地說。

接着，他的面容一變而為鄙夷不屑的樣子。

「女人的腦子太可憐了！愛情，她們就知道愛情。她們認為如果男人離開了她們就是因為又有了新寵。你是不是認為我是這麼一個傻瓜，還要再做一遍我已經為一個女人做過了的那些事？」

「你是說你不是因為另外一個女人才離開你妻子？」

「當然不是。」

「你敢發誓？」

我不知道為甚麼我這樣要求他，我問這句話完全沒有動腦子。

「我發誓。」

「那麼你到底是為甚麼離開她的？」

「我要畫畫兒。」

我半天半天目不轉睛地盯着他，我一點兒也不理解，我想這個人準是瘋了。讀者應該記住，我那時還很年輕，我把他看做是一個中年人，我除了感到自己的驚詫外甚麼都不記得了。

「可是你已經四十了。」

「正是因為這個我才想，如果現在再不開始就太晚了。」

「你過去畫過畫兒嗎？」

「我小的時候很想做個畫家，可是我父親叫我去做生意，因為他認為學藝術賺不了錢。一年以前我開始畫了點兒畫。去年我一直在夜校上課。」

「思特里克蘭德太太以為你在俱樂部玩橋牌的時間你都是去上課嗎？」

「對了。」

「你為甚麼不告訴她？」

「我覺得還是別讓她知道好。」

「你能夠畫了嗎？」

「還不成，但是我將來能夠學會的。正是為了這個我才到巴黎來，在倫敦我得不到我要求的東西，也許在這裏我會得到的。」

「你認為像你這樣年紀的人開始學畫還能夠學得好嗎？大多數人都是十八歲開始學。」

「如果我十八歲學，會比現在學得快一些。」

「你怎麼會認為自己還有一些繪畫的才能？」

他並沒有馬上回答我的問題，他的目光停在過往的人群上，但是我認為他甚麼也沒有看見，最後他回答我的話根本算不上是回答。

「我必須畫畫兒。」

「你這樣做是不是完全在碰運氣？」

這時他把目光轉到我身上，他的眼睛裏有一種奇怪的神情，叫我覺得不太舒服。

「你多大年紀？二十三歲？」

我覺得他提這個問題與我們談的事毫不相干。如果我想碰碰運氣做一件甚麼事的話，這是極其自然的事；但是他的青年時代早已過去了，他是一個有身份有地位的證券經紀人，家裏有一個老婆、兩個孩子。對我說來是自然的道路在他那裏就成為荒謬悖理的了，但是我還是想盡量對他公道一些。

「當然了，也許會發生奇蹟，你也許會成為一個大畫家。但你必須承認，這種可能性是微乎其微的。假如到頭來你不得不承認把事情搞得一塌糊塗，你就後悔莫及了。」

「我必須畫畫兒，」他又重複了一句。

「假如你最多只能成為一個三流畫家，你是不是還認為值得把一切都拋棄掉呢？不管怎麼說，其他各行各業，假如你才不出眾，並沒有多大關係，只要還能過得去，你就能夠舒舒服服地過日子，但是當一個藝術家完全是另一碼事。」

「你他媽的真是個傻瓜，」他說。

「我不知道你為甚麼這麼說，除非我這樣把最明顯的道理說出來是在幹傻事。」

「我告訴你我必須畫畫兒，我由不了我自己。一個人要是跌進水裏，他游泳游得好不好是無關緊要的，反正他得掙扎出去，不然就得淹死。」

他的語音裏流着一片熱誠，我不由自主地被他感動了。我好像感覺到一種猛烈的力量正在他身體裏面奮力掙扎；我覺得這種力量非常強大，壓倒一切，彷彿違拗着他自己的意志，並把他緊緊抓在手中。我理解不了。他似乎真的讓魔鬼附體了，我覺得他可能一下子被那東西撕得粉碎。但是從表面上看，他卻平平常常。我的眼睛好奇地盯着他，他卻一點也不感到難為情。他坐在那裏，穿着一件破舊的諾弗克上衣，戴着頂早就該拂拭的圓頂帽，我真不知道一個陌生人會把他當作甚麼人。他的褲腿像兩隻口袋，手並不很乾淨，下巴上全是紅鬍子茬，一對小眼睛，撅起的大鼻頭，臉相又笨拙又粗野。他的嘴很大，厚厚的嘴唇給人以耽於色慾的感覺。不成，我無法判定他是怎樣一類人。

「你不準備回到你妻子那裏去了？」最後我開口說。

「永遠不回去了。」

「她可是願意把發生的這些事全都忘掉，一切從頭開始。她一句話也不責備你。」

「讓她見鬼去吧！」

「你不在乎別人把你當做個徹頭徹尾的壞蛋嗎？你不在乎你的妻子兒女去討飯嗎？」

「一點也不在乎。」

我沉默了一會兒，為了使我底下這句話有更大的力量。我故意把一個個的字吐得真真切切。

「你是個不折不扣的混蛋。」

「成了，你現在把壓在心上的話已經說出來了，咱們可以去吃飯了。」

13

我知道更合體的做法是拒絕他的邀請，我想也許我該把我真正感到的氣憤顯示一番，如果我回去以後能夠向他們彙報，我如何一口拒絕了同這種品行的人共進晚餐的邀請，起碼麥克安德魯上校會對我表示好感的。但是我總是害怕這齣戲自己演得不像，而且不能一直演到底，這就妨礙了我裝出一副道貌岸然的樣子。再說，我肯定知道，我的表演在思特里克蘭德身上不會引起任何反響，這就更加使我難以把辭謝的話說出口了。只有詩人同聖徒才能堅信，在瀝青路面上辛勤澆水會培植出百合花來。

我付了酒賬，同他走到一家廉價的餐館去。我們在這家顧客擁擠的熱鬧的餐館裏痛痛快快吃了一頓晚餐。我倆胃口都很好，我是因為年輕，他是因為良心已經麻木。這以後我們到一家酒店去喝咖啡和甜酒。

關於這件使我來到巴黎的公事，該說的話我都已經說了，雖然我覺得就這樣半半拉拉地把這件事放下手對思特里克蘭德太太似乎有背叛之嫌，我卻實在無法再同思特里克蘭德的冷漠抗爭了。只有女性才能以不息的熱情把同一件事重複三遍。我自我安慰地想，盡力了解一下思特里克蘭德的心境對我還是有用的。再說，我對這個也更感到興趣。但這並不是一件容易事，因為思特里克蘭德不是一個能說會道的人。他表白自己似乎非常困難，倒好像言語並不是他的心靈能運用自如的工具似的。你必須通過他的那些早被人們用得陳腐不堪的詞句、那些粗陋的俚語、那些既模糊又不完全的手勢才能猜測他的靈魂的意圖。但是雖然他說不出甚麼有意義的話來，他的性格中卻有一種東西使你覺得他這人一點也不乏味，或許這是由於他非常真摯。他對於第一次見到的巴黎（我沒有算他同他妻子來度蜜月那一次）好像並不怎樣好奇，對於那些對他說來肯定是非常新奇的景象並不感到驚異。我自己來巴黎少說有一百次了，可是哪次來都免不了興奮得心頭飄忽忽的，走在巴黎街頭我總覺得隨時都會經歷到一場奇遇，思特里克蘭德卻始終聲色不動。現在回想這件事，我認為他當時根本甚麼也看不到，他看到的只是攪動着他靈魂的一些幻景。

這時發生了一件有些荒唐的事，酒館裏有幾個妓女，有的同男人坐在一起，有的獨自坐在那裏。我們沒進去多久，我就注意到其中的一個總是瞟着我們。當她的眼睛同思特里克蘭德的目光相遇以後，她向他做了個笑臉。我想思特里克蘭德根本沒有注意她。過了一會兒她從酒館裏走了出去，但是馬上又走進來；在經過我們座位的時候，她很有禮貌地請我們給她買一點甚麼喝的。她坐下來，我同她閒聊起來，但是她的目標顯然是思特里克蘭德。我對她講，他法文只懂幾個字。她試着同他講了幾句，一半用手勢，一半用外國人說的蹩腳法語，不知為甚麼，她認為這種話他更容易懂，另外，她倒也會說五六句英國話。有的話她只能用法國話說，她就叫我給她翻譯，而且熱切地向我打聽他回話的意思。思特里克蘭德脾氣很好，甚至還覺得這件事有些好笑，但是顯然根本沒有把她看在眼裏。

「我想你把一顆心征服了，」我笑着說。

「我並不感到得意。」

如果我換在他的地位上，我會感到很困窘，也不會像他這樣心平氣靜。這個女人生着一雙笑眼，一張很可愛的嘴，她很年輕。我奇怪她在思特里克蘭德身上發現了甚麼吸引她的地方。她一點兒也不想隱瞞自己的要求，她叫我把她說的都翻譯出來。

「她要你把她帶回家去。」

「我用不着女人。」他回答。

我盡量把他的回答說得很婉轉，我覺得拒絕這種邀請有些太不禮貌了。我向她解釋，他是因為沒有錢才拒絕的。

「但是我喜歡他，」她說，「告訴他是為了愛情。」

當我把她的話翻譯出以後，思特里克蘭德不耐煩地聳了聳肩膀。

「告訴她叫她快滾蛋，」他說。

他的神色清楚地表明了他的意思，女孩子一下子把頭向後一揚。也許在她塗抹的脂粉下臉也紅起來，她站起身來。

「這位先生太不懂得禮貌[1]，」她說。

她走出酒館，我覺得有些生氣。

「我看不出你有甚麼必要這樣侮辱她，」我說，「不管怎麼說，她這樣做還是看得起你啊。」

「這種事叫我惡心，」他沒好氣地說。

我好奇地打量了他一會兒，他的臉上確實有一種厭惡的神情，然而這卻是一張粗野的、顯現着肉慾的臉，我猜想吸引了那個女孩子的正是他臉上的這種粗野。

「我在倫敦想要甚麼女人都可以弄到手，我不是為這個到巴黎來的。」

註釋：

[1] 原文為法語。

14

在回倫敦的旅途上，關於思特里克蘭德我又想了很多。我試着把要告訴他妻子的事理出一個頭緒來。事情辦得並不妙，我想像得出，她不會對我感到滿意的，我對自己也不滿意。思特里克蘭德叫我迷惑不解，我不明白他行事的動機。當我問他，他最初為甚麼想起要學繪畫的時候，他沒能給我說清楚，也許他根本就不願意告訴我，我一點兒也搞不清楚。我企圖這樣解釋這件事：在他的遲鈍的心靈中逐漸產生了一種朦朧模糊的反叛意識。但是，一件不容置疑的事實卻駁斥了上述解釋：他對自己過去那種單調的生活從來沒有流露出甚麼厭煩不耐啊。如果他只是無法忍受無聊的生活而決心當一個畫家，以圖掙脫煩悶的枷鎖，這是可以理解的，也是極其平常的事；但是問題在於，我覺得他絕對不是一個平常的人。最後，也許我有些羅曼蒂克，我想像出一個解釋來，儘管這個解釋有些牽強，卻是唯一能使我感到滿意的。那就是：我懷疑是否在他的靈魂中深深埋藏着某種創作的慾望，這種慾望儘管為他的生活環境掩蓋着，卻一直在毫不留情地膨脹壯大，正像腫瘤在有機組織中不斷長大一樣，直到最後完全把他控制住，逼得他必須採取行動，毫無反抗能力。杜鵑把蛋下到別的鳥巢裏，當雛鳥孵出以後，就把牠的異母兄弟們擠出巢外，最後還要把庇護牠的巢窩毀掉。

但是奇怪的是，這種創作欲竟會抓住了一個頭腦有些遲鈍的證券經紀人，可能導致他的毀滅，使那些依靠他生活的人陷入不幸。但是如果同上帝的玄旨妙義有時竟也把人們抓住這一點比起來，倒也不足為奇。這些人有錢有勢，可是上帝卻極其警覺地對他們緊追不捨，直到最後把他們完全征服，這時他們就拋棄掉世俗的歡樂、女人的愛情，甘心到寺院中過着淒苦冷清的生活。皈依能以不同的形態出現，也可以通過不同的途徑實現。有一些人通過激變，有如憤怒的激流把石塊一下子沖激成齏粉；另一些人則由於日積月累，好像不斷的水滴，遲早要把石塊磨穿。思特里克蘭德有着盲信者的直截了當和使徒的狂熱不羈。

但是以我講求實際的眼睛看來，使他着了迷的這種熱情是否能產生出有價值的作品來，還有待時間證明。等我問起他在倫敦學畫時夜校的同學對他的繪畫如何評價的時候，他笑了笑說：

「他們覺得我是在鬧着玩。」

「你到了這裏以後，開始進哪個繪畫學校了麼？」

「進了。今天早晨那個笨蛋還到我住的地方來過——我是說那個老師，你知道。他看了我的畫以後，只是把眉毛一挑，連話也沒說就走了。」

思特里克蘭德咯咯地笑起來，他似乎一點也沒有灰心喪氣，別人的意見對他是毫無影響的。

在我同他打交道的時候，正是這一點使我狼狽不堪。有人也說他不在乎別人對他的看法，但這多半是自欺欺人。一般說來，他們能夠自行其是是因為相信別人都看不出來他們的怪異的想法；最甚者也是因為有幾個近鄰知交表示支持，才敢違背大多數人的意見行事。如果一個人違反傳統實際上是他這一階層人的常規，那他在世人面前作出違反傳統的事倒也不困難。相反地，他還會為此洋洋自得，他既可以標榜自己的勇氣又不致冒甚麼風險。但是我總覺得事事要邀獲別人批准，或許是文明人類最根深蒂固的一種天性。一個標新立異的女人一旦冒犯了禮規，招致了唇槍舌劍的物議，再沒有誰會像她那樣飛快地跑去尋找尊嚴體面的庇護了。那些告訴我他們毫不在乎別人對他們的看法的人，我是絕不相信的，這只不過是一種無知的虛張聲勢。他們的意思是：他們相信別人根本不會發現自己的微疵小瑕，因此更不怕別人對這些小過失加以譴責了。

但是這裏卻有一個真正不計較別人如何看待他的人，因而傳統禮規對他一點也奈何不得。他像是一個身上塗了油的角力者，你根本抓不住他。這就給了他一種自由，叫你感到火冒三丈。我還記得我對他說：

「你聽我說，如果每個人都照你這樣，地球就運轉不下去了。」

「你說這樣的話實在是太蠢了，並不是每個人都要像我這樣的，絕大多數人對於他們做的那些平平常常的事是心滿意足的。」

我想挖苦他一句。

「有一句格言你顯然並不相信：凡人立身行事，務使每一行為堪為萬人楷模。」

「我從來沒聽說過，但這是胡說八道。」

「你不知道，這是康德說的。」

「隨便是誰說的，反正是胡說八道。」

對於這樣一個人，想要訴諸他的良心也是毫無效果的，這就像不借助鏡子而想看到自己的反影一樣。我把良心看作是一個人心靈中的衛兵，社會為要存在下去制訂出的一套禮規全靠它來監督執行。良心是我們每人心頭的崗哨，它在那裏值勤站崗，監視着我們別做出違法的事情來，它是安插在自我的中心堡壘中的暗探。因為人們過於看重別人對他的意見，過於害怕輿論對他的指責，結果自己把敵人引進大門裏來；於是它就在那裏監視着，高度警覺地衛護着它主人的利益，一個人只要有半分離開大溜兒的想法，就馬上受到它嚴厲苛責。它逼迫着每一個人把社會利益置於個人之上，它是把個人拘繫於整體的一條牢固的鏈條。人們說服自己，相信某種利益大於個人利益，甘心為它効勞，結果淪為這個主子的奴隸，他把他高舉到榮譽的寶座上。最後，正如同宮廷裏的弄臣讚頌皇帝按在他肩頭的御杖一樣，他也為自己有着敏感的良心而異常驕傲。到了這一地步，對那些不肯受良心約束的人，他就會覺得怎樣責罵也不過份，因為他已經是社會的一名成員，他知道得很清楚，絕對沒有力量造自己的反了。當我看到思特里克蘭德對他的行為肯定會引起的斥責真的無動於衷的時候，我就像見到一個奇異的怪物一樣，嚇得毛骨悚然，趕快縮了回去。

那天晚上在我向他告別的時候，他最後對我說的話是：

「告訴阿美，到這兒來找我是沒有用的。反正我要搬家了，她是不會找到我的。」

「我的看法是，她擺脱開你未嘗不是件好事，」我說。

「親愛的朋友，我就希望你能夠叫她看清這一點。可惜女人都是沒有腦子的。」

15

我回到倫敦家裏，發現有一封急信在等着我，叫我一吃過晚飯就到思特里克蘭德太太那裏去，我在她家裏也看到了麥克安德魯上校同他的妻子。思特里克蘭德太太的姐姐比思特里克蘭德太太年紀大幾歲，樣子同她差不多，只是更衰老一些。這個女人顯出一副精明能幹的樣子，彷彿整個大英帝國都揣在她口袋裏似的；一些高級官員的太太深知自己屬於優越的階層，總是帶着這種神氣的。麥克安德魯太太精神抖擻，言談舉止表現得很有教養，但卻很難掩飾她那根深蒂固的偏見：如果你不是軍人，就連站櫃枱的小職員還不如。她討厭近衛隊軍官，認為這些人傲氣；不屑於談論這些官員的老婆，認為她們出身低微。麥克安德魯上校太太的衣服不是時興的樣式，價錢卻很昂貴。

思特里克蘭德太太顯然十分緊張。

「好了，給我們講講你的新聞吧，」她說。

「我見到你丈夫了，我擔心他已經拿定主意不再回來了。」我停了一會兒。「他想畫畫兒。」

「你說甚麼？」思特里克蘭德太太喊叫起來，驚奇得不知所以。

「你一點兒也不知道他喜歡畫畫兒？」

「這人簡直神經失常了，」上校大聲說。

思特里克蘭德太太皺了皺眉頭，她苦苦地搜索她的記憶。

「我記得在我們結婚以前他常常帶着個顏料盒到處跑，可是他畫的畫兒要多難看有多難看，我們常常打趣他，他對這種事可以說一點才能也沒有。」

「當然沒有，這只不過是個藉口，」麥克安德魯太太說。

思特里克蘭德太太又仔細思索了一會兒，非常清楚，她對我帶來的這個消息完全不理解。這次她已經把客廳略微收拾了一下，不像出了事以後我第一次到這裏來時那樣冷冷清清、彷彿等待出租的帶傢具的房間那樣了。但是在我同思特里克蘭德在巴黎會過面以後，卻很難想像他是屬於這種環境的人了，我覺得他們這些人也不會沒有覺察思特里克蘭德有一些怪異的地方。

「但是如果他想當畫家，為甚麼不告訴我呢？」思特里克蘭德太太最後開口說。

「我想，對於他這種——這種志趣我是絕不會不同情支持的。」

麥克安德魯太太的嘴唇咬緊了。我猜想，她妹妹喜好結交文人藝術家的脾氣，她從來就不贊成。她一說到「文藝」這個詞，就露出滿臉鄙夷不屑的神情。

思特里克蘭德太太又接着說：

「不管怎麼說，要是他有才能，我會第一個出頭鼓勵他，甚麼犧牲我都不會計較的。同證券經紀人比起來，我還更願意嫁給一個畫家呢。如果不是為了孩子，我甚麼也不在乎。住在柴爾西一間破舊的畫室裏我會像住在這所房子裏同樣快樂。」

「親愛的，我可真要生你的氣了，」麥克安德魯太太叫喊起來，「看你的意思，這些鬼話你真相信了？」

「可我認為這是真實情況，」我婉轉地表示自己的意見說。

她又好氣又好笑地看了我一眼。

「一個四十歲的人是不會為了要當畫家而丟棄了工作、扔掉了妻子兒女的，除非這裏面攙和着一個女人。我猜想他一定是遇見了你的哪個——藝術界的朋友，被她迷上了。」

思特里克蘭德太太蒼白的面頰上突然泛上一層紅暈。

「她是怎樣一個人？」

我沒有立刻回答。我知道我給他們準備了一顆炸彈。

「沒有女人。」

麥克安德魯上校和他的妻子都表示不能相信地喊叫起來；思特里克蘭德太太甚至從椅子上跳起來。

「你是說你一次也沒有看見她？」

「根本就沒有人，叫我去看誰？他只有一個人。」

「這是世界上沒有的事，」麥克安德魯太太喊道。

「我早就知道得我自己跑一趟，」上校說，「我敢和你們打賭，我一定能馬上就把那個女人搜尋出來。」

「我也希望你自己去，」我不很客氣地回答，「你就會看到你的那些猜想沒有一點是對的，他並沒有住在時髦的旅館裏，他住的是一間極其寒酸的小房間。他離開家絕不是去過花天酒地的生活，他簡直沒有甚麼錢。」

「你想他會不會做了甚麼我們都不知道的事，怕警察找他的麻煩，所以躲起來避避風？」

這個提示使每個人心頭閃現了一線希望，但是我卻認為這純粹是想入非非。

「如果是這種情況，他就不會做出那種傻事來，把自己的地址告訴他的夥友，」

我以尖酸的口吻駁斥説，「不管怎麼説，有一件事我絕對敢保證，他並不是同別人一塊走的。他沒有愛上誰，他的腦子裏一點兒也沒想到這種事。」

談話中斷了一會兒，他們在思索我這一番話。

「好吧，如果你説的是真的，」麥克安德魯太太最後開口説，「事情倒不像我想的那麼糟。」

思特里克蘭德太太看了她一眼，沒有吭聲。她的臉色這時變得非常蒼白，秀麗的眉毛顯得很黑，向下低垂，我不能理解她臉上的這種神情。

「你為甚麼不找他去啊，阿美？」上校出了個主意，「你完全可以同他一起在巴黎住一年，孩子由我們照管。我敢説他不久就會厭倦了，早晚有一天他會回心轉意，準備回倫敦來，一場風波就算過去了。」

「要是我就不那麼做，」麥克安德魯太太説，「他愛怎麼樣我就讓他怎麼樣，有一天他會夾着尾巴回家來，老老實實地過他的舒服日子。」説到這裏，麥克安德魯太太冷冷地看了她妹妹一眼。「你同他一起生活，也許有些時候太不聰明了。男人都是些奇怪的動物，你該知道怎樣駕御他們。」

麥克安德魯太太和大多數女性的見解相同，認為男人們都是一些沒有心肝的畜類，總想丟開傾心愛着他們的女人，但是一旦他真的做出這種事來，更多的過錯是在女人這一方面，感情有理智所根本不能理解的理由[1]。

思特里克蘭德太太的眼睛癡癡呆呆地從一個人的臉上移到另一個人臉上。

「他永遠也不會回來了，」她說。

「啊，親愛的，你要記住剛才咱們聽到的那些話。他已經過慣了舒適生活，過慣了有人照料他的日子。你想他在那種破爛的小旅館裏，破爛的房間裏能待得了多久嗎？再說，他沒有甚麼錢，他一定會回來的。」

「只要他是同一個女人跑掉的，我總認為他還有回來的可能。我不相信這類事能鬧出甚麼名堂來的，不出三個月他對她就會討厭死了。但是如果他不是因為戀愛跑掉的，一切就都完了。」

「哎，我認為你說的這些太玄虛了，」上校說，這種人性是他的職業傳統所不能理解的，他把自己對這種特性的全部蔑視都用「玄虛」這個詞表現出來，「別相信這一套，他會回來的，而且像陶樂賽說的，讓他在外頭胡鬧一陣子我想也不會有甚麼壞處的。」

「但是我不要他回來了，」她說。

「阿美！」

一陣狂怒這時突然把思特里克蘭德太太攫住，她的一張臉氣得煞白，一點血色也沒有。下面的話她說得很快，每說幾個字就喘一口氣。

「他要是發瘋地愛上一個人，同她逃跑，我是能夠原諒他的。我會認為這種事是很自然的，我不會太責備他，我會想他是被拐騙走的。男人心腸很軟，女人又甚麼手段都使得出來。但是現在卻不是這麼回事，我恨他，我現在永遠也不會原諒他了。」

麥克安德魯上校和他的妻子一起勸解她，他們感到很吃驚，他們說她發瘋了，他們不理解她，思特里克蘭德太太在一陣絕望中向我求援。

「你明白我的意思嗎？」她喊道。

「我不敢說。你的意思是：如果他為了一個女人離開你，你是可以寬恕他的；如果他為了一個理想離開你，你就不能了，對不對？你認為你是前者的對手，可是同後者較量起來，就無能為力了，是不是這樣？」

思特里克蘭德太太狠狠地盯了我一眼，沒有說甚麼，也許我的話說中了她的要害。她繼續用低沉的、顫抖的聲音說：

「我還從來沒有像恨他這樣恨過一個人呢，你知道，我一直寬慰自己說，不管這件事繼續多久，最終他還是要我的。我想在他臨終的時候他會叫我去，我也準備去。我會像一個母親那樣看護他，最後我還會告訴他，過去的事我不記在心裏，我一直愛他，他做的任何事我都原諒他。」

女人們總是喜歡在她們所愛的人臨終前表現得寬宏大量，她們的這種偏好叫我實在難以忍受。有時候我甚至覺得她們不願意男人壽命太長，就是怕把演出這幕好戲的機會拖得太晚。

「但是現在——現在甚麼都完了。我對他就像對一個路人似的甚麼感情也沒有了，我真希望他死的時候貧困潦倒、飢寒交迫，一個親人也不在身邊。我真希望他染上惡瘡，渾身腐爛，我同他的關係算完了。」

我想我不妨趁這個時候把思特里克蘭德的建議說出來。

「如果你想同他離婚，他很願意給你製造任何離婚所需要的口實。」

「為甚麼我要給他自由呢？」

「我認為他不需要這種自由，他不過想這樣做可能對你更方便一些。」

思特里克蘭德太太不耐煩地聳了聳肩膀，我覺得我對她有些失望。當時我還同今天不一樣，總認為人的性格是單純統一的；當我發現這樣一個溫柔可愛的女性報復心居然這麼重的時候，我感到很喪氣。那時我還沒認識到一個人的性格是極其複雜的，今天我已經認識到這一點了：卑鄙與偉大、惡毒與善良、仇恨與熱愛是可以互不排斥地並存在同一顆心裏的。

我不知道我能否說幾句甚麼，減輕一些當時正在折磨着思特里克蘭德太太的屈辱，我想我還是該試一試。

「你知道，我不敢肯定你丈夫的行動是不是要由他自己負責，我覺得他已經不是他自己了。他好像被一種甚麼力量抓住了，正在被利用來完成這種勢力所追逐的目標。他像是被捕捉到蛛網裏的一隻蒼蠅，已經失去掙扎的能力，他像被符咒逮住了一樣。這使我想起人們常常說的那種奇怪的故事：另一個人的精神走進一個人的軀體裏，把他自己的趕了出去。人的靈魂在軀體內很不穩定，常常會發生神秘的變化。如果在過去，人們就會說查理斯．思特里克蘭德是魔鬼附體了。」

麥克安德魯太太把她衣服的下擺理平，臂上的金釧滑落到手腕上。

「你說的這些話我覺得太離奇了點兒，」她尖酸地說，「我不否認，也許阿美對她丈夫過於放任了。如果她不是只顧埋頭於自己的事，我想她一定會發覺思特里克蘭德的行為有些異樣的。如果阿萊克有甚麼心事，我不相信事過一年多還不被我看得清清楚楚的。」

上校眼睛茫然望着空中，我很想知道有誰的樣子能像他這樣胸襟坦蕩、心地清白。

「但這絲毫也改變不了查理斯·思特里克蘭德心腸冷酷的事實。」她面孔板得緊緊的，看了我一眼。「我可以告訴你為甚麼他拋棄了自己的妻子——純粹是出於自私，再也沒有其他理由了。」

「這肯定是最易於為人們接受的解釋了。」我說。但是我心裏卻想：這等於甚麼也沒有解釋。最後我說身體有些勞累，便起身告辭了，思特里克蘭德太太並沒有留我多坐一會兒的意思。

註釋：

[1] 原文為法語。

16

以後發生的事說明思特里克蘭德太太是一個性格堅強的女人，不論她心裏委屈多大，她都沒有顯露出來。她很聰明，知道老是訴說自己的不幸，人們很快就會厭煩，總是擺着一副可憐相也不會討人喜歡。每逢她外出做客的時候——因為同情她的遭遇，很多朋友有意地邀請她——，她的舉止總是十分得體。她表現得很勇敢，但又不露骨；高高興興，但又不惹人生厭；她好像更願意聽別人訴說自己的煩惱而不想議論她自己的不幸。每逢談到自己丈夫的時候，她總是表示很可憐他，她對他的這種態度最初使我感到困惑。有一天她對我說：

「你知道，你告訴我說查理斯一個人在巴黎，你肯定是弄錯了。根據我聽到的消息——我不能告訴你這消息的來源——，我知道他不是獨自離開英國的。」

「要是這樣的話，他真可以說是不露行跡，簡直是個天才了。」

思特里克蘭德太太的目光避開了我，臉有些發紅。

「我的意思是說，如果有人同你談論這件事，要是說他是同哪個女人私奔的話，你用不着辯駁。」

「當然我不辯駁。」

她改換了話題，好像剛才說的是一件無關緊要的小事。不久我就發現，在她的朋友中間流傳着一個奇怪的故事。她們說查理斯．思特里克蘭德迷戀上一個法國女舞蹈家，他是在帝國大劇院看芭蕾舞首次見到這個女人的，後來就同她一起去巴黎了。我無法知道這個故事怎麼會流傳起來，但是奇怪的是，它為思特里克蘭德太太賺得了人們不少同情，同時也使她的名望增加了不少，這對她決定今後從事的行業很有一些好處，麥克安德魯上校當初說她手頭分文不名並沒有誇大。她需要盡快地找一條謀生之道，她決定利用一下她認識不少作家這一有利地位，一點兒沒耽擱時間就開始學起速記和打字來。她受的教育會使她從事這一行業高於一般打字人員，她的遭遇也能為她招徠不少主顧。朋友們都答應給她拿活兒來，而且還要盡心把她推薦給各自的相識。

麥克安德魯夫婦沒有子女，生活條件又很優裕，就擔當下撫養着她子女的事，思特里克蘭德太太只需要維持自己一個人的生活就夠了。她把住房租了出去，賣掉了傢具，在威斯敏斯特附近找了兩間小房安置下來，她重新把生活安排好。她非常能幹，她決心興辦的這個買賣一定會成功的。

17

這件事過去大約五年之後，我決定到巴黎去住一個時期。倫敦我實在待膩了，天天做的事幾乎一模一樣，使我感到厭煩得要命。我的朋友們過着老一套的生活，平淡無奇，再也引不起我的好奇心了。有時候我們見了面，不待他們開口，我就知道他們要說甚麼話，就連他們的桃色事件也都是枯燥乏味的老一套。我們這些人就像從終點站到終點站往返行駛的有軌電車，連乘客的數目也能估計個八九不離十。生活被安排得太有秩序了，我覺得簡直太可怕了。我退掉了我的小住房，賣掉為數不多的幾件傢具，決定開始另外一種生活。

臨行以前我到思特里克蘭德太太家去辭行，我有不少日子沒同她見面了，我發現她有不少的變化，不僅人變得老了、瘦了，皺紋比以前多了，就連性格我覺得都有些改變。她的事業很興旺，這時在昌塞里街開了一個事務所。她自己打字不多，時間主要用在校改她僱用的四名女打字員的打字稿上。她想盡辦法把稿件打得非常講究，很多地方使用藍色和紅色的字帶，打好的稿件用各種淺顏色的粗紙裝訂起來，乍一看彷彿是帶波紋的綢子。她給人打的稿件以整齊精確聞名，生意很能賺錢。

但是儘管如此，她卻認為自己謀生餬口有失身份，總有些抬不起頭來。同別人談話的時候，她忘不了向對方表白自己的高貴出身，動不動就提到她認識的一些人物，叫你知道她的社會地位一點兒沒有降低。對自己經營打字行業的膽略和見識她不好意思多談，但是一說起第二天晚上要在一位家住南肯星頓的皇家法律顧問那裏吃晚飯，卻總是眉飛色舞。她很願意告訴你她兒子在劍橋大學讀書的事；講起她女兒剛剛步入社交界，一參加舞會就應接不暇時，她總是得意地笑了起來。我覺得我在和她聊天的時候問了一句蠢話。

「她要不要到你開的這個打字所裏做點兒事？」

「啊，不，我不讓她做這個，」思特里克蘭德太太回答，「她長得很漂亮，我認為她一定能結一門好親事。」

「那對你將會有很大的幫助，我早該想到的。」

「有人建議叫她上舞台，但是我當然不會同意。所有有名的戲劇家我都認識，只要我肯張嘴，馬上就能給她在戲裏派個角色，但是我不願意她同雜七雜八的人混在一起。」

思特里克蘭德太太這種孤芳自賞的態度叫我心裏有點兒發涼。

「你聽到過你丈夫的甚麼消息嗎？」

「沒有，甚麼也沒有聽到過，說不定他已經死了。」

「我在巴黎可能遇見他，如果我知道他甚麼消息，你要不要我告訴你。」

她猶豫了一會兒。

「如果他的生活真的貧困不堪，我還是準備幫助幫助他。我會給你寄一筆錢去，在他需要的時候，你可以一點一點地給他。」

但是我知道她答應做這件事並不是出於仁慈的心腸。有人說災難不幸可以使人性高貴，這句話並不對；叫人做出高尚行動的有時候反而是幸福得意，災難不幸在大多數情況下只能使人們變得心胸狹小、報復心更強。

18

實際上，我在巴黎住了還不到兩個星期就看到思特里克蘭德了。

我沒有費甚麼工夫就在達姆路一所房子的五層樓上租到一小間公寓。我花了兩三百法郎在一家舊貨店購置了幾件傢具，把屋子佈置起來，又同看門的人商量好，叫她每天早晨給我煮咖啡，替我收拾房間。這以後我就去看我的朋友戴爾克·施特略夫。

戴爾克·施特略夫是這樣一個人：根據人們不同的性格，有人在想到他的時候鄙夷地一笑，有的則困惑地聳一下肩膀。造物主把他製造成一個滑稽角色。他是一個畫家，但他是一個很蹩腳的畫家。我是在羅馬和他認識的，我始終記得他那時畫的畫兒。他衷心拜倒在平凡庸俗的腳下。他的靈魂由於對藝術的熱愛而悸動着，他描摹懸在斯巴尼亞廣場貝尼尼[1]式樓梯上的一些畫幅，一點兒也不覺得這些繪畫美得有些失真。他自己畫室裏的作品張張畫的是蓄着小髫鬚、生着大眼睛、頭戴尖頂帽的農民，衣衫破爛但又整齊得體的街頭頑童，和穿着花花綠綠的裙子的女人。這些畫中人物有時候在教堂門口台階上閒立，有時候在一片晴朗無雲的碧空下的柏樹叢中戲逐，有時候在有文藝復興時期建築風格的噴泉邊調情，也有時候跟在牛車旁邊走過意大利田野。這些人物畫得非常細緻，色彩過於真切，就是攝影師也不能拍出更加逼真的照片來。住在梅迪其別墅的一位畫家管施特略夫叫做巧克力糖盒子的大畫師[2]。看了他的畫，你會認為莫奈[3]、馬奈[4]和所有印象派畫家從來不曾出現過。

「我知道自己不是個偉大的畫家，」他對我說，「我不是米開朗基羅，不是的，但是我有自己的東西。我的畫有人要買，我把浪漫情調帶進各種人的家庭裏。你知道，不只在荷蘭，就是在挪威、瑞典和丹麥也有人買我的畫。買畫的主要是商人，有錢的生意人。那些國家裏冬天是甚麼樣子你恐怕想像不到，陰沉、寒冷、長得沒有盡頭。他們喜歡看到我畫中的意大利景象，那是他們所希望看到的意大利，也是我沒來這裏以前想像中的意大利。」

我覺得這是他永遠也拋棄不掉的幻景，這種幻景閃得他眼花繚亂，叫他看不到真實情景。他不顧眼前嚴酷的事實，總用自己幻想的目光凝視想像一個到處是浪漫主義的俠盜、美麗如畫的廢墟的意大利。他畫的是他理想中的境界——儘管他的理想很幼稚、很庸俗、很陳舊，但終究是個理想，這就賦予了他的性格一種迷人的色彩。

正因為我有這種感覺，所以戴爾克·施特略夫在我的眼睛裏不像在別人眼睛裏那樣，只是一個受人嘲弄挖苦的對象。他的一些同行毫不掩飾他們對他作品的鄙視，但是施特略夫卻很能賺錢，而這些人把他的錢包就看作是自己的一樣，動用時是從來沒有甚麼顧慮的。他很大方；那些手頭拮据的人一方面嘲笑他那麼天真地輕信他們編造的不幸故事，一方面厚顏無恥地伸手向他借錢。他非常重感情，但是在他那很容易就被打動的感情裏面卻含有某種愚蠢的東西，讓你接受了他好心腸的幫助卻絲毫沒有感激之情。向他借錢就好像從小孩兒手裏搶東西一樣；因為他太好欺侮，你反而有點兒看不起他。我猜想，一個以手快自豪的扒手對一個把裝滿貴重首飾的皮包丟在車上的粗心大意的女人一定會感到有些惱火的。講到施特略夫，一方面造物主把他製造成一個笑料，另一方面又拒絕給他遲鈍的感覺。人們不停地拿他開玩笑，不論是善意的嘲諷或是惡作劇的挖苦都叫他痛苦不堪，但是他又從來不停止給人製造嘲弄的機會，倒好像他有意這樣做似的。他不斷地受人傷害，可是他的性格又是那麼善良，從來不肯懷恨人；即便挨了毒蛇咬，也不懂得吸取經驗教訓，只要疼痛一過，又會心存憐憫地把蛇揣在懷裏。他的生活好像是按照那種充滿打鬧的滑稽劇的格式寫的一齣悲劇。因為我沒有嘲笑過他，所以他很感激我，他常常把自己的一連串煩惱傾注到我富於同情的耳朵裏。最悲慘之點在於他受的這些委屈總是滑稽可笑的，這些事他講得越悲慘，你就越忍不住要笑出來。

但是施特略夫雖然是一個不高明的畫家，對藝術卻有敏銳的鑒賞力，同他一起參觀畫廊是一種很難得的享受。他的熱情是真實的，評論是深刻的。施特略夫是個天主教徒，他不僅對古典派的繪畫大師由衷讚賞，對於現代派畫家也頗表同情。他善於發掘有才能的新人，從不吝惜自己的讚譽。我認為在我見到的人中，再沒有誰比他的判斷更為中肯的了。他比大多數畫家都更有修養，也不像他們那樣對其他藝術那樣無知。他對音樂和文學的鑒賞力使他對繪畫的理解既深刻又不拘於一格。對於像我這樣的年輕人，他的誘導是極其可貴的。

我離開羅馬後同他繼續有書信往來，每兩個月左右我就接到他用怪裏怪氣的英語寫的一封長信。他談話時那種又急切又熱情、雙手揮舞的神情總是躍然紙上。在我去巴黎前不久，他同一個英國女人結了婚，在蒙瑪特爾區一間畫室裏安了家。我已經有四年沒有同他見面了，他的妻子我還從來沒見過。

註釋：

[1] 喬凡尼·羅倫索·貝尼尼（一五九八—一六八零），意大利巴洛克派雕塑家、建築家和畫家。

[2] 原文為法語。

[3] 克勞德·莫奈（一八四零—一九二六），法國畫家。

[4] 埃多瓦·馬奈（一八三二—一八八三），法國畫家。

19

事先我沒有告訴施特略夫我要到巴黎來，我按了門鈴，開門的是施特略夫本人，一下子他沒有認出我是誰來。但是馬上他就又驚又喜地喊叫起來，趕忙把我拉進屋子裏去，受到這樣熱情的歡迎真是一件叫人高興的事。他的妻子正坐在爐邊做針線活，看見我進來她站起身來。施特略夫把我介紹給她。

「你還記得嗎？」他對她說，「我常常同你談到他。」接着他又對我說：「可是你到巴黎來幹嗎不告訴我一聲啊？你到巴黎多少天了？你準備待多久？為甚麼你不早來一個小時，咱們一起吃晚飯？」

他劈頭蓋臉地問了我一大堆問題，他讓我坐在一把椅子上，把我當靠墊似地拍打着，又是叫我吸雪茄，又是讓我吃蛋糕，喝酒，他一分鐘也不叫我停閒。因為家裏沒有威士忌，他簡直傷心極了。他要給我煮咖啡，絞盡腦汁地想還能招待我些甚麼。他樂得臉上開了花，每一個汗毛孔都往外冒汗珠。

「你還是老樣子，」我一面打量着他，一面笑着說。

他的樣子同我記憶中的一樣，還是那麼惹人發笑。他的身材又矮又胖，一雙小短腿。他年紀還很輕——最多也不過三十歲——，可是卻已經禿頂了。他生着一張滾圓的臉，面色紅潤，皮膚很白，兩頰同嘴唇卻總是紅通通的。他的一雙藍眼睛也生得滾圓，戴着一副金邊大眼鏡，眉毛很淡，幾乎看不出來。看到他，你不由會想到魯賓斯畫的那些一團和氣的胖商人。

當我告訴他我準備在巴黎住一段日子，而且寓所已經租好的時候，他使勁兒責備我沒有事前同他商量。他會替我找到一處合適的住處，會借給我傢具——難道我真的花了一筆冤枉錢去買嗎？——，而且他還可以幫我搬家。我沒有給他這個替我服務的機會在他看來是太不夠朋友了，他說的是真心話。在他同我談話的當兒，施特略夫太太一直安安靜靜地坐在那裏補襪子。她自己甚麼也沒說，只是聽着她丈夫在談話，嘴角上掛着一抹安詳的笑容。

「你看到了，我已經結婚了，」他突然說，「你看我的妻子怎麼樣？」

他笑容滿面地看着她，把眼鏡在鼻樑上架好，汗水不斷地使他的眼鏡滑落下來。

「你叫我怎麼回答這個問題呢？」我笑了起來。

「可不是嗎，戴爾克，」施特略夫太太插了一句說，也微笑起來。

「可是你不覺得她太好了嗎？我告訴你，老朋友，不要耽擱時間了，趕快結婚吧。我現在是世界上最幸福的人，你看看她坐在那兒，不是一幅絕妙的圖畫嗎？像不像夏爾丹[1]的畫，啊？世界上最漂亮的女人我都見過了，可是我還沒有看見過有比戴爾克·施特略夫夫人更美的呢。」

「要是你再不住口，戴爾克，我就出去了。」

「我的小寶貝[2]，」他說。

她的臉泛上一層紅暈，他語調中流露出的熱情讓她感到有些不好意思。施特略夫在給我的信裏談到過他非常愛他的妻子，現在我看到，他的眼睛幾乎一刻也捨不得從她身上離開。我說不上她是不是愛他，這個可憐的傻瓜，他不是一個能引起女人愛情的人物。但施特略夫太太眼睛裏的笑容是含着愛憐的，在她的緘默後面也可能隱藏着深摯的感情。她並不是他那相思傾慕的幻覺中的令人神馳目眩的美女，但是卻另有一種端莊秀麗的風姿。她的個子比較高，一身剪裁得體的樸素衣衫掩蓋不住她美麗的身段，她的這種體型可能對雕塑家比對服裝商更有吸引力。她的一頭棕色的濃髮式樣很簡單，面色白淨，五官秀麗，但並不美艷。她只差一點兒就稱得起是個美人，但是正因為差這一點兒，卻連漂亮也算不上了。施特略夫談到夏爾丹的畫並不是隨口一說的，她的樣子令人奇怪地想到這位大畫家的不朽之筆——那個戴着頭巾式女帽、繫着圍裙的可愛的主婦。閉上眼睛我可以想像她在鍋碗中間安詳地忙碌着，像奉行儀式般地操持着一些家務事，賦予這些日常瑣事一種崇高意義。我並不認為她腦筋如何聰明或者有甚麼風趣，但她那種嚴肅、專注的神情卻很使人感到興趣。她的穩重沉默裏似乎蘊藏着某種神秘，我不知道為甚麼她要嫁給戴爾克·施特略夫。雖然她和我是同鄉，我卻猜不透她是怎樣一個人。我看不出她出身於甚麼社會階層，受過甚麼教育，也說不出她結婚前幹的是甚麼職業。她說話不多，但是她的聲音很悅耳，舉止也非常自然。

我問施特略夫他最近畫沒畫過甚麼東西。

「畫畫？我現在比過去任何時候畫得都好了。」

我們當時坐在他的畫室裏，他朝着畫架上一幅沒有完成的作品揮了揮手。我吃了一驚，他畫的是一群意大利農民，身穿羅馬近郊服裝，正在一個羅馬大教堂的台階上閒蕩。

「這就是你現在畫的畫嗎？」

「是啊。我在這裏也能像在羅馬一樣找到模特兒。」

「你不認為他畫得很美嗎？」施特略夫太太問道。

「我這個傻妻子總認為我是個大畫家，」他說。

他的表示歉意的笑聲掩蓋不住內心的喜悅，他的目光仍然滯留在自己的畫上。在評論別人的繪畫時他的眼光是那樣準確，不落俗套，但是對他自己的那些平凡陳腐、俗不可耐的畫卻那樣自鳴得意，真是一樁怪事。

「讓他看看你別的畫，」她說。

「人家要看嗎？」

雖然戴爾克·施特略夫不斷受到朋友們的嘲笑，卻從來克制不了自己，總是要把自己的畫拿給人家看，滿心希望聽到別人的誇獎，而且他的虛榮心很容易得到滿足。他先給我看了一張兩個鬈頭髮的意大利窮孩子玩玻璃球的畫。

「多好玩兒的兩個孩子，」施特略夫太太稱讚說。

接着他又拿出更多的畫來，我發現他在巴黎畫的還是他在羅馬畫了很多年的那些陳腐不堪、花裏胡哨的畫。這些畫畫得一絲也不真實、毫無藝術價值，然而世上卻再沒有誰比這些畫的作者、比戴爾克·施特略夫更心地篤實、更真摯坦白的了。這種矛盾誰解釋得了呢？

我不知道自己為甚麼會突然問他道：

「我問你一下，不知道你遇見過一個叫查理斯·思特里克蘭德的畫家沒有？」

「你是說你也認識他？」施特略夫叫喊起來。

「這人太沒教養了，」他的妻子說。

施特略夫笑了起來。

「我的可憐的寶貝[3]。」他走到她前面，吻了吻她的兩隻手。「她不喜歡他。真奇怪，你居然也認識思特里克蘭德。」

「我不喜歡不懂禮貌的人，」施特略夫太太說。

戴爾克的笑聲一直沒有停止，轉過身來給我解釋。

「你知道，有一次我請他來看看我的畫。他來了，我把我的畫都拿給他看了。」說到這裏，施特略夫有些不好意思，躊躇了一會兒。我不理解為甚麼他開始講這樣一個於他臉面並不光彩的故事；他不知道該怎樣把這個故事說完。「他看着——我的畫，一句話也不說。我本來以為他等着把畫都看完了再發表意見。最後我說：『就是這些了！』他說：『我來是為了向你借二十法郎。』」

「戴爾克居然把錢給他了，」他的妻子氣憤地說。

「我聽了他這話嚇了一跳，我不想拒絕他。他把錢放在口袋裏，朝我點了點頭，說了聲『謝謝』，扭頭就走了。」

說這個故事的時候，戴爾克．施特略夫的一張傻裏傻氣的胖臉蛋上流露着那麼一種驚詫莫解的神情，不由得你看了不發笑。

「如果他說我畫得不好我一點也不在乎，可是他甚麼都沒說——一句話也沒說。」

「你還挺得意地把這個故事講給人家聽，戴爾克，」他的妻子說。

可悲的是，不論是誰聽了這個故事，首先會被這位荷蘭人扮演的滑稽角色逗得發笑，而並不感到思特里克蘭德這種粗魯行為可氣。

「我再也不想看到這個人了，」施特略夫太太說。

施特略夫笑起來，聳了聳肩膀。他的好性子已經恢復了。

「實際上，他是一個了不起的畫家，非常了不起。」

「思特里克蘭德？」我喊起來。「咱們說的不是一個人。」

「就是那個身材高大、生着一把紅鬍子的人。查理斯．思特里克蘭德。一個英國人。」

「我認識他的時候他沒留鬍子，但是如果留起鬍子來，很可能是紅色的，我說的這個人五年以前才開始學畫。」

「就是這個人，他是個偉大的畫家。」

「不可能。」

「我哪一次看走過眼？」戴爾克問我。「我告訴你他有天才，我有絕對把握。一百年以後，如果還有人記得咱們兩個人，那是因為我們沾了認識查理斯·思特里克蘭德的光兒。」

我非常吃驚，但與此同時我也非常興奮，我忽然想起我最後一次同他談話。

「在甚麼地方可以看到他的作品？」我問，「他有了點兒名氣沒有？他現在住在甚麼地方？」

「沒有名氣，我想他沒有賣出過一幅畫。你要是和人談起他的畫來，沒有一個不笑他的，但是我知道他是個了不起的畫家。他們還不是笑過馬奈·柯羅也是一張畫沒有賣出去過。我不知道他住在甚麼地方，但是我可以帶你去找到他。每天晚上七點鐘他都到克里舍路一家咖啡館去。你要是願意的話，咱們明天就可以去。」

「我不知道他是不是願意看到我，我怕我會使他想起一段他寧願忘掉的日子，但是我想我還是得去一趟。有沒有可能看到他的甚麼作品？」

「從他那裏看不到，他甚麼也不給你看。我認識一個小畫商，手裏有兩三張他的畫。但是你要是去，一定得讓我陪着你，你不會看懂的，我一定要親自指點給你看。」

「戴爾克，你簡直叫我失去耐性了，」施特略夫太太說。「他那樣對待你，你怎麼還能這樣談論他的畫？」她轉過來對我說：「你知道，有一些人到這裏來買戴爾克的畫，他卻勸他們買思特里克蘭德的，他非讓思特里克蘭德把畫拿到這裏給他們看不可。」

「你覺得思特里克蘭德的畫怎麼樣？」我笑着問她。

「糟糕極了。」

「啊，親愛的，你不懂。」

「哼，你的那些荷蘭老鄉簡直氣壞了，他們認為你是在同他們開玩笑。」

戴爾克．施特略夫摘下眼鏡來，擦了擦，他的一張通紅的面孔因為興奮而閃着亮光。

「為甚麼你認為美——世界上最寶貴的財富——會同沙灘上的石頭一樣，一個漫不經心的過路人隨隨便便地就能夠撿起來？美是一種美妙、奇異的東西，藝術家只有通過靈魂的痛苦折磨才能從宇宙的混沌中塑造出來。在美被創造出以後，它也不是為了叫每個人都能認出來的。要想認識它，一個人必須重複藝術家經歷過的一番冒險。他唱給你的是一個美的旋律，要是想在自己心裏重新聽一遍就必須有知識、有敏銳的感覺和想像力。」

「為甚麼我總覺得你的畫很美呢，戴爾克？你的畫我第一次看到就覺得好得了不得。」

施特略夫的嘴唇顫抖了一會兒。

「去睡覺吧，寶貝兒。我要陪我的朋友走幾步路，一會兒就回來。」

註釋：

[1] 讓．西麥翁．夏爾丹（一六九九—一七七九），法國畫家。

[2] 原文為法語。

[3] 原文為法語。

20

戴爾克·施特略夫答應第二天晚上來找我，帶我到一家多半會找到思特里克蘭德的咖啡館去。我覺得非常有趣，因為我發現這正是上次我來巴黎看思特里克蘭德時我們一起在那裏飲苦艾酒的地方。這麼多年，他連晚上消閒的地方也沒有更換，這說明他習性不易改變，據我看來，這也正是他的一種個性。

「他就在那裏，」當我們走到這家咖啡館的時候，施特略夫說。

雖然季節已是十月，晚飯後還很暖和，擺在人行道上的咖啡桁子坐滿了人。我在人群裏張望了一會兒，並沒有看到思特里克蘭德。

「看哪，他就坐在那邊，在一個角落裏，他在同人下棋呢。」

我看見一個人俯身在棋盤上，我只能看到一頂大氈帽和一捧紅鬍鬚。我們從桌子中間穿過去，走到他跟前。

「思特里克蘭德。」

他抬頭看了看。

「哈，胖子。你有甚麼事？」

「我給你帶來一位老朋友，他想見你。」

思特里克蘭德看了我一眼，顯然沒有認出我是誰來，他的眼睛又回到棋盤上。

「坐下，別出聲音，」他說。

他走了一步棋，馬上就全神貫注到面前的一局棋上。可憐的施特略夫心懷焦慮地望了我一眼，但是我卻沒有覺得有任何不自在。我要了一點喝的東西，靜靜地坐在那裏等着思特里克蘭德下完棋。對於這樣一個可以從容地觀察他的機會，我毋寧說是歡迎的。如果是我一個人來，我肯定認不出他了。首先，我發覺他的大半張臉都遮在亂蓬蓬的鬍鬚底下，他的頭髮也非常長；但是最令人吃驚的變化還是他的極度削瘦，這就使得他的大鼻子更加傲慢地翹起來，顴骨也更加突出，眼睛顯得比從前更大了，在他的太陽穴下面出現了兩個深坑。他的身體瘦得只剩了皮包骨頭，穿的仍然是五年前我見到的那身衣服，只不過已經破破爛爛，油跡斑斑，而且穿在身上晃晃蕩蕩，彷彿原來是給別人做的似的。我注意到他的兩隻手不很乾淨，指甲很長，除了筋就是骨頭，顯得大而有力，但是我卻不記得過去他的手形曾經這麼完美過。他坐在那裏專心致志地下棋，給我一種很奇特的印象——彷彿他身體裏蘊藏着一股無比的力量。我不知道為甚麼，他的削瘦使這一點更加突出了。

他走過一步棋後，馬上把身體往後一靠，凝視着他的對手，目光裏帶着一種令人奇怪的心不在焉的神情。與他對棋的人是一個蓄着長鬍鬚的肥胖的法國人，這個法國人察看了一下自己的棋勢，突然笑呵呵地破口罵了幾句，氣惱地把棋子收在一起，扔到棋盒裏去。他一點也不留情面地咒罵着思特里克蘭德，接着就把侍者叫來，付了兩人的酒賬，離開了，施特略夫把椅子往桌邊挪了挪。

「我想現在咱們可以談話了，」他說。

思特里克蘭德的目光落到他身上，那裏面閃現着某種惡意的譏嘲。我敢說他正在尋找一句甚麼挖苦話，因為找不到合適的，所以只好不開口。

「我給你帶來一位老朋友，他要見你，」施特略夫滿臉堆笑地又把見面時的話重複了一遍。

思特里克蘭德沉思地把我端詳了幾乎有一分鐘，我始終沒說話。

「我一生中也沒見過這個人，」他說。

我不知道為甚麼他要這樣說，因為從他眼神裏我敢肯定他是認識我的，我不像幾年以前那樣動不動就感到難為情了。

「我前幾天見到你妻子了，」我說，「我想你一定願意聽聽她最近的消息。」

他乾笑了一聲，眼睛裏閃着亮。

「咱們曾一起度過一個快活的晚上，」他說，「那是多久以前了？」

「五年了。」

他又要了一杯苦艾酒。施特略夫滔滔不絕地解釋，他和我如何會面，如何無意中發現都認識思特里克蘭德的事。我不知道這些話思特里克蘭德是否聽進去了，因為除了有一兩次他好像回憶起甚麼而看了我一眼以外，大部份時間他似乎都在沉思自己的事。如果不是施特略夫嘮嘮叨叨地說個沒完沒了，這場談話肯定要冷場的。半個鐘頭以後這位荷蘭人看了看錶，聲稱他必須回去了。他問我要不要同他一起走，我想剩下我一個人也許還能從思特里克蘭德嘴裏打聽到些甚麼，所以回答他說我還要坐一會兒。

當這個胖子走了以後，我開口說：

「戴爾克．施特略夫說你是個了不起的畫家。」

「我才他媽的不在乎他怎麼說呢！」

「你可以不可以讓我看看你的畫？」

「為甚麼我要給你看？」

「說不定我想買一兩幅。」

「說不定我還不想賣呢。」

「你過得不錯吧？」我笑着說。

他咯咯地笑了兩聲。

「我像過得不錯的嗎？」

「你像連肚皮也吃不飽的樣子。」

「我就是連飯也吃不飽。」

「那咱們去吃點甚麼吧。」

「你幹嗎請我吃飯？」

「不是出於慈善心腸，」我冷冷地說，「你吃得飽吃不飽才不關我的事呢。」

他的眼睛又閃起亮來。

「那就走吧，」他說，站了起來，「我倒是想好好地吃它一頓。」

21

我讓他帶我到一家他選定的餐館，但是在路上走的時候我買了一份報紙。叫了菜以後，我就把報紙支在一瓶聖．卡爾密酒上，開始讀報。我們一言不發地吃着飯。我發現他不時地看我一眼，但是我根本不理睬他，我準備逼着他自己講話。

「報紙上有甚麼消息？」在我們這頓沉默無語的晚餐將近尾聲時，他開口說。也許這只是我的幻覺吧，從他的聲音裏我好像聽出來他已經有些沉不住氣了。

「我喜歡讀評論戲劇的雜文，」我說。

我把報紙疊起來，放在一邊。

「這頓飯吃得很不錯，」他說。

「我看咱們就在這裏喝咖啡好不好？」

「好吧。」

我們點起了雪茄，我一言不發地抽着煙。我發現他的目光時不時地停在我身上，隱約閃現着笑意，我耐心地等待着。

「從上次見面以後你都做甚麼了？」最後他開口說。

我沒有太多的事好說，我的生活只不過是每日辛勤工作，沒有甚麼奇聞艷遇。我在不同方向進行了摸索試驗；我逐漸積累了不少書本知識和人情世故。在談話中，對他這幾年的生活我有意閉口不問，裝作絲毫也不感興趣的樣子。最後，我的這個策略生效了。他主動談起他的生活來，但是由於他太無口才，對他自己這一段時間的經歷講得支離破碎，許多空白都需要我用自己的想像去填補。對於這樣一個我深感興趣的人只能了解個大概，這真是一件吊人胃口的事，簡直像讀一部殘缺不全的稿本。我的總印象是，這個人一直在同各式各樣的困難艱苦鬥爭，但是我發現對於大多數人說來似乎是根本無法忍受的事，他卻絲毫不以為苦。思特里克蘭德與多數英國人不同的地方在於他完全不關心生活上的安樂舒適。叫他一輩子住在一間破破爛爛的屋子裏他也不會感到不舒服，他不需要身邊有甚麼漂亮的陳設。我猜想他從來沒有注意到我第一次拜訪他時屋子的糊牆紙是多麼骯髒，他不需要有一張安樂椅，坐在硬靠背椅上他倒覺得更舒服自在。他的胃口很好，但對於究竟吃甚麼卻漠不關心。對他說來他吞嚥下去的只是為了解飢果腹的食物，有的時候斷了頓兒，他好像還有挨餓的本領。從他的談話中我知道他有六個月之久每天只靠一頓麵包、一瓶牛奶過活。他是一個耽於飲食聲色的人，但對這些事物又毫不在意，他不把忍飢受凍當作甚麼苦難。他這樣完完全全地過着一種精神生活，不由你不被感動。

當他把從倫敦帶來的一點錢花完以後，他也沒有沮喪氣餒。他沒有出賣自己的畫作，我想他在這方面並沒有怎麼努力。他開始尋找一些掙錢的門徑，他用自我解嘲的語氣告訴我，有一段日子他曾經給那些想領略巴黎夜生活的倫敦人當嚮導。由於他慣愛嘲諷挖苦，這倒是一個投合他脾氣的職業。他對這座城市的那些不體面的地區逐漸都熟悉起來，他告訴我他如何在馬德蓮大馬路走來走去，希望遇到個想看看法律所不允許的事物的英國老鄉，最好是個帶有幾分醉意的人，如果運氣好他就能賺一筆錢。但是後來他那身破爛衣服把想觀光的人都嚇跑了，他找不到敢於把自己交到他手裏的冒險家了。這時由於偶然的機會他找到了一個翻譯專賣藥廣告的工作，這些藥要在英國醫藥界推銷，需要英語説明。有一次趕上罷工，他甚至還當過粉刷房屋的油漆匠。

在所有這些日子裏，他的藝術活動一直沒有停止過。但是不久他就沒有興致到畫室去了，他只關在屋子裏一個人埋頭苦幹。因為一文不名，有時他連畫布和顏料都買不起，而這兩樣東西恰好是他最需要的。從他的談話裏我了解到，他在繪畫上遇到的困難很大，因為他不願意接受別人指點，不得不浪費許多時間摸索一些技巧上的問題，其實這些問題過去的畫家早已逐一解決了。他在追求一種我不太清楚的東西，或許連他自己也知道得並不清楚。過去我有過的那種印象這一次變得更加強烈了：他像是一個被甚麼迷住了的人，他的心智好像不很正常。他不肯把自己的畫拿給別人看，我覺得這是因為他對這些畫實在不感興趣。他生活在幻夢裏，現實對他一點兒意義也沒有。我有一種感覺，他好像把自己的強烈個性全部傾注在一張畫布上，在奮力創造自己心靈所見到的景象時，他把周圍的一切事物全都忘記了。而一旦繪畫的過程結束——或許並不是畫幅本身，因為據我猜想，他是很少把一張畫畫完的，我是說他把一陣燃燒着他心靈的激情發洩完畢以後，他對自己畫出來的東西就再也不關心了。他對自己的畫兒從來也不滿意，同纏住他心靈的幻景相比，他覺得這些畫實在太沒有意義了。

「為甚麼你不把自己的畫送到展覽會上去呢？」我問他說，「我想你會願意聽聽別人的意見的。」

「你願意聽嗎？」

他說這句話時那種鄙夷不屑勁兒我簡直無法形容。

「你不想成名嗎？大多數畫家對這一點還是不能無動於衷的。」

「真幼稚。如果你不在乎某一個人對你的看法，一群人對你有甚麼意見又有甚麼關係？」

「我們並不是人人都是理性動物啊！」我笑着說。

「成名的是哪些人？是評論家、作家、證券經紀人、女人。」

「想到那些你從來不認識、從來沒見過的人被你的畫筆打動，或者泛起種種遐思，或者感情激蕩，難道你不感到欣慰嗎？每個人都喜愛權力。如果你能打動人們的靈魂，或者叫他們悽愴哀憫，或者叫他們驚懼恐慌，這不也是一種奇妙的行使權力的方法嗎？」

「滑稽戲。」

「那麼你為甚麼對於畫得好或不好還是很介意呢？」

「我並不介意，我只不過想把我所見到的畫下來。」

「如果我置身於一個荒島上，確切地知道除了我自己的眼睛以外再沒有別人能看到我寫出來的東西，我很懷疑我還能不能寫作下去。」

思特里克蘭德很久很久沒有作聲，但是他的眼睛卻閃着一種奇異的光輝，彷彿看到了某種點燃起他的靈魂、使他心醉神馳的東西。

「有些時候我就想到一個包圍在無邊無際的大海中的小島，我可以住在島上一個幽僻的山谷裏，四周都是不知名的樹木，我寂靜安閒地生活在那裏。我想在那樣一個地方，我就能找到我需要的東西了。」

這不是他的原話，他用的是手勢而不是形容的詞藻，而且結結巴巴沒有一句話說得完整。我現在是用自己的話把我認為他想要表達的重新說出來。

「回顧一下過去的五年，你認為你這樣做值得嗎？」我問他道。

他看着我，我知道他沒有明白我的意思，就解釋說：「你丟掉了舒適的家庭，放棄一般人過的那種幸福生活。你本來過得很不錯，可是你現在在巴黎大概連飯都吃不飽。再叫你從頭兒選擇，你還願意走這條路嗎？」

「還是這樣。」

「你知道，你根本沒有打聽過你的老婆和孩子，難道你從來沒有想過他們嗎？」

「沒有。」

「我希望你別他媽的老說一個字，你給他們帶來這麼多不幸，難道你就一分鐘也沒有後悔過？」

他咧開嘴笑了，搖了搖頭。

「我能想像得出，有時候你還是會不由自主地想起過去的。我不是說想起六七年以前的事，我是說更早以前，你和你妻子剛剛認識的時候，你愛她，同她結了婚。你難道就忘了第一次把她抱在懷裏的時候你感到的喜悦？」

「我不想過去，對我說來，最重要的是永恆的現在。」

我想了想他這句答話的意思，也許他的語義很隱晦，但是我想我還是懂得他大概指的是甚麼了。

「你快活嗎？」我問。

「當然了。」

我沒有說甚麼，我沉思地凝視着他。他也目不轉睛地望着我，沒過一會兒他的眼睛又閃爍起譏笑的光芒。

「我想你對我有點兒意見吧？」

「你這話問得沒意義，」我馬上接口說，「我對蟒蛇的習性並不反對，相反我對它的心理活動倒很感興趣。」

「這麼說來，你純粹是從職業的角度對我發生興趣？」

「純粹是這樣。」

「你不反對我是理所當然的，你的性格也實在討厭。」

「也許這正是你同我在一起感到很自然的原故，」我反唇相譏說。

他只乾笑了一下，沒說甚麼。我真希望我能形容一下兒他笑的樣子，我不敢說他的笑容多麼好看，但是他一笑起來，臉就泛起光彩，使他平時總是陰沉着的面容改了樣子，平添了某種刁鑽刻薄的神情。他的笑容來得很慢，常常是從眼睛開始也就消失在眼梢上。另外，他的微笑給人以一種色慾感，既不是殘忍的，也不是仁慈的，令人想到森林之神的那種獸性的喜悅，正是他的這種笑容使我提出一個問題。

「從你到巴黎以後鬧過戀愛嗎？」

「我沒有時間幹這種無聊的事，生命太短促了，沒有時間既鬧戀愛又搞藝術。」

「你可不像過隱士生活的樣子。」

「這種事叫我作嘔。」

「人性是個討厭的累贅，對不對？」我說。

「你為甚麼對我傻笑？」

「因為我不相信你。」

「那你就是個大傻瓜。」

我沒有馬上答話，我用探索的目光盯着他。

「你騙我有甚麼用？」我說。

「我不知道你是甚麼意思。」

我笑了。

「叫我來說吧，我猜想你是這樣一種情況。一連幾個月你腦子裏一直不想這件事，你甚至可以使自己相信，你同這件事已經徹底絕緣了。你為自己獲得了自由而高興，你覺得終於成為自己靈魂的主人了，你好像昂首於星斗中漫步。但是突然間，你忍受不住了。你發覺你的雙腳從來就沒有從污泥裏拔出過，你現在想索性全身躺在爛泥塘裏翻滾。於是你就去找一個女人，一個粗野、低賤、俗不可耐的女人，一個性感畢露令人嫌惡的畜類般的女人。你像一個野獸似地撲到她身上，你拚命往肚裏灌酒，你憎恨自己，簡直快要發瘋了。」

他凝視着我，身子一動也不動。我也目不轉睛地盯着他的眼睛，我說得很慢。

「我現在要告訴你一件看來一定是很奇怪的事：等到那件事過去以後，你會感到自己出奇地潔淨。你有一種靈魂把肉體甩脱掉的感覺，一種脱離形體的感覺。你好像一伸手就能觸摸到美，倒彷彿『美』是一件撫摸得到的實體一樣。你好像同颯颯的微風、同綻露嫩葉的樹木、同波光變幻的流水息息相通。你覺得自己就是上帝，你能夠給我解釋這是怎麼回事嗎？」

他一直盯着我的眼睛，直到我把話講完。這以後他才轉過臉去，他的臉上有一種奇怪的神情，我覺得一個死於酷刑折磨下的人可能會有這種神情的。他沉默不語，我知道我們這次談話已經結束了。

22

我在巴黎定居下來，開始寫一個劇本。我的生活很有規律，早上工作，下午在盧森堡公園或者在大街上漫步。我把很多時間消磨在盧佛爾宮裏，這是巴黎所有畫廊中我感到最親切的一個，也是最適於我冥想的地方。再不然我就在塞納河邊悠閒地打發時間，翻弄一些我從來不想買的舊書。我東讀兩頁、西讀兩頁，就這樣熟悉了不少作家，對這些作家我有這種零星的知識也就完全夠用了。晚飯後我去看朋友，我常常到施特略夫家去，有時候在他家吃一頓簡便的晚飯。施特略夫認為做意大利菜是他的拿手，我也承認他做的意大利通心粉遠比他畫的畫高明。當他端上來一大盤香噴噴的通心粉，配着西紅柿，我們一邊喝紅葡萄酒，一邊就着通心粉吃他家自己烘烤的麵包的時候，這一頓飯簡直抵得上皇上的御餐了。我同勃朗什·施特略夫逐漸熟起來。我想，可能因為我是英國人，而她在這裏認識的英國人不多，所以她很高興看到我。她心地單純，人總是快快活活，但是她一般不太愛說話。不知道為甚麼，她給我一個印象，彷彿心裏藏着甚麼東西似的。但是我也想過，這也許只是因為她生性拘謹，再加上她丈夫心直口快、過於饒舌的緣故。戴爾克心裏有甚麼話都憋不住，就是最隱秘的事也毫無避諱地公開和你討論，他的這種態度有時候叫他妻子感到很尷尬，我見到她老羞成怒只有一次。那次施特略夫非要告訴我他服瀉藥的事不可，而且說得繪聲繪色。在他給我描述這件災禍時，他的臉色一本正經，結果我差點兒笑破了肚皮，而施特略夫太太則窘得無地自容，終於冒起火來。

「你好像願意把自己當個傻瓜似的，」她說。

當他看到自己的老婆真的生起氣來的時候，他的一對圓眼睛瞪得更圓了，眉毛也不知所措地皺了起來。

「親愛的，你生我的氣了嗎？我再也不吃瀉藥了。這都是因為我肝火太旺的緣故，我整天坐着不動，我的運動不夠，我有三天沒有……」

「老天啊，你還不閉嘴！」她打斷了他的話，因為氣惱而迸出眼淚來。

他的臉耷拉下來，像是個挨了訓的孩子似地撅起嘴來。他向我遞了個懇求的眼色，希望我替他打個圓場，可是我卻無法控制自己，笑得直不起腰來。

有一天我們一起到一個畫商那裏去，施特略夫認為他至少可以讓我看到兩三張思特里克蘭德的畫。但是在我們到了那裏以後，畫商卻告訴我們，思特里克蘭德已經把畫取走了，畫商也不知道他為甚麼要這樣做。

「不要認為我為這件事感到惱火，我接受他的畫都是看在施特略夫先生的面上，我告訴他我盡量替他賣。但是說真的——」他聳了聳肩膀。「我對年輕人是有興趣的，可是施特略夫先生，你自己也知道，你也並不認為他們中有甚麼天才。」

「我拿名譽向你擔保，在所有這些畫家裏，再沒有誰比他更有天才了。你相信我的話吧，一筆賺錢的買賣叫你白白糟蹋了，遲早有一天他的這幾張畫會比你舖子裏所有的畫加在一起還值錢。你還記得莫奈嗎？當時他的一張畫一百法郎都沒人要，現在值多少錢了？」

「不錯，但是當時還有一百個畫家，一點也不次於莫奈，同樣也賣不掉自己的畫，現在這些人的畫還是不值錢。誰知道這是怎麼回事？是不是畫家只要畫得好就能成名呢？千萬別相信這個。再說[1]，你的這位朋友究竟畫得好不好也還沒有證實。只有你施特略夫先生一個人誇獎他，我還沒聽見別人說他好呢。」

「那麼你說說，怎樣才知道一個人畫得好不好？」戴爾克問道，臉都氣紅了。

「只有一個辦法——出了名畫得就好。」

「市儈，」戴爾克喊道。

「不妨想想過去的大藝術家——拉斐爾，米開朗基羅，安格爾[2]，德拉克羅瓦[3]，都是出了名的。」

「咱們走吧，」施特略夫對我說，「再不走的話我非把這個人宰了不可。」

註釋：

[1] 原文為法語。

[2] 讓．奧古斯特．多米尼克．安格爾（一七八零—一八六七），法國畫家。

[3] 費迪南．維克多．歐仁．德拉克羅瓦（一七九八—一八六三），法國畫家。

23

我常常見到思特里克蘭德，有時候同他下下棋，他的脾氣時好時壞。有些時候他神思不定地坐在那裏，一言不發，任何人都不理；另外一些時候他的興致比較好，就磕磕巴巴地同你閒扯。他說不出甚麼寓意深長的話來，但是他慣用惡毒的語言挖苦諷刺，不由你不被打動；此外，他總是把心裏想的如實說出來，一點也不隱諱。他總他絲毫也不理會別人是否經受得住，如果他把別人刺傷了，就感到得意非常。他總是不斷刻薄戴爾克·施特略夫，弄得施特略夫氣沖沖地走開，發誓再也不同他談話了。但是在思特里克蘭德身上卻有一股強大的力量，這位肥胖的荷蘭人身不由己地被它吸引着，最終還是跑了回來，像隻笨拙的小狗一樣向他搖尾巴，儘管他心裏一清二楚，迎接他的將是他非常害怕的當頭一棒。

我不知道為甚麼思特里克蘭德對我始終保留着情面，我們兩人的關係有些特殊，有一天他開口向我借五十法郎。

「這真是我連做夢也沒想到的事，」我回答說。

「為甚麼沒有？」

「這不是一件使我感到有趣的事。」

「我已經窮得叮噹響了，知道吧？」

「我管不着。」

「我餓死你也管不着嗎？」

「我為甚麼要管呢？」我反問道。

他盯着我看了一兩分鐘，一面揪着他那亂蓬蓬的鬍子，我對他笑了笑。

「你有甚麼好笑的？」他說，眼睛裏閃現出一絲惱怒的神色。

「你這人太沒心眼了，你從來不懂欠人家的情，誰也不欠你的情。」

「如果我因為交不起房租被攆了出來，逼得去上了吊，你不覺得心裏不安嗎？」

「一點也不覺得。」

他咯咯地笑起來。

「你在說大話，如果我真的上了吊你會後悔一輩子的。」

「你不妨試一試，就知道我後悔不後悔了。」

他的眼睛裏露出一絲笑意，默默地攪和着他的苦艾酒。

「想不想下棋？」我問他說。

「我不反對。」

我們開始擺棋子，擺好以後，他注視着面前的棋盤，帶着一副自得其樂的樣子。當你看到自己兵馬都已進入陣地，就要開始一場大厮殺，總禁不住有一種快慰的感覺。

「你真的以為我會借錢給你嗎？」我問他。

「我想不出來為甚麼你會不借給我。」

「你使我感到吃驚。」

「為甚麼？」

「發現你心裏還是人情味十足讓我失望。如果你不那麼天真，想利用我的同情心來打動我，我會更喜歡你一些。」

「如果你被我打動，我會鄙視你的，」他回答說。

「那就好了，」我笑起來。

我們開始走棋，兩個人的精神都被當前的一局棋吸引住。一盤棋下完以後，我對他說：

「你聽我說，如果你缺錢花，讓我去看看你的畫怎麼樣？如果有我喜歡的，我會買你一幅。」

「你見鬼去吧！」他説。

他站起來準備走，我把他攔住了。

「你還沒有付酒賬呢，」我笑着説。

他罵了我一句，把錢往桌上一扔就走了。

這件事過去以後，我有幾天沒有看見他，但是有一天晚上我正坐在咖啡館裏看報紙的時候，思特里克蘭德走了過來，在我身旁邊坐下。

「你原來並沒有上吊啊，」我説。

「沒有，有人請我畫一幅畫。我現在正給一個退休的鉛管工畫像，可以拿到兩百法郎。」[1]

「你怎麼弄到這筆買賣的？」

「賣我麵包的那個女人把我介紹去的。他同她説過，要找一個人給他畫像，我得給她二十法郎介紹費。」

「是怎樣一個人？」

「太了不起了，一張大紅臉像條羊腿，右臉上有一顆大痣，上面還長着大長毛。」

思特里克蘭德這天情緒很好，當戴爾克·施特略夫走來同我們坐在一起時，思特里克蘭德馬上冷嘲熱諷地對他大肆攻擊起來。他慣會尋找這位不幸的荷蘭人的痛處，技巧的高超實在令我欽佩。他這次用的不是譏刺的細劍，而是謾罵的大棒。他的攻擊來得非常突然，施特略夫被打得個措手不及，完全失掉防衛能力。像一隻受了驚的小羊，沒有目的地東跑西竄，張皇失措，暈頭轉向。最後，淚珠撲簌簌地從他眼睛裏滾出來。這件事最糟糕的地方在於，儘管你非常惱恨思特里克蘭德，儘管你感到這齣戲很可怕，你還是禁不住要笑起來。有一些人很不幸，即使他們流露的是最真摯的感情也令人感到滑稽可笑，戴爾克·施特略夫正是這樣一個人。

但是儘管如此，在我回顧我在巴黎度過的這個冬天時，戴爾克·施特略夫還是給我留下了最愉快的回憶。他的小家庭有一種魅力，他同他的妻子是一幅叫你思念不置的圖畫；他對自己妻子的純真的愛情使人感到是嫻雅而高尚的。儘管他的舉止還是那麼滑稽，但他的感情的真摯卻不由你不被感動。我可以理解他的妻子對他的反應，我很高興她對他也非常溫柔體貼。如果她有幽默感的話，看到自己的丈夫這樣把她放在寶座上，當作偶像般地頂禮膜拜，她一定也會覺得好笑的；但是儘管她會笑他，一定也會覺得得意，被他感動。他是一個忠貞不渝的愛人，當她老了以後，當她失去了圓潤的線條和秀麗的形體以後，她在他的眼睛裏仍然會是個美人，美貌一點也不減當年。對他説來，她永遠是世界上最美麗的女人。他們的井然有序的生活安詳嫻雅，令人非常愉快。他們住房只有一個畫室，一間臥房和一個小廚房。所有家務事都是施特略夫太太自己做，在戴爾克埋頭繪畫的當兒，她就到市場上去買東西，做午飯，縫衣服，像勤快的螞蟻一樣終日忙碌着。吃過晚飯，她坐在畫室裏繼續做針線活，而戴爾克則演奏一些我猜想她很難聽懂的樂曲。他的演奏有一定的藝術水平，但是常常帶着過多的感情，他把自己的誠實的、多情的、充滿活力的靈魂完全傾注到音樂裏去了。

他們的生活從某一方面看像是一曲牧歌，具有一種獨特的美。戴爾克．施特略夫的一言一行必然會表現出的荒誕滑稽都給予這首牧歌添上一個奇怪的調子，好像一個無法調整的不諧和音，但是這反而使這首樂曲更加現代化，更富於人情味，像是在嚴肅的場景中插入一個粗俗的打諢，更加激化了美所具備的犀利的性質。

註釋：

[1] 這幅畫原來在里爾的一個闊綽的廠商手裏，德國人逼近里爾時他逃赴外地。現在這幅畫收藏在斯德哥爾摩國家美術館，瑞典人是很善於這種混水摸魚的小把戲的。——原註

24

聖誕節前不久，戴爾克．施特略夫來邀請我同他們一起過節。聖誕節總是使他有些感傷（這也是他性格的一個特點），他希望能同幾個朋友一起按照適宜的禮規慶祝一下這個節日。我們兩人都有兩三個星期沒有見到思特里克蘭德了；我是因為忙着陪幾個來巴黎短期逗留的朋友，施特略夫則因為上次同他大吵了一頓決心不同他來往了。思特里克蘭德這個人太不懂得人情世故，他發誓無論如何也不能再理他了。但是節日來臨，施特略夫的心腸又軟下來，說甚麼他也不能讓思特里克蘭德一個人悶坐在家裏。他認為思特里克蘭德的心境必然同他的一樣，在這樣一個人們理應互相恩愛的日子裏，叫這位畫家在寂寥冷清中度過實在是一件令人無法忍受的事。他在自己的畫室裏佈置好一棵聖誕樹，我猜想我們每個人都會在點綴起來的樹枝上找到一件可笑的小禮品。但是他有點不好意思去找思特里克蘭德，這麼容易就寬恕了使他丟盡臉面的侮辱未免有失身份，他雖然決心同思特里克蘭德和解，卻希望主動去拜訪他時我也在場。

我們一起步行到克里舍路，但是思特里克蘭德並沒有在咖啡館裏。天氣很冷，不能再坐在室外了。我們走進屋子裏，在皮面座椅上坐下。屋子裏又熱又悶，空氣因為煙霧瀰漫而變得灰濛濛的。思特里克蘭德沒在屋子裏，但是我們很快就發現了偶爾同思特里克蘭德一起下棋的那個法國畫家。我同他也小有往來，他在我們的桌子旁邊坐下，施特略夫問他看見思特里克蘭德沒有。

「他生病了，」他說，「你沒有聽說嗎？」

「厲害嗎？」

「我聽說很厲害。」

施特略夫的臉色一下變白了。

「他為甚麼不寫信告訴我？咳，我同他吵嘴做甚麼？咱們得馬上去看看他，沒有人照料他，他住在甚麼地方？」

「我說不清，」那個法國人說。

我們發現誰也不知道該到哪兒去找他，施特略夫越來越難過。

「說不定他已經死了，他的事沒有一個人知道。太可怕了，我真是受不了，咱們一定得馬上找到他。」

我想叫施特略夫明白，在茫茫大海似的巴黎找一個人是荒謬的，我們必須首先有一個計劃。

「是的。但是也許就在我們想辦法的時候，他正在嚥氣呢，等我們找到他的時候，一切就都太晚了。」

「先安安靜靜地坐一會，想想該怎麼辦，」我不耐煩地說。

我知道的唯一地址是比利時旅館，但是思特里克蘭德早已搬出那個地方了，那裏的人肯定不會記得他了。他行蹤詭秘，不願意讓別人知道自己的住址；在搬走的時候，多半沒有留下地址。再說，這已是五年前的事了。但是我敢肯定他住的地方不會太遠，既然他住在比利時旅館的時候就到這家咖啡館來，後來始終沒有換地方，一定是因為這裏對他很方便。突然我想起來，他經常去買麵包的一家店舖曾經介紹他給人畫過像，說不定那家麵包店會知道他的住址。我叫人拿來一本電話簿，開始翻查這一帶的麵包店。我一共找到了五家，唯一的辦法是挨家去打聽一遍。施特略夫心有不甘地跟在我後面，他本來打算在同克里舍路相通的幾條街上前後跑一通，只要碰到一家寄宿公寓就進去打聽。結果證明，還是我的平凡的計劃奏效了。就在我們走進的第二家麵包店，櫃枱後面的一個女人說她認識他。她不太知道他到底住在哪兒，但是肯定是對面三座樓房中的一座。我們的運氣不壞，頭一幢樓的門房就告訴我們可以在最頂上的一層找到他。

「他可能害病了，」施特略夫說。

「可能是吧，」門房冷冷地說，「事實上[1]，我有幾天沒看見他了。」

施特略夫在我前面搶先跑上樓梯，當我走到最高的一層時，他已經敲開一個房間的門正在同一個穿着襯衫的工人講話，這個人指了指另外一扇門，他相信住在那裏的人是個畫家，他已經有一個星期沒有看見他了。施特略夫剛準備去敲門，但是馬上又轉過身來對我做了個手勢，表示他不知道該怎麼辦，我發現他害怕得要命。

「要是他已經死了怎麼辦？」

「他死不了，」我說。

我敲了敲門，沒有人應聲。我扭了一下門柄，門並沒有鎖着。我走了進去，施特略夫跟在我後面。屋子很黑，我只能看出來這是一間閣樓，天花板是傾斜的。從天窗上射進一道朦朧的光線，並不比室內的昏暗亮多少。

「思特里克蘭德，」我叫了一聲。

沒有回答，一切都實在令人感到神秘，施特略夫緊靠着我後面站着，我好像覺得他正在索索發抖。我猶豫了一會，是不是要劃一根火柴。朦朧中我看到牆角有一張床，我不知道亮光會不會使我看到床上躺着一具屍體。

「你沒有火柴嗎，你這笨蛋？」

從黑暗裏傳來思特里克蘭德的呵斥的聲音，把我嚇了一跳。

施特略夫驚叫起來。

「哎呀，上帝，我還以為你死了呢。」

我劃了一根火柴，四處看了看有沒有蠟燭。匆猝間我看到的是一間很小的屋子，半做住房，半做畫室，屋子裏只有一張床，面對牆放着的是一些畫幅，一個畫架，一張桌子和一把椅子。地板上光禿禿的沒有地毯，室內沒有火爐。桌子上亂堆着顏料瓶、調色刀和雜七雜八的東西，在這一堆凌亂的物品中間我找到半截蠟燭頭，我把它點上。思特里克蘭德正在床上躺着，他躺得很不舒服，因為這張床對他說來顯然太小了。為了取暖，他的衣服都在身上蓋着。一眼就能看出來，他正在發高燒。施特略夫走到床前，因為感情激動連嗓子都啞了。

「啊，可憐的朋友，你怎麼啦？我一點也不知道你生病了。為甚麼你不告訴我一聲？你知道為了你我甚麼事都會做的。你還計較我說的話嗎？我不是那個意思，我錯了，我生了你的氣太不應該了。」

「見鬼去吧！」思特里克蘭德説。

「別不講理，好不好？讓我使你舒服一些，沒有人照料你麼？」

他在這間邋裏邋遢的小閣樓裏四處張望着，不知從何下手，他把思特里克蘭德的被子整了一下。思特里克蘭德呼呼地喘着氣，忍着怒氣一語不發，他氣哼哼地看了我一眼。我靜靜地站在那裏，盯着他。

「要是你想替我做點甚麼事的話，就去給我買點牛奶吧，」最後他開口説，「我已經有兩天出不了門了。」

床旁邊放着一隻裝牛奶用的空瓶，一張報紙上還有一些麵包屑。

「你吃過甚麼了？」

「甚麼也沒吃。」

「多久了？」施特略夫喊道。「你是説兩天沒吃沒喝了嗎？太可怕了。」

「我還有水喝。」

他的眼睛在一個大水罐上停留了一會兒，這隻水罐放在他一伸手就夠得到的地方。

「我馬上就去，」施特略夫説。「你還想要別的東西嗎？」

我建議給他買一隻熱水瓶，一點兒葡萄同麵包。施特略夫很高興有這個幫忙的機會，噔噔地跑下樓梯去。

「該死的傻瓜，」思特里克蘭德咕嚕了一句。

我摸了摸他的脈搏，脈搏很快，很虛弱。我問了他一兩個問題，他不回答。我再一逼問，他賭氣把臉轉過去，對着牆壁。沒有其他事可做了，只能一語不發地在屋裏等着。過了十分鐘，施特略夫氣喘吁吁地回來了。除了我提議要他買的東西以外，他還買來了蠟燭、肉汁和一盞酒精燈。他是一個很會辦事的人，一分鐘也沒有耽擱，馬上就煮了一杯牛奶，把麵包泡在裏面。我量了量思特里克蘭德的體溫，華氏一百零四度，他顯然病得很厲害。

註釋：

[1] 原文為法語。

25

過了一會兒我們便離開那裏。戴爾克回家吃晚飯，我自告奮勇去找一位醫生，帶他來看看思特里克蘭德的病。當我們走到街上的時候——從那間悶濁的閣樓出來感到外面的空氣特別清新——，荷蘭人叫我馬上到他的畫室去一趟。他有一件甚麼心事，只是不肯對我講，他一定要我陪他回家去。我想，即使馬上把醫生請到，除了我們替思特里克蘭德做到的那些事外，暫時也不會有更多的事好做，於是我就同意了。我們發現勃朗什·施特略夫正在擺桌子準備吃晚飯。戴爾克走到她跟前，握住她的兩隻手。

「親愛的，我求你做一件事，」他說。

她望着他，歡快中帶着某種嚴肅，這正是她迷人的地方。施特略夫臉上冒着汗珠，閃着亮光，激動不安的神情使他的臉相顯得很滑稽，但是在他的滾圓的、好像受到驚嚇的眼睛裏卻射出來一道熱切的光芒。

「思特里克蘭德病得很厲害，可能快要死了。他一個人住在一間骯髒的閣樓裏，沒有人照料他，我求你答應我把他帶到咱們家來。」

她很快地把手縮回來——我從來沒有看到過她的動作這麼快過——，面頰一下子漲紅了。

「啊，不成。」

「哎呀，親愛的，不要拒絕吧。我叫他一個人在那裏實在受不了，我會因為惦記着他連覺也睡不着的。」

「你去照顧他我不反對。」她的聲音聽起來非常冷漠而遙遠。

「但是他會死的。」

「讓他死去吧。」

施特略夫倒吸了一口氣，抹了抹臉。他轉過身來請求我支援，但是我不知道該說甚麼好。

「他是個了不起的畫家。」

「那同我有甚麼關係？我討厭這個人。」

「啊，我的親愛的，我的寶貝，你不是這個意思吧！我求求你，讓我把他弄到咱們家裏吧。我們可以叫他過得舒服一些，也許我們能救他一命。他不會給你帶來麻煩的，甚麼事都由我來做，我們可以在畫室裏給他架一張床。我們不能叫他像一條野狗似的死掉，太不人道了。」

「為甚麼他不能去醫院呢？」

「醫院！他需要愛撫的手來照顧，護理他必須要極其體貼才成。」

我發現勃朗什．施特略夫感情波動得這麼厲害，覺得有點奇怪。她繼續往桌上擺餐具，但是兩隻手卻抖個不停。

「我對你簡直失去耐心了，你認為如果你生了病，他會動一根手指頭來幫助你嗎？」

「那又有甚麼關係？我有你照顧啊，不需要他來幫忙。再說，我同他不一樣，我這人一點也不重要。」

「你簡直還不如一條雜種小狗有血性呢！你躺在地上叫人往你身上踩。」

施特略夫笑了一下，他以為自己了解他的妻子為甚麼採取這種態度。

「啊，可憐的寶貝，你還想着那次他來看我畫的事呢。如果他認為我的畫不好又有甚麼關係呢？那天我真不應該把畫給他看，我敢說我畫的畫並不很好。」

他懊喪地環顧了一下畫室。畫架上立着一幅未完成的油畫——一個意大利農民笑容滿面地拿着一串葡萄，在一個黑眼睛的小女孩頭頂上擎着。

「即使他不喜歡你的畫也應該有一點禮貌啊，他沒有必要侮辱你。他的態度很清楚地表現出對你非常鄙視，可是你卻還要舔他的手。啊，我討厭這個人。」

「親愛的孩子，他是有天才的。不要認為我相信自己也有天才，我倒希望我有呢。但是別人誰是天才我看得出來，我從心眼裏尊重這種人。天才是世界上最奇妙的東西，對於他們本人說來，天才是一個很大的負擔。我們對這些人必須非常容忍，非常耐心才行。」

我站在一旁聽着，這幕家庭衝突使我有些尷尬。我不了解施特略夫為甚麼非要我同他一起來不可，我看到他的妻子眼淚已經快要流出來了。

「但是我求你讓我把他帶來，並不只因為他是個天才。我要這樣做是因為他是個人，是因為他害着病，因為他一個錢也沒有。」

「我永遠也不讓他進咱們的家門——永遠也不讓。」

施特略夫轉過身來，面對着我。

「你對她講一講吧，這是一件生死攸關的事，無論如何也不能把他扔在那個倒霉的地方不管。」

「事情非常清楚，讓他到這裏來調養要好得多，」我說，「但是當然了，這對你們是很不方便的，我想得有一個人日夜照看着他。」

「親愛的，你不是那種怕麻煩不肯伸手幫忙的人。」

「如果他到這裏來，我就走，」施特略夫太太氣沖沖地說。

「我簡直認不出你來了。你不是一向心腸很軟嗎？」

「啊，看在老天爺面上，別逼我了，你快要把我逼瘋了。」

最後，她終於落下眼淚來。她癱在一把椅子上，兩手捂着臉，肩膀抽搐着。戴爾克一下子跪在她身邊，摟着她，又是親吻，又是呼叫她各式各樣親暱的名字，廉價的淚水也從他的面頰上淌下來。沒有過一會，她就從他的懷抱裏掙脱出來，揩乾了眼淚。

「讓我好好地待一會吧，」她說，語氣平順多了。接着，她強笑着對我說：「我剛才那樣，真不知道你會把我當成怎樣個人了。」

施特略夫困惑地望着她，不知怎樣才好。他緊皺着眉頭，撅着通紅的嘴巴，他那副怪樣子使我聯想到一隻慌亂的豚鼠。

「那麼你不答應嗎，親愛的？」最後他說。

她有氣無力地揮了一下手，她已經筋疲力盡了。

「畫室是你的，這個家都是你的。如果你要讓他搬到這裏來，我怎麼攔得住呢？」

施特略夫的一張胖臉馬上綻露出笑容。

「這麼說你同意了？我知道你不會不答應的。噢，我的親愛的。」

但是她立刻又克制住自己，她用一對暗淡無神的眼睛望着他，十指交疊着按在胸口，彷佛心跳得叫她受不了似的。

「噢，戴爾克，自從咱們認識以後我還沒有求你做過甚麼事呢。」

「你自己也知道，只要你說一句話，天底下沒有一件事我不肯為你做的。」

「我求你別叫思特里克蘭德到這裏來，你叫誰來都成，不管是小偷，是醉鬼，還是街頭的流浪漢，我敢保證，我都服侍他們，盡我的一切力量服侍他們。但是我懇求你，千萬別把思特里克蘭德帶回家裏。」

「可是為甚麼呀？」

「我怕他。我也不知道為甚麼，他這個人叫我怕得要死，他會給我們帶來禍害。我知道得非常清楚，我感覺得出來，如果你把他招來，不會有好結局的。」

「你真是沒有道理。」

「不，不，我知道我是對的，咱們家會發生可怕的事的。」

「為甚麼？因為咱們做了一件好事？」

她的呼吸非常急促，臉上有一種無法解釋的恐懼。我不知道她想的是甚麼，我覺得她好像正被一種無形的恐怖緊緊抓住，完全失去控制自己的能力了。她一向總是沉着穩重，現在這種驚懼不安的樣子着實令人吃驚。施特略夫帶着困惑、驚愕的神情打量了她一會兒。

「你是我的妻子，對我說來，你比任何事物都寶貴，如果你沒有完全同意誰也不會到咱們家來。」

她閉了一會兒眼睛，我以為她或許要暈過去了。我對她有些不耐煩，我沒想到她是這樣神經質的女人。接着我又聽到施特略夫的話語聲，沉寂似乎奇怪地被他的聲音打破了。

「你自己是不是也一度陷於非常悲慘的境地，恰好有人把援助的手伸給你？你知道那對你是多麼重要的事。如果遇到這種情況，你不願意也幫別人一下兒嗎？」

他這番話一點也不新鮮，我甚至覺得這裏面還有一些教訓的意味，我差點兒笑了出來。但是它對勃朗什·施特略夫的影響卻叫我大吃一驚，她身體抖動了一下，好久好久凝視着她的丈夫。施特略夫緊緊盯住地面，我不懂為甚麼他的樣子顯得非常困窘。施特略夫太太的臉上泛上一層淡淡的紅暈，接着又變白——變得慘白；你會覺得她身上的血液都從表面收縮回去，連兩隻手也一點血色沒有了。她全身顫抖起來，畫室寂靜無聲，好像那寂靜已經變成了實體，只要伸出手就摸得到似的，我奇怪得不得了。

「把思特里克蘭德帶來吧，戴爾克，我會盡量照顧他。」

「我的親愛的，」他笑了。

他想抱住她，但是她卻避開了。

「當着生人的面別這麼多情了，戴爾克，」她說，「叫人多下不來台啊。」

她的神情已經完全自然了，沒有人敢說幾分鐘以前她還被一種強烈的感情激動着。

26

第二天我們就去給思特里克蘭德搬家。勸説他搬到施特略夫家裏來需要絕大的毅力和更多的耐心，幸而思特里克蘭德病得實在太重，對於施特略夫的央求和我的決心都做不出有效的抵抗了。在他的軟弱無力的咒罵聲中，我們給他穿好衣服，扶着他走下樓梯，安置在一輛馬車裏，最後終於把他弄到施特略夫的畫室裏。當我們到達以後，他已經一點氣力也沒有了，只好一言不發地由我們把他放在一張床上。他的病延續了六個星期。有一段日子看上去他連幾個鐘頭也活不過去了，我毫不懷疑，他之所以能夠活下來完全要歸功這位荷蘭畫家任勞任怨的護理。我從來也沒有見到過比他更難伺候的病人。倒不是説他挑剔、抱怨；恰恰相反，他從來也不訴苦，從來不提出甚麼要求，他躺在那裏一語不發。但是他似乎非常厭恨你對他的照顧；誰要是問一問他覺得怎麼樣、有甚麼需要，他輕則挖苦你一句，重則破口大罵。我發現這個人實在讓人厭惡，他剛一脱離危險，我就把我的想法告訴了他。

「見鬼去吧，你，」他一點不客氣地回敬了我一句。

戴爾克·施特略夫把自己的工作全部擱下，整天服侍病人，又體貼，又關切。

他的手腳非常利索，把病人弄得舒舒服服。大夫開了藥，他總是連哄帶騙地勸病人按時服用，我從來沒想到他的手段這麼巧妙，無論做甚麼事他都不嫌麻煩。儘管他的收入一向只夠維持夫妻兩人的生活，從來就不寬裕，現在他卻大手大腳，購買時令已過、價錢昂貴的美味，想方設法叫思特里克蘭德多吃一點東西（他的胃口時好時壞，叫人無法捉摸）。我甚麼時候也忘不了他勸説思特里克蘭德增加營養的那種耐心和手腕，不論思特里克蘭德對他多麼沒禮貌，他也從來不動火。如果對方只是鬱悶懊喪，他就假裝看不到；如果對方頂撞他，他只是一笑置之。當思特里克蘭德身體好了一些，情緒高起來，嘲笑他幾句開開心，他就做出一些滑稽的舉動來，故意給對方更多譏笑的機會。他會高興地遞給我幾個眼色，叫我知道病人已經大有起色了，施特略夫實在是個大好人。

但是更使我感到吃驚的還是勃朗什。她證明了自己不僅是一個能幹的、而且是一個專心致志的護士。你再也不會想到她曾一度激烈地反對過自己的丈夫，堅決不同意把思特里克蘭德帶回到家裏來。病人需要照料的地方很多，她堅持要盡到自己一部份責任。她整理病人的床鋪，盡量做到在撤換床單時不驚擾病人。她給病人洗浴，當我稱讚她的能幹時，她臉上露出慣有的微笑，告訴我她曾經在一家醫院做過一段事。她絲毫不讓人看出來，她曾經那樣討厭過思特里克蘭德。她同他說話不多，但是不管他有甚麼需要，她都很快地就能知道。有兩個星期思特里克蘭德整夜都需要有人看護，她就和她丈夫輪班守夜。我真想知道，在她坐在病床旁邊度過漫漫長夜時心裏在想些甚麼。思特里克蘭德躺在床上，樣子古怪怕人，他的身軀比平常更加削瘦，紅色的鬍子亂成一團，眼睛興奮地凝視着半空；因為生病，他的眼睛顯得非常大，炯炯發光，但那光亮顯得很不自然。

「夜裏他跟你說過話嗎？」有一次我問她。

「從來沒有。」

「你還像過去那樣不喜歡他嗎？」

「比以前更厲害了。」

她用一雙安詳的、灰色的眼睛望着我。她的神色非常恬靜，我很難相信她居然能像那次我看到的那樣大發脾氣。

「你替他做了這麼多事，他謝過你嗎？」

「沒有，」她笑了笑說。

「這人真不通人情。」

「簡直太可惡了。」

施特略夫對她自然非常滿意。她這樣把他撂給她的擔子挑了過來，而且全心全意地履行自己的職責，他無論怎樣做也無法表示對她的感激，但是他對勃朗什同思特里克蘭德彼此的關係又有些不解。

「你知道，我看見過他們在一起坐了好幾個鐘頭，誰也一句話不說。」

有一次我和這一家人一同坐在畫室裏，這時思特里克蘭德的身體已經快好了，再過一兩天就要起床了。戴爾克同我閒聊。施特略夫太太在縫補甚麼，她縫的東西我是認得的，那是思特里克蘭德的一件襯衣。思特里克蘭德仰面躺着，一句話也不說。有一次我看到他的目光停在勃朗什．施特略夫身上，帶着一種奇怪的嘲弄神情。勃朗什感到他正在看自己，抬起眼睛，他們倆彼此凝視了一會兒。我不知道為甚麼她臉上會有這樣的表情，她的目光裏有一種奇怪的困惑，也許是——但為甚麼啊？——驚懼的神色。思特里克蘭德馬上把眼睛移開了，開始悠閒地打量起天花板來，但是她卻一直注視着他，臉上的神情更加不可解釋了。

幾天以後，思特里克蘭德就下地了。他瘦得只剩下皮包骨頭，衣服穿在身上就像稻草人披着一件破褂子似的。他的鬍鬚淩亂，頭髮很長，鼻子眼睛本來就生得比一般人大，因為害過這場病，更顯得大了一號；他的整個外表非常奇特，因為太古怪了，反而不顯得那麼醜陋。他的笨拙的形體給人以高大森嚴之感，我真不知道該如何確切地表達他給我的印象。最觸目的一點倒不一定是他的裸露無遺的精神世界（雖然屏蔽着他精神的肉體幾乎像是透明的），而是他臉上的那種蠻野的欲念。說來也許荒謬，這種肉慾又好像是空靈的，使你感到非常奇異。他身上散發着一種原始性，希臘人曾用半人半獸的形象，像生着馬尾的森林之神啊，長着羊角、羊腿的農牧神啊，來表現大自然的這種神秘的力量，思特里克蘭德身上就有這樣一種力量。他使我想到馬爾塞亞斯[1]，因為他居然敢同大神比賽音樂，所以被活剝了皮。思特里克蘭德的心裏好像懷着奇妙的和弦同未經探索過的畫面，我預見到他的結局將是遭受痛苦的折磨和絕望。我心裏又產生了一種他被魔鬼附體的感覺；但你卻不能說這是邪惡的魔鬼，因為這是在宇宙混沌、善惡未分之前就存在的一種原始的力量。

他身體仍然很弱，不能作畫。他沉默不語地坐在畫室裏，天曉得腦子裏在想甚麼。有時候他也看書，他喜歡看的書都很怪，有時候我發現他在閱讀馬拉美[2]的詩。他讀書的樣子就像小孩子一樣，動着嘴唇一個字一個字地拼讀。我很想知道那些精巧的韻律和晦澀的詩句給他一些甚麼奇怪的感情，另外一些時候我發現他浸沉在嘉包里奧[3]的偵探小說裏。我想，他對書的選擇表現出組成他怪誕性格的不可調和的方面，我對自己的這個想法感到很有趣。儘管他的身體很弱，但是仍像往常一樣，從不講求舒適，這真是他奇怪的個性。施特略夫喜歡把起居環境弄得舒服一些，畫室裏擺着一對非常柔軟的扶手椅和一張長沙發椅。思特里克蘭德從來不坐這些椅子，他並不是矯揉造作，故意表示甘於艱苦，而是因為不喜歡它們。有一次我來看他，畫室裏只有他一個人，我發現他正坐在一隻三腳櫈上。如果叫他選擇的話，他會喜歡不帶扶手的硬背椅。他的這種習性常常叫我很惱火，我從來沒有見過哪個人這麼不關心周圍的生活環境的。

註釋：

[1] 馬爾塞亞斯是古代小亞細亞弗里吉亞國的一個吹笛人，同阿波羅比賽吹笛失敗，被大神殺死。

[2] 斯台凡·馬拉美（一八四二—一八九八），法國象徵派詩人。

[3] 艾米爾·嘉包里奧（一八三五—一八七三），法國最早的偵探小說家。

27

又過了兩三個星期。一天早晨，我的工作正好告一段落，我覺得可以放自己一天假，便決定到盧佛爾宮去消磨一天。我在畫廊裏隨便走着，一邊欣賞那些我早已非常熟悉的名畫，一邊任憑我的幻想同這些畫幅所激起的感情隨意嬉戲。我悠閒地走進長畫廊，突然一眼看到了施特略夫。我臉上泛起了笑容，因為他那圓胖的身軀、像受了驚嚇似的神情使我每次見到總是要發笑。但是在我走近他以後，我發現他的神情非常沮喪。他的樣子淒苦不堪，但又那麼滑稽，好像一個穿得衣冠齊楚而失足落水的人被打撈上來以後仍然心懷餘悸，生怕別人拿他當笑話看。他轉過身來，兩眼瞪着我，但是我知道他並沒有看見我，他的一雙碧藍的圓眼睛在眼鏡片後面充滿了憂傷。

「施特略夫，」我叫了一聲。

他嚇了一跳，接着就露出笑容來，但是他笑得那麼悽慘。

「你怎麼這樣丟了魂似地在這裏遊蕩？」我用快活的語調問道。

「我很久沒有到盧佛爾宮來了，我想得來看看他們展出了甚麼新東西沒有。」

「可是你不是告訴我，這禮拜得畫好一幅畫嗎？」

「思特里克蘭德在我畫室裏畫畫兒呢。」

「哦？」

「我提議叫他在那裏畫的。他身體還不夠好，還不能回到自己的住處去。我本來想我們可以共用那間畫室，在拉丁區很多人都是合夥租用一間畫室。我本來以為這是個好辦法，一個人畫累了的時候，身邊有個伴兒可以談兩句，我一直以為這樣做會很有趣。」

這些話他說得很慢，每說一句話就非常尷尬地停歇好半晌兒，與此同時，他的一對溫柔的、有些傻氣的大眼睛卻一直緊緊盯着我，只是在那裏面已經充滿了淚水了。

「我不懂你說的話，」我說。

「思特里克蘭德身邊有人的時候不能工作。」

「去他媽的，那是你的畫室啊，他應該自己想辦法。」

他悽悽慘慘地看着我，嘴唇抖個不停。

「出了甚麼事了？」我問，語氣很不客氣。

他吞吞吐吐地半天沒說話，臉漲得通紅。他看了看牆上掛的一張畫，臉色非常痛苦。

「他不讓我畫下去，他叫我到外邊去。」

「你為甚麼不叫他滾蛋呢？」

「他把我趕出來了。我不能同他動手打架呀，他把我的帽子隨後也扔了出來，把門鎖上了。」

思特里克蘭德的做法使我氣得要命，但是我也挺生自己的氣，因為戴爾克·施特略夫扮演了這樣一個滑稽角色，我居然憋不住想笑出來。

「你的妻子說甚麼了？」

「她出去買東西去了。」

「他會不會也不讓她進去？」

「我不知道。」

我不解地看着施特略夫，他站在那裏，像一個正挨老師訓的小學生。

「我去替你把思特里克蘭德趕走怎麼樣？」我問。

他的身體抖動了一下，一張閃閃發光的面孔漲得通紅。

「不要，你最好甚麼也不要做。」

他向我點了點頭，便走開了。非常清楚，由於某種原因他不想同我討論這件事，我不懂他為甚麼要這樣。

28

一個星期以後我知道謎底了。這一天我一個人在外面吃了晚飯，飯後回到我的住處。大約十點左右，我正坐在起居間看書，忽然，門鈴暗啞地響起來。我走到過道上，打開門，站在我面前的是施特略夫。

「可以進來嗎？」他問。

樓梯口光線很暗，我看不清他的樣子，但是他說話的聲音卻使我吃了一驚。我知道他喝酒從來不過量，否則我會以為他喝醉酒了。我把他領進起居間裏，叫他坐下。

「謝天謝地，總算找到你了，」他說。

「怎麼回事？」我問；他的激動不安的樣子叫我非常吃驚。

進到屋子裏面，我可以清清楚楚地打量他了。平時他總是穿戴得乾淨整齊，這次卻衣冠不整，突然給人以邋裏邋遢的感覺。我一點也不懷疑了，他一定是喝醉了。我對他笑了笑，準備打趣他兩句。

「我不知道該到哪兒去，」他突兀地說了一句，「剛才來了一次，你不在。」

「我今天吃飯晚了，」我說。

我的想法改變了，他顯然不是因為喝了酒才這樣嗒然若喪。他的臉平常總是紅撲撲的，現在卻一塊紅、一塊白，斑斑點點，樣子非常奇怪。他的兩隻手一直在哆嗦。

「出了甚麼事了嗎？」

「我的妻子離開了我了。」

他費了很大力氣才把這幾個字說出來。他抽噎了一下，眼淚沿着胖乎乎的面頰一滴滴地落下來。我不知道該說些甚麼。我最初的想法是，她丈夫這種暈頭暈腦地對思特里克蘭德傾心相待，叫她再也忍受不了了，再加上思特里克蘭德總是冷嘲熱諷，所以她堅決要把他趕走。我知道，雖然勃朗什表面端莊沉靜，但是脾氣如果上來，卻執拗得可以。假如施特略夫仍然拒絕她的請求，一怒之下，她很可能離開家庭，發誓再不回來。但是不管事實真相如何，看到這個小胖子的痛苦不堪的樣子，我實在不忍譏笑他了。

「親愛的朋友，別難過了。她會回來的。女人們一時說的氣話，你千萬別太認真。」

「你不了解。她愛上思特里克蘭德了。」

「甚麼！」我嚇了一跳；但是我還沒有來得及仔細琢磨，就已經覺得這件事太荒謬了。「你怎麼能這麼傻？難道你是說你在吃思特里克蘭德的醋？」我差點笑了出來。「你也知道，思特里克蘭德這個人簡直叫她無法忍受。」

「你不了解，」他呻吟道。

「你是頭歇斯底里的蠢驢，」我有些不耐煩地說。「讓我給你喝一杯威士忌蘇打你就會好一些了。」

我猜想，不知為了甚麼原因——天知道人們如何想盡辦法來折磨自己——戴爾克毫無道理地懷疑起自己的妻子愛上了思特里克蘭德，因為他最不會處理事情，多半把她惹惱了。而他的妻子為了氣他，也就故意想盡方法增加他的疑慮。

「聽我說，」我對他說，「咱們一起回你的畫室去吧。如果你自己把事辦糟了，現在只好去負荊請罪，我認為你的妻子不是那種愛記仇的女人。」

「我怎麼能回畫室呢？」他有氣無力地說，「他們在那裏呢。我把屋子讓給他們了。」

「這麼一說不是你妻子離開了你，是你把她丟了。」

「看在老天面上，別同我說這種話吧。」

我仍然不能把他的話當真，我一點也不相信他告訴我的事，但是他的痛苦卻是真真實實的。

「好吧，既然你到這裏來是要同我談這件事，你就從頭到尾給我說說吧。」

「今天下午我再也無法忍受了，我走到思特里克蘭德跟前，對他講，我覺得他身體已經完全恢復了，可以回自己的住處去了，我自己要用我的畫室。」

「只有思特里克蘭德才需要人家明明白白告訴他，」我說。「他怎麼說的？」

「他笑了笑。你知道他笑起來是甚麼樣子，讓人看起來不像是他覺得有甚麼事情好笑，而是叫你覺得自己是個大傻瓜。他說他馬上就走，說着，就開始收拾東西。你還記得我從他的住處拿來一些我認為他用得着的東西。他叫勃朗什替他找一張紙，一條繩子，準備打一個包。」

施特略夫停住了，喘着氣，我以為他要暈倒了，這根本不是我要他講給我聽的故事。

「她的臉色煞白，但還是把紙同繩子取來了。思特里克蘭德一句話也不說，他一面包東西，一面吹着口哨，根本不理會我們兩個人。他的眼角裏含着譏誚的笑意，我的心沉重得像一塊鉛塊。我擔心一定要發生點甚麼事，非常懊悔剛才提出叫他走的事。他四處望了望，找自己的帽子。這時候勃朗什開口了：

「我同思特里克蘭德一起走，戴爾克，」她說。「我不能同你生活下去了。」

「我想說甚麼，可是一個字也說不出來。思特里克蘭德也一句話不說，他繼續吹着口哨，彷彿這一切同他都毫不相干似的。」

施特略夫又停了下來，開始揩汗。我默不作聲，我現在相信他了，我感到很吃驚，但是我仍然不能理解。

這時候他滿面淚痕、聲音抖抖索索地對我講，他如何走到她跟前，想把她摟在懷裏，她又如何把身體躲開，不叫他碰到自己。他求她不要離開，告訴她自己是多麼愛她，叫她想一想自己對她的一片真情。他談到他們的幸福生活。他一點也不生她的氣。他絲毫也不責怪她。

「請你讓我安安靜靜地走開吧，戴爾克，」最後她說，「你不知道我愛思特里克蘭德嗎？他到甚麼地方，我就跟他到甚麼地方去。」

「但是你一定得知道他是永遠也不會使你幸福的，為了你自己的緣故，還是不要走吧，你不明白等待你的將是甚麼。」

「這是你的過錯，是你堅持叫他來的。」

施特略夫轉向思特里克蘭德。

「可憐可憐她吧，」他哀求說，「你不能叫她做出這種發瘋的事來。」

「她願意怎麼做就怎麼做，」思特里克蘭德說，「我並沒有強迫她跟着我。」

「我已經決定了，」她用呆板的語調說。

思特里克蘭德的這種叫人無名火起的冷靜叫施特略夫再也控制不住自己了，一陣狂怒把他攫住，他自己也不知道做的是甚麼，一下子便撲到思特里克蘭德身上。思特里克蘭德沒有料到這一手，吃了一驚，踉蹌後退了一步，但是儘管他久病初愈，還是比施特略夫力氣大得多。不到一分鐘，施特略夫根本沒弄清是怎麼回事，已經發現自己躺在地上了。

「你這個小丑，」思特里克蘭德罵了一句。

施特略夫掙扎着站起來，他發現自己的妻子聲色不動地在一旁站着，當着她的面出這種醜更使他感到丟盡臉面。在同思特里克蘭德廝打的時候他的眼鏡滑落到地上，一時他看不見落在甚麼地方。勃朗什把它拾起來，一句話不說地遞到他手裏。他似乎突然意識到自己的不幸了，雖然他也知道這只會更使自己丟臉，他還是嗚嗚地哭起來，他用手把臉捂了起來。另外兩個人一言不發地看着他，站在一旁連腳步都不挪動。

「啊，我的親愛的，」最後他呻吟着說，「你怎麼能這樣殘忍啊？」

「我也由不得自己，戴爾克，」她回答。

「我崇拜你，世界上再也沒有哪個女人受過人們這樣的崇拜。如果我做了甚麼事使你不高興，為甚麼你不對我講？只要你說了，我一定會改過來的。為了你，凡是我能做到的我都做了。」

她並沒有回答，她的臉上一點表情也沒有，他看到自己只不過在惹她生厭。她穿上一件外衣，戴上帽子，向門口走去。他明白再過一分鐘他就再也見不到她了，於是很快地走到她前面，跪倒在地上，抓住她的兩隻手，他甚麼臉面也不顧了。

「啊，不要走，親愛的。沒有你我就活不下去了，我會自殺的。如果我做了甚麼事惹惱了你，我求你原諒我。再給我一次機會吧，我會更努力地使你幸福的。」

「站起來，戴爾克，你簡直丟盡醜了。」

他搖搖晃晃地站了起來，但是仍然不放她走。

「你到哪兒去啊？」他急急忙忙地問，「你不知道思特里克蘭德住在怎樣一個地方，你在那地方是過活不了的，太可怕了。」

「如果我自己都不在乎，與你又有甚麼相干呢？」

「你再待一會，容我把話說完。不管怎麼樣，這一點你還可以讓我做到吧。」

「那又有甚麼好處？我已經下了決心了，不管你說甚麼都改變不了我的主意。」

他抽了一口氣，把一隻手按在胸脯上，因為心臟跳動得簡直讓他忍受不了了。

「我不是要你改變主意，我只是求你再聽我說幾句話。這是我要求你的最後一件事了，不要拒絕我吧。」

她站住了，用她那沉思的眼睛打量了他一會兒，她的目光現在變得那麼冷漠無情了。她走回到畫室裏，往桌子上一靠。

「說吧！」

施特略夫費了好大勁才使自己平靜了一點。

「你一定要冷靜一些，你不能靠空氣過日子啊。你知道，思特里克蘭德手裏一個錢也沒有。」

「我知道。」

「你吃不夠吃，喝不夠喝，會吃盡苦頭的。你知道他為甚麼這麼久身體才恢復過來？他一直過着半飢不飽的生活啊！」

「我可以掙錢養活他。」

「怎麼掙錢？」

「我不知道，我會找到個辦法的。」

一個極其恐怖的想法掠過這個荷蘭畫師的心頭，他打了個哆嗦。

「我想你一定是發瘋了，我不知道你被甚麼迷住了。」

她聳了聳肩膀。

「現在我可以走了嗎？」

「再等一秒鐘。」

他疲憊不堪地環顧了一下自己的畫室，他喜愛這間畫室，因為她的存在，這間屋子顯得那麼美好，那麼充滿了家庭氣氛。他把眼睛閉了一刻，接着他的目光在她身上逗留了好一會兒，似乎想把她的圖像永遠印記在腦中似的。他站起來，拿起了帽子。

「不，叫我走吧。」

「你？」

她吃了一驚。她不明白他是甚麼意思。

「想到你要生活在那樣一間骯髒可怕的閣樓裏，我受不了。不管怎麼說，這個地方既是我的家，同樣也是你的家。你在這裏會過得舒服些，至少你用不着受那種最可怕的罪了。」

他走到放錢的抽屜前邊，從裏面拿出幾張鈔票來。

「我把我這裏的一點錢給你一半吧。」

他把錢放在桌子上，思特里克蘭德和他的妻子都沒有說甚麼。

這時他又想起一件事來。

「你好不好把我的衣服理一理，放在下邊門房那兒？我明天再來取。」他苦笑了一下。「再見，親愛的。你過去給了我那麼多幸福，我感謝你。」

他走了出去，隨手把門關上。在想像中，我看到思特里克蘭德把自己的帽子往桌上一扔，坐下來，開始吸一支紙煙。

29

我沉默了一會，思索着施特略夫對我講的事情。我無法忍受他這種懦弱，他也看出來我對他這個做法不以為然。

「你跟我知道得一樣清楚，思特里克蘭德過的是甚麼日子，」他聲音顫抖着說，「我不能讓她在那種環境裏過活——我就是不能。」

「這是你的事，」我回答。

「如果這事叫你遇上，你會怎麼做？」他問。

「她是睜着眼睛自己走開的，如果她不得不吃些苦頭，也是自找。」

「你說得對，但是，你知道，你並不愛她。」

「你現在還愛她嗎？」

「啊！比以前更愛。思特里克蘭德不是一個能使女人幸福的人，這件事長不了。我要讓她知道，我是永遠不會叫她的指望落空的。」

「你的意思是不是說，你還準備收留她呢？」

「我將絲毫也不躊躇。到那時候她就會比過去任何時候都更需要我了。當她被人拋棄，受盡屈辱，身心交瘁，如果她無處可以投奔，那就太可怕了。」

施特略夫似乎一點也不生她的氣。也許我這人太平凡了，所以對他這種沒有骨氣竟有一些惱火。他可能猜到我的想法了，因為他這麼說：

「我不能希望她像我愛她那樣愛我，我是滑稽角色，我不是那種叫女子鍾情的男子漢，這一點我早就知道。如果她愛上了思特里克蘭德，我不能責怪她。」

「我還從來沒見到過有誰像你這樣沒有自尊心的呢，」我說。

「我愛她遠遠超過了愛我自己。我覺得，在愛情的事上如果考慮起自尊心來，那只能有一個原因：實際上你還是最愛自己。不管怎麼說，一個結了婚的男人又愛上別人並不是甚麼希罕事，常常等他的熱勁過去了，便又回到他妻子的身邊，而她也就同他和好如初了。這種事誰都認為是很自然的。如果男人是這樣，為甚麼女人就該是例外呢？」

「我承認你說的很合乎邏輯，」我笑了笑，「但是大多數男人都不是這種心理，要他們這樣對待這件事是辦不到的。」

在我同施特略夫這樣談話時，我心裏一直在想，這件事來得過於突然，叫我迷惑不解。不可能想像，事前他會一直蒙在鼓裏。我記起了我曾看到的勃朗什．施特略夫的奇怪眼神，可能她已經模糊地意識到自己的感情，自己也被震駭住了。

「在今天以前難道你一點也沒有猜疑過他們兩人之間有甚麼事嗎？」我問他道。

他並沒有馬上回答我的問題。桌子上有一支鉛筆，他拿起來在吸墨紙上信手畫了一個頭像。

「要是你不喜歡我問你這個問題，你就直說吧，」我說。

「我把話說出來心裏反而痛快一些。咳，要是你知道我心裏有多麼痛苦就好了，」他把手裏的鉛筆往桌上一扔。「是的，我從兩個星期以前就知道了，在她自己還不明白是怎麼回事以前我就知道了。」

「那你為甚麼不把思特里克蘭德打發走呢？」

「我不相信，我認為這是不可能的。她那麼討厭這個人。這種事根本不可能，簡直不能令人相信。我本來以為這是我的嫉妒心在作祟。你知道，我一向是非常嫉妒的，但是我訓練了自己，從來不表現出來。她認識的每一個人我都嫉妒，連你我都嫉妒。我知道她不像我愛她那樣愛我，這是很自然的，不是嗎？但是她允許我愛她，這樣我就覺得幸福了。我強逼着自己到外面去，一待就是好幾個鐘頭，讓他們兩人單獨在一起。我認為我這樣懷疑她降低了我的人格，我要懲罰自己。可是當我從外面回來以後我發現他們並不需要我——思特里克蘭德需要不需要我倒沒關係，我在家不在家對他根本無所謂，我是說我發現勃朗什並不需要我。當我走過去吻她的時候，她渾身一顫。最後我對這件事已經知道得千真萬確，可是又不知道該怎麼辦。我知道如果我大吵大鬧一場，只能引起他們的嘲笑。我認為如果我假裝甚麼都沒看到，並不把這件事挑明，也許事情就過去了。我打定主意悄悄地把他打發走，用不着吵架。咳，要是我能告訴你我心裏那個痛苦勁兒就好了！」

接着他把叫思特里克蘭德搬出去的事又說了一遍。他很小心地選擇了一個時機，他盡量使自己的語氣顯得很隨便，但是他還是無法克制自己。他的聲音顫抖起來，本來想說得親切、逗笑的話語卻流露出嫉妒的怒火。他沒有想到自己一說，思特里克蘭德就同意了，而且馬上就收拾起東西來。最出乎他意料的是，他的妻子也要同思特里克蘭德一起走。看得出來，他非常懊悔，真希望自己繼續隱忍下去。比起分離的痛苦來，他寧願忍受妒火的煎熬。

「我要殺死他，結果卻徒然使自己出醜。」

他沉默了半晌，最後他說出的我知道是鬱積在他心裏的話。

「要是我多等些日子，也許就不會發生甚麼事了，我真不應該這麼耐不住性子。啊，可憐的孩子，是我把她逼到這一地步啊！」

我聳了聳肩膀，但是沒有說甚麼。我對勃朗什．施特略夫一點也不同情，但是我知道，如果我把實話告訴可憐的戴爾克，只會增加他的痛苦。

這時候他已經疲憊不堪，無力控制自己，所以只顧滔滔不絕地說下去。他把那場風波中每人講的話又重複了一遍。他一會兒想起一件忘記了告訴我的事，一會兒又同我討論起他當時該說這句話，而不該說那句話。他為自己看不清問題感到萬分痛心，懊悔自己做了某件事，責怪自己沒有做哪一件。夜漸漸深了，最後我也同他一樣疲勞不堪了。

「你現在準備做甚麼？」我最後問他說。

「我能夠做甚麼？我只能等着她招呼我回去。」

「為甚麼你不到外地去走走呢？」

「不，不成。如果她需要，我一定要叫她能夠找到我。」

他對於眼前該怎麼辦似乎一點主意也沒有，他沒有甚麼計劃。最後我建議他該去睡會兒覺，他說他睡不着，他要到外面去走個通宵。當然，在這種情況下我決不能丟下他不管。我勸他在我這裏過夜，我把他安置在我的床上。在起居間裏我還有一隻長沙發，我可以睡在那上面。他這時已經精疲力竭，所以還是依着我的主意上了床。我給他服了一些佛羅那，叫他可以人事不省地好好睡幾個鐘頭覺，我想這是我能夠給他的最大的幫助了。

30

但是我給自己安設的床鋪卻很不舒服，整整一夜我也沒睡着，只是翻來覆去思索這個不幸的荷蘭人對我講的故事。勃朗什．施特略夫的行為還是容易解釋的，我認為她做出那種事來只不過是屈服於肉體的誘惑。她對自己的丈夫從來就沒有甚麼感情，過去我認為她愛施特略夫，實際上只是男人的愛撫和生活的安適在女人身上引起的自然反應。大多數女人都把這種反應當做愛情了，這是一種對任何一個人都可能產生的被動的感情，正像藤蔓可以攀附在隨便哪株樹上一樣。因為這種感情可以叫一個女孩子嫁給任何一個需要她的男人，相信日久天長便會對這個人產生愛情，所以世俗的見解便斷定了它的力量。但是說到底，這種感情是甚麼呢？它只不過是對有保障的生活的滿足，對擁有家資的驕傲，對有人需要自己沾沾自喜，和對建立起自己的家庭洋洋得意而已；女人們稟性善良、喜愛虛榮，因此便認為這種感情極富於精神價值。但是在衝動的熱情前面，這種感情是毫無防衛能力的。我懷疑勃朗什．施特略夫之所以非常不喜歡思特里克蘭德，從一開始便含有性的誘惑因素在內，可是性的問題是極其複雜的，我有甚麼資格妄圖解開這個謎呢？或許施特略夫對她的熱情只能刺激起，卻未能滿足她這一部份天性，她討厭思特里克蘭德是因為她感到他具有滿足她這一需求的力量。當她拚命阻攔自己丈夫，不叫他把思特里克蘭德帶回家來的時候，我認為她還是真誠的；她被這個人嚇壞了，儘管她自己也不知道為甚麼要怕他。我也記得她曾預言過思特里克蘭德會帶來災難和不幸。我想，她對思特里克蘭德的恐懼是她對自己的恐懼的一種奇怪的移植，因為他叫她迷惑不解，心煩意亂。思特里克蘭德生得粗野不馴，眼睛深邃冷漠，嘴形給人以肉慾感，他的身體高大、壯碩，這一些都給人以熱情狂放的印象。也許她同我一樣，在他身上感到某種邪惡的氣質；這種氣質使我想到宇宙初闢時的那些半人半獸的生物，那時宇宙萬物同大地還保持着原始的聯繫，儘管是物質，卻彷彿仍然具有精神的性質。如果思特里克蘭德激發起她的感情來，不是愛就是恨，二者必居其一。當時她對思特里克蘭德感到的是恨。

接着我又想像，她日夜同病人廝守，一定逐漸產生了一種奇怪的感情。她托着病人的頭餵他食物，他的頭沉甸甸地倚在她手上；在他吃過東西以後，她揩抹他的富於肉慾的嘴唇和火紅的鬍子。她給他揩拭四肢，他的手臂和大腿覆蓋着一層濃密的汗毛。當她給他擦手的時候，儘管他病得非常虛弱，她也感覺得出它們如何結實有力。他的手指生得長長的，是藝術家那類能幹的、善於塑造的手指。我無法知道它們在她心裏引起甚麼樣慌亂的思想。他非常寧靜地睡在那裏，一動也不動，幾乎和死人一樣，他像是森林裏的一頭野獸，在一陣猛烈追獵後躺在那裏休息；她在好奇地猜測，他正在經歷甚麼奇異的夢境呢？他是不是夢到了一個林澤的女神正在希臘的森林裏飛奔，森林之神塞特爾在後面緊追不捨？她拚命地逃跑，雙腿如飛，但是塞特爾還是一步一步地離她越來越近，連他吹在她脖子上的熱辣辣的呼吸她都感覺出來了。但是她仍然一聲不出地向前飛跑，他也一聲不出地緊緊追趕；最後，當她被他抓到手裏的時候，使她渾身顫抖的是恐懼呢，還是狂喜呢？

如飢似渴的慾念毫不留情地把勃朗什·施特略夫抓在手裏。也許她仍然恨着思特里克蘭德，但是她卻渴望得到他，在這以前構成她生活的那一切現在都變得一文不值了。她不再是一個女性了，不再是一個性格複雜的女性——既善良又乖戾，既謹慎又輕率；她成了邁那德[1]，成了慾念的化身。

但是也許這都是我的臆測，可能她不過對自己的丈夫感到厭倦，只是出於好奇心（並無任何熱情在內）才去找的思特里克蘭德。可能她對他並沒有特殊的感情，她之屈從於思特里克蘭德的慾念只是由於兩人日夜廝守、由於她厭煩無聊，而一旦同他接近以後，卻發現陷入了自己編織的羅網裏。在她那平靜的前額和冷冷的灰色的眼睛後面隱匿着甚麼思想和感情，我怎能知道呢？

然而，儘管在探討像人這樣無從捉摸的生物時，我們甚麼也不敢肯定，但對於勃朗什·施特略夫的行為還有一些解釋是完全說得通的。另一方面，我對思特里克蘭德卻一點也不了解。他這次的行為與我平日對他的理解格格不入，我苦苦思索，無論如何也無法解釋。他毫無心肝地辜負了朋友對他的信任，為了自己一時興之所至，給別人帶來莫大的痛苦，這都不足為奇，因為這都是他性格的一部份。他既不知感恩，也毫無憐憫心腸。我們大多數人所共有的那些感情在他身上都不存在；如果責備他沒有這些感情，就像責備老虎兇暴殘忍一樣荒謬。我所不能解釋的是為甚麼他突然動了施特略夫的念頭。

我不能相信思特里克蘭德會愛上了勃朗什·施特略夫，我根本不相信這個人會愛上一個人。在愛這種感情中主要成份是溫柔，但思特里克蘭德卻不論對自己或對別人都不懂得溫柔。愛情中需要有一種軟弱無力的感覺，要有體貼愛護的要求，有幫助別人、取悅別人的熱情——如果不是無私，起碼是巧妙地遮掩起來的自私；愛情包含着某種程度的靦覥怯懦。而這些性格特點都不是我在思特里克蘭德身上所能找到的。愛情要佔據一個人莫大的精力，它要一個人離開自己的生活專門去做一個愛人。即使頭腦最清晰的人，從道理上他可能知道，在實際中卻不會承認愛情有一天會走到盡頭。愛情賦予他明知是虛幻的事物以實質形體，他明知道這一切不過是鏡花水月，愛它卻遠遠超過喜愛真實。它使一個人比原來的自我更豐富了一些，同時又使他比原來的自我更狹小了一些。他不再是一個人，他成了追求某一個他不了解的目的的一件事物、一個工具。愛情從來免不了多愁善感，而思特里克蘭德卻是我認識的人中最不易犯這種病症的人。我不相信他在任何時候會害那種愛情的通病——如醉如癡、神魂顛倒；他從來不能忍受外界加給他的任何桎梏。如果有任何事物妨礙了他那無人能理解的熱望（這種熱望無時或止地刺激着他，叫他奔向一個他自己也不清楚的目標），我相信他會毫不猶疑把它從心頭上連根拔去，即使忍受莫大痛苦，弄得遍體鱗傷、鮮血淋漓也在所不惜。如果我寫下的我對思特里克蘭德的這些複雜印象還算得正確的話，我想下面的斷語讀者也不會認為悖理：我覺得思特里克蘭德這個人既偉大、又渺小，是不會同別人發生愛情的。

但是愛情這個概念，歸根結底，因人而異；每個人都根據自己的不同癖性有不同的理解。因此，像思特里克蘭德這樣一個人一定也有他自己的獨特的戀愛方式，要想分析他的感情實在是一件徒然的事。

註釋：

[1] 希臘神話中酒神的女祭司。

31

第二天，雖然我盡力挽留，施特略夫還是走了。我建議我替他回家去取行李，但是他堅持要自己去。我想他可能希望他們並沒有把他的東西收拾起來，這樣他就有機會再見自己的妻子一面，說不定還能勸說她回到自己的身邊來。但是事實並不像他所料想的那樣，他的一些零星用品已經放在門房，等着他取走，而勃朗什，據看門人告訴他，已經出門走了。我想施特略夫如果有機會的話，是不會不把自己的苦惱向她傾訴一番的。我發現他不論碰到哪個相識的人都把自己的不幸遭遇嘮叨給大家聽，他希望別人同情他，但是卻只引起人們的嘲笑。

他的行徑很失體統。他知道他的妻子每天甚麼時候出去買東西，有一天，迫不及待地想見到她，便在街上把她攔住。雖然勃朗什不理他，他還是沒完沒了同她講話。他為自己做的任何一件對不起她的事向她道歉，告訴她自己如何真心愛她，請求她再回到自己身邊。勃朗什一句話也不回答，臉扭向一邊，飛快地向前趕路，我想像得出施特略夫怎樣邁動着一雙小短腿，使勁在後面追趕的樣子。他一邊跑一邊喘氣，繼續嘮叨個沒完。他告訴她自己如何痛苦，請求她可憐自己；他發誓賭咒，只要她能原諒他，他甚麼事都願意替她做。他答應要帶她去旅行。他告訴她思特里克蘭德不久就會厭倦了她。當施特略夫對我回述這幕令人作嘔的醜戲時，我真是氣壞了。這個人真是又沒有腦子、又失掉做丈夫的尊嚴。凡是叫他妻子鄙視的事，他一件沒漏地都做出來了。女人對一個仍然愛着她、可是她已經不再愛的男人可以表現得比任何人都殘忍；她對他不只不仁慈，而且根本不能容忍，她成了一團毫無理智的怒火。勃朗什·施特略夫倏地站住了，用盡全身力氣在她丈夫臉上摑了一掌。她趁他張皇失措的當兒，她急忙走開，三步並作兩步地登上畫室的樓梯，自始至終她一句話也沒有說。

他一邊給我講這段故事，一邊用手摸着臉，好像那火辣辣的痛勁兒到現在還沒有過去似的。他的眼睛流露着痛苦而迷惘的神色，他的痛苦讓人看着心酸，而他的迷惘又有些滑稽。他活脱兒是個挨了訓的小學生，儘管我覺得他很可憐，卻禁不住好笑。

這以後他就在勃朗什到商店買東西的必經之路上往返徘徊，當他見到勃朗什走過的時候，就在街對面牆角一站。他不敢再同她搭話了，只是用一對圓眼睛盯着她，盡量把心裏的祈求和哀思用眼神表露出來。我猜想他可能認為勃朗什會被他的一副可憐相打動，但是她卻從來沒有任何看到他的表示。她甚至連買東西的時間也不改變，也從來不改變一下路線。我估計她這種冷漠含有某種殘忍的成份，說不定她感到這樣痛苦折磨他是一種樂趣，我真不懂她為甚麼對他這樣恨之入骨。

我勸說施特略夫放聰明一些，他這樣沒有骨氣叫旁觀的人都氣得要命。

「你這樣下去一點也沒有好處，」我說，「依我看，你更應該做的倒是劈頭蓋臉地揍她一頓，她就不會照現在這樣看不起你了。」

我建議叫他回老家去住些天。他常常同我提到他的老家，荷蘭北部某個地方的一個寂靜的城鎮，他的父母至今仍然住在那裏。他們都是窮苦人，他父親是個木匠。他家住在一幢古老的小紅磚房裏，乾淨、整齊，房子旁邊是一條水流徐緩的運河。那裏的街道非常寬闊，寂靜無人。兩百年來，這個地方日漸荒涼、冷落，但是城鎮裏房屋卻仍然保持着當年的樸實而雄偉的氣象。富有的商人把貨物發往遙遠的東印度群島去，在這些房子裏安靜地過着優裕的生活；如今這些人家雖已衰敗，但仍然閃爍着往日繁華的餘輝。你可以沿着運河徜徉，直到走上一片片寬廣的綠色原野，黑白斑駁的牛隻懶洋洋地在上面吃草。我想在這樣一個充滿童年回憶的環境裏，戴爾克·施特略夫是可以忘掉他這次的不幸的，但是他卻不要回去。

「我一定得留在這兒，她甚麼時候需要我就可以找到我，」他又重複他已經對我講過的話。「如果發生了甚麼不好的事，我又不在她身邊，那就太可怕了。」

「你想會發生甚麼事呢？」我問他。

「我不知道，但是我害怕。」

我聳了聳肩膀。

儘管在這樣大的痛苦裏，戴爾克·施特略夫的樣子仍然讓人看着發笑。如果他消瘦了、憔悴了，也許會引起人們同情的。但是他卻一點兒也不見瘦，他仍然是肥胖胖的，通紅的圓臉蛋像兩隻熟透了的蘋果。他一向乾淨、利落，現在他還是穿着那件整整齊齊的黑外套，一頂略小一些的圓頂硬禮帽非常瀟脱地頂在頭上。他的肚子正在發胖，也一點兒沒受這次傷心事的影響，他比以往任何時候都更像一個生意興隆的商販了。有時候一個人的外貌同他的靈魂這麼不相稱，這實在是一件苦不堪言的事。施特略夫就是這樣：他心裏有羅密歐的熱情，卻生就一副托比·培爾契爵士[1]的形體。他的稟性仁慈、慷慨，卻不斷鬧出笑話來；他對美的東西從心眼裏喜愛，但自己卻只能創造出平庸的東西；他的感情非常細膩，但舉止卻很粗俗。他在處理別人的事務時很有手腕，但自己的事卻弄得一團糟。大自然在創造這個人的時候，在他身上揉捏了這麼多相互矛盾的特點，叫他面對着令他迷惑不解的冷酷人世，這是一個多麼殘忍的玩笑啊。

註釋：

[1] 莎士比亞戲劇《第十二夜》中人物。

32

我有好幾個星期沒有見到思特里克蘭德。我非常厭惡他，如果有機會的話，我會當着面把我對他的看法告訴他，但是我也犯不上為了這件事特地到處去找他。我不太願意擺出一副義憤填膺的架勢來，這裏面總有某種自鳴得意的成份，會叫一個有幽默感的人覺得你在裝腔作勢。除非我真的動起火來，我是不肯讓別人拿自己當笑話看的。思特里克蘭德慣會諷刺挖苦、不講情面，在他面前我就更要小心戒備，絕不能讓他覺得我是在故作姿態。

但是一天晚上，正當我經過克里舍路一家咖啡館門前的時候（我知道這是思特里克蘭德經常來的一家咖啡館，最近一段時間我總是盡量躲着這個地方），我卻和思特里克蘭德撞了個滿懷。勃朗什·施特略夫同他在一起，兩人正在走向思特里克蘭德最喜歡坐的一個角落去。

「你這麼多天跑到哪兒去了？」他問我說，「我還以為你到外地去了呢。」

他對我這樣殷勤正表示他知道得很清楚，我不願意理他。但是你對思特里克蘭德這種人根本不需要講客套。

「沒有，」我直截了當地說，「我沒有到外地去。」

「為甚麼老沒到這兒來了？」

「巴黎的咖啡館不是只此一家，在哪兒不能消磨時間啊？」

勃朗什這時伸出手來同我打招呼。不知道為甚麼我本來認為她的樣子一定會發生一些變化，但是我現在看到她仍然是老樣子：穿的是過去經常穿的一件灰衣服，前額光潔明淨，眼睛裏沒有一絲憂慮和煩惱，正像我過去看到她在施特略夫畫室裏操持家務時一模一樣。

「來下盤棋吧，」思特里克蘭德說。

我不懂為甚麼當時我會沒想出一個藉口回絕了他。我懷着一肚子悶氣跟在他們後面，走到思特里克蘭德的老座位前邊。他叫侍者取來了棋盤和棋子。他們兩個人對這次不期而遇一點也沒有大驚小怪，我自然也只能裝出一副若無其事的樣子，不然就顯得我太不通人情了。施特略夫太太看着我們下棋，從她臉上的表情絲毫也猜不透她心裏想的是甚麼。她甚麼話也沒說，但她根本就不是愛說話的人。我看着她的嘴，希望看到一個能使我猜測出她真實感情的神態；我打量着她的眼睛，尋找某種洩露她內心隱秘的閃光，表示惶惑或者痛苦的眼神；我打量着她的前額，看那上面會不會偶然出現一個皺紋，告訴我她正在衰減的熱情。但她的面孔宛如一副面具，我在那上面絲毫也看不出她的真實思想。她的雙手一動不動地擺在膝頭上，一隻手鬆鬆地握着另一隻。從我所聽到的一些事，我知道她的性情很暴烈，戴爾克那麼全心全意地愛着她，她卻狠狠地打了他一巴掌，這說明了她翻臉無情，心腸非常冷酷。她拋棄了自己丈夫庇護下的安樂窩，拋棄了溫飽舒適的優裕生活，甘願承擔她自己也看得非常分明的風險患難。這說明了她喜歡追求冒險，肯於忍飢耐勞；後一種性格從她過去辛勤操理家務、熱心家庭主婦的職責看來倒也不足為奇。看來她一定是一個性格非常複雜的女人，這同她那端莊嫻靜的外表倒構成了極富於戲劇性的對比。

這次與思特里克蘭德和勃朗什不期而遇使我非常激動，勾起我無數奇思遐想。但是我還是拚命把精神集中在走棋上，使出全副本領，一定要把思特里克蘭德擊敗。他非常看不起那些敗在他手下的人；如果叫他取勝，他那種洋洋自得的樣子簡直叫你無地自容。但是在另一方面，如果他下輸了，他倒也從來不發脾氣。換言之，思特里克蘭德只能輸棋，不能贏棋。有人認為只有下棋的時候才能最清楚地觀察一個人的性格，這倒是可以從思特里克蘭德這人的例子取得一些微妙的推論。

下完棋以後，我把侍者叫來，付了酒賬，便離開了他們。這次會面實在沒有甚麼值得記述的地方，沒有一句話可以使我追思、玩味，如果我有任何臆測，也毫無事實根據。但這反而更引起了我的好奇心，我實在摸不透這兩人的關係。如果靈魂真能出竅的話，不論出甚麼代價我也得試一次，只有這樣我才能在畫室裏看到他倆私下如何過活，才能聽到他們交談些甚麼。總之一句話，我沒有可以供我的幻想力發揮作用的最小依據。

33

兩三天以後，戴爾克．施特略夫來找我。
「聽說你見到勃朗什了？」他說。
「你怎麼會知道的？」
「有人看見你同他們坐在一起，告訴我了。你幹嗎不告訴我？」
「我怕會使你痛苦。」
「使我痛苦又有甚麼關係？你必須知道，只要是她的事，哪怕最微不足道的，我也想知道。」
我等着他向我提問。
「她現在是甚麼樣子？」他問。
「一點兒也沒改變。」
「你看她的樣子幸福嗎？」
我聳了聳肩膀。
「我怎麼知道？我們是在咖啡館裏，我在同思特里克蘭德下棋，我沒有機會同她談話。」

「啊，但是你從她的面容看不出來嗎？」

我搖了搖頭。我只能把我想到的給他講了一遍：她既沒用話語也沒用手勢向我透露她的任何感情。他一定比我更了解，她自我克制的力量多麼大。戴爾克感情激動地兩手緊握在一起。

「啊，我非常害怕。我知道一定會發生一件事，一件可怕的事，可是我卻沒有辦法阻止它。」

「會發生甚麼樣兒的事？」我問道。

「啊，我也不知道，」他用兩手把頭抱住，呻吟着，「我預見到一件可怕的災難。」

施特略夫一向就很容易激動，現在簡直有些神經失常了，我根本無法同他講道理。我認為很可能勃朗什．施特略夫已經發覺不可能再同思特里克蘭德繼續生活下去，但是人們經常說的那句俗話「自作自受」，實在是最沒有道理的。生活的經驗讓我們看到的是，儘管人們不斷地做一些必然招災惹禍的事，但總能找個機會逃避掉這些蠢事帶來的後果。當勃朗什同思特里克蘭德吵了架以後，她只有離開他一條路好走，而她丈夫卻在低聲下氣地等着，準備原諒她，把過去的事忘掉，我對勃朗什是不想寄予很大同情的。

「你知道，你是不喜歡她的，」施特略夫說。

「歸根結底，現在還沒有跡象說明她生活得不幸福。據我們所知道，說不定這兩人已經像夫妻一樣過起日子來了。」

施特略夫用他那對愁苦的眼睛瞪了我一眼。

「當然了，這對你是無所謂的，可是對我說，這件事很重要，極端重要。」

如果當時我的神色有些不耐煩，或者不夠嚴肅，我是有點兒對不起施特略夫的。

「你願意不願意替我做一件事？」施特略夫問我。

「願意。」

「你能不能替我給勃朗什寫一封信？」

「你為甚麼自己不寫呢？」

「我已經寫了不知多少封了，我早就想到她不會回信，我猜我寫的那些信她根本就不看。」

「你沒有把婦女的好奇心考慮在內，你認為她抵拒得了自己的好奇心嗎？」

「她沒有好奇心——對於我。」

我很快地看了他一眼，他垂下了眼皮，他的這句回答我聽着有一種奇怪的自暴自棄的味道。他清楚地意識到她對他冷漠到極點，見到他的筆跡一絲一毫的反響也沒有。

「你真的相信有一天她會回到你身邊來嗎？」我問道。

「我想叫她知道，萬一有甚麼不幸的事情發生，她還是可以指望我的，我要讓你寫信告訴她的就是這一點。」

我拿出來一張信紙。

「你要說的具體是甚麼？」

下面是我寫的信：

親愛的施特略夫太太：

戴爾克讓我告訴你，不論任何時候如果你要他做甚麼事，他將會非常感激你給他一個替你効勞的機會。對於已經發生的事，他對你並無嫌怨，他對你的愛情始終如一，你在下列地址隨時可以和他取得聯繫。

34

雖然我同施特略夫一樣也認為思特里克蘭德同勃朗什的關係將以一場災難收場，我卻沒有料到這件事會演成這樣一齣悲劇。夏天來了，天氣鬱悶得令人喘不過氣來，連夜間也沒有一絲涼意，使人們疲勞的神經能夠得到一點休息。被太陽曬得炙熱的街道好像又把白天吸收的熱氣散發回來，街頭行人疲勞不堪地拖着兩隻腳。我又有好幾個星期沒有見到思特里克蘭德了，因為忙於其他事務，我甚至連這個人同他們那檔子事都不去想了。戴爾克一見到我就長吁短嘆，開始叫人生厭，我盡量躲着他不同他在一起。我感到整個這件事齷齪不堪，我不想再為它傷腦筋了。

一天早上，我正在工作，身上還披着睡衣。但是我的思緒卻游移不定，浮想聯翩，我想到布里坦尼陽光燦爛的海濱和清澈的海水。我身邊擺着女看門人給我端來的盛咖啡牛奶的空碗和一塊吃剩的月牙形小麵包，我的胃口很不好，沒能吃完。隔壁的屋子裏，女看門人正在把我浴盆裏的水放掉。突然，門鈴叮鈴鈴地響起來，我讓她去給我開門。不大的工夫我就聽到施特略夫的聲音，打聽我在不在家。我大聲招呼他進來，而沒有離開我的座位。施特略夫慌慌張張地走了進來，一直走到我坐的桌子前面。

「她死了，」他聲音嘶啞地說。

「你說甚麼？」我吃驚地喊叫起來。

他的嘴唇動了動，好像在說甚麼，但是甚麼聲音也沒有發出來，他像個白癡似地胡亂地說了一些沒有意義的話。我的一顆心在胸腔裏撲騰騰地亂跳，不知為甚麼，我突然發起火來。

「看在上帝面上，你鎮定點兒好不好？」我說，「你究竟在說些甚麼？」

他的兩隻手做了幾個絕望的姿勢，仍然說不出一句整話來。他好像突然受到巨大的驚嚇，變成啞巴了。我不知道自己為甚麼火冒三丈，我抓着他的肩膀拚命地搖撼。我猜想前幾夜我一直休息不好，叫我的神經也崩潰了。

「讓我坐一會兒，」最後他上氣不接下氣地說。

我給他倒了一杯聖加米葉酒，我把杯子端到他的嘴邊好像在餵一個孩子。他咕咚一聲喝了一口，有好些灑在襯衫前襟上。

「誰死了？」

我不懂為甚麼我還要問這句話，因為我完全知道他說的是誰，他掙扎着想使自己平靜下來。

「昨天夜裏他們吵嘴了，他離開家了。」

「她已經死了嗎？」

「沒有，他們把她送到醫院去了。」

「那麼你說的是甚麼？」我不耐煩地喊起來。「為甚麼你說她死了？」

「別生我的氣，你要是這樣同我講話，我就甚麼也告訴不了你了。」

我握緊了拳頭，想把心裏的怒氣壓下去，我努力擺出一副笑臉來。

「對不起。你慢慢說吧，不用着急。我不怪罪你。」

他的近視鏡片後面的一對又圓又藍的眼睛因為恐懼叫人看着非常可怕，他戴的放大鏡片使這雙眼睛變形了。

「今天早晨看門人上樓去給他們送信，按了半天門鈴也沒有人回答。她聽見屋子裏有人呻吟，門沒有上閂，她就走進去了。勃朗什在床上躺着，情況非常危險，桌子上擺着一瓶草酸。」

施特略夫用手捂着臉，一邊前後搖晃着身體，一邊呻吟。

「她那時候還有知覺嗎？」

「有。啊，如果你知道她多麼痛苦就好了。我真受不了，我真受不了。」

他的聲音越來越高，成了一種尖叫。

「他媽的，你有甚麼受不了的，」我失去耐心地喊起來，「她這是自作自受。」

「你怎麼能這麼殘忍呢？」

「你後來做甚麼了？」

「他們叫了醫生，也把我找去，還報告了警察。我以前給過看門人二十法郎，告訴她如果發生了甚麼事就通知我。」

他沉吟了一會兒，我看出來他下面要告訴我的一番話是很難啓齒的。

「我去了以後她不同我講話，她告訴他們叫我走開。我向她發誓，不管她做過甚麼事我都原諒她，但是她根本不聽我講話。她把頭往牆上撞，醫生叫我不要待在她身邊。她不住口地叫喊：『叫他走開！』我只好離開她身邊，在畫室裏等着。等救護車來了，他們把她抬上擔架的時候，他們叫我躲進廚房去，讓她以為我已經離開那裏了。」

在我穿衣服的當兒——因為施特略夫要我立刻同他一起到醫院去——，他告訴我他已經在醫院為他的妻子安排了一個單間病室，免得她住在人群混雜、空氣污濁的大病房。走在路上的時候他又向我解釋，為甚麼他要我陪他去——如果她仍然拒絕同他見面，也許她願意見我。他求我轉告她，他仍然愛她，他絲毫也不責怪她，只希望能幫她一點兒忙。他對她沒有任何要求，在她病好以後決不勸說她回到自己身邊，她是絕對自由的。

終於到了醫院——一座淒清陰慘的建築物，一看見就讓人心裏發涼。我們從一個辦公室被支到另一個辦公室，爬上數不盡的樓梯，穿過走不到頭兒的光禿禿的走廊，最後找到主治的醫生，但是我們卻被告訴說，病人健康狀況太壞，這一天不能接見任何探視的人。同我們講話的這個醫生蓄着鬍鬚、身材矮小，穿着一身白衣服，態度一點也不客氣。他顯然只把病人當作病人，把焦急不安的親屬當作惹厭的東西，毫無通融的餘地。此外，對他説來，這類事早已司空見慣；這只不過是一個歇斯底里的女人同愛人吵了嘴、賭氣服了毒而已，這是經常發生的事。最初他還以為戴爾克是罪魁禍首，毫無必要地頂撞了他幾句。在我向他解釋了戴爾克是病人的丈夫、渴望寬恕她以後，醫生突然用炯炯逼人的好奇目光打量起他來。我好像在醫生的目光裏看到一絲揶揄的神色，施特略夫的長相一望而知是個受老婆欺騙的窩囊漢子，醫生把肩膀微微一聳。「目前沒有甚麼危險，」他回答我們的詢問説，「還不知道她吞服了多少，也很可能只是一場虛驚。女人們不斷為了愛情而自尋短見，但是一般說來她們總是做得很小心，不讓自殺成為事實，通常這只是為了引起她們情人的憐憫或者恐怖而做的一個姿態。」

他的語氣裏有一種冷漠、輕蔑的味道。對他說來，勃朗什．施特略夫顯然不過是即將列入巴黎這一年自殺未遂的統計表中的一個數字。醫生非常忙，不可能為了我們浪費自己的時間。他告訴我們，如果我們在第二天某一個時刻來，假如勃朗什好一些，她的丈夫是可以見到她的。

35

我幾乎說不清這一天我們是怎麼過的了，施特略夫沒人陪着根本不成，我想盡辦法把他的思想岔開，因而弄得自己也疲勞不堪。我帶他到盧佛爾宮去，他假裝在欣賞圖畫，但是我看得出來他的思想一刻也沒有離開他的妻子。我硬逼着他吃了一點東西，午飯以後，我又勸他躺下休息，但是他一絲睡意也沒有。我留他在我的公寓住幾天，他欣然接受了我的邀請。我找了幾本書給他看，他只翻看一兩頁就把書放下，悽悽慘慘地茫然凝視着半空。吃過晚飯以後我們玩了無數局皮克牌，為了不叫我失望，他強自打起精神，裝作玩得津津有味的樣子。最後我讓他喝了一口藥水，儘管他睡得並不安寧，總算入了夢鄉。

當我們再次去醫院的時候，見到了一個女護士，她告訴我們勃朗什看上去好了一些。她走進病房，問她是否願意見自己的丈夫。我們聽到從勃朗什住的屋子裏傳出來的話語聲，沒過多久護士便走出來，告訴我們病人拒絕會見任何來探視她的人。我們事前已經同護士講過，如果病人不願見戴爾克，護士還可以問她一下願意不願意見我，但是病人也同樣回絕了，戴爾克的嘴唇抖動起來。

「我不敢過份逼她，」護士說，「她病得很厲害。再過一兩天也許她會改變主意的。」

「她想見甚麼人嗎？」戴爾克問，他說話的聲音非常低，幾乎像是耳語。

「她說她只求不要有人打攪她。」

戴爾克做了個很奇怪的手勢，好像他的兩隻手同身體不發生關係，自己在揮動似的。

「你能不能告訴她，如果她想見甚麼人的話，我可以把那人帶來？我只希望使她快活。」

護士用她那雙寧靜、慈祥的眼睛望着戴爾克，這雙眼睛曾經看到過人世的一切恐怖和痛苦，但是因為那裏面裝的是一個沒有罪惡的世界的幻景，所以她的目光是清澈的。

「等她心情平靜一些的時候我會告訴她的。」

戴爾克心頭充滿了無限悲憫，請求她立刻把這句話說給她聽。

「也許這會治好她的病的，我求求你現在就去問她吧。」

護士的臉上泛起一絲憐憫的笑容，走進病室。我們聽到她低聲說了兩句甚麼，接着就是一個我辨認不出的聲音在回答：

「不，不，不。」

護士走出來，搖了搖頭。

「剛才是她在說話嗎？」我問。「她的嗓音全變了。」

「她的聲帶似乎被酸液燒壞了。」

戴爾克發出一聲痛苦的低聲叫喊。我叫他先到外面去，在進門的地方等着我，因為我要同護士說幾句話。他並沒有問我要說甚麼，便悶聲不響地走開了。他好像失去了全部意志力，像個聽話的小孩似地任憑別人支使。

「她對你說過沒有，為甚麼她做出這件事來？」我問護士說。

「沒有。她甚麼話也不說。她安安靜靜地仰面躺着，有時候一連幾個鐘頭一動也不動。但是她卻不停地流眼淚，連枕頭都流濕了。她身體非常虛弱，連手帕也不會使用，就讓眼淚從臉上往下淌。」

我突然感到心弦一陣絞痛，要是思特里克蘭德在我跟前，我真能當時就把他殺死。當我同護士告別的時候，我知道連自己的聲音都顫抖起來了。

我發現戴爾克正在門口台階上等着我，他好像甚麼都沒看見，直到我觸到他的胳臂時，他才發覺我已經站到他身邊。我們兩個默默無言地向回走。我拚命地想像，究竟發生了甚麼事逼得這個可憐的人兒走上這條絕路。我猜想思特里克蘭德已經知道發生的這個不幸事件了，因為警察局一定已經派人找過他，聽取了他的證詞。我不知道思特里克蘭德現在在哪裏，說不定他已經回到那間他當作畫室的簡陋的閣樓去了。她不想同他見面倒是有些奇怪，也許她不肯叫人去找他是因為她知道他絕不會來。我很想知道，她看到了一個甚麼樣的悲慘的無底深淵才恐懼絕望、不想再活下去。

36

這以後的一個星期簡直是一場噩夢。施特略夫每天去醫院兩次探聽妻子的病況，勃朗什始終不肯見他。頭幾天他從醫院回來心情比較寬慰，而且滿懷希望，因為醫院的人對他講，勃朗什似乎日趨好轉；但是幾天以後，施特略夫便陷入痛苦絕望中，醫生所擔心的併發症果然發生了，病人看來沒有希望了。護士對施特略夫非常同情，但是卻找不到甚麼安慰他的言詞。病人只是一動不動地躺在床上，一句話也不說，兩眼凝視着半空，好像在望着死神的降臨。看來這個可憐的女人只有一兩天的活頭兒了。一天晚上，已經很晚了，施特略夫走來看我。不等他開口，我就知道他是來向我報告病人的死訊的。施特略夫身心交瘁到了極點。往日他總是滔滔不絕地同我講話，這一天卻一語不發，一進屋子就疲勞不堪地躺在我的沙發上。我覺得無論說甚麼安慰的話也無濟於事，便索性讓他一聲不響地躺在那裏。我想看點書，又怕他認為我太無心肝，於是我只好坐在窗戶前邊默默地抽煙斗，等着他甚麼時候願意開口再同他講話。

「你對我太好了，」最後他說，「沒有一個人不對我好的。」

「別胡說了，」我有些尷尬地說。

「剛才在醫院裏他們對我說我可以等着，他們給我搬來一把椅子，我就在病房外邊坐着，等到她已經不省人事的時候他們叫我進去了。她的嘴和下巴都被酸液燒傷了，看到她那可愛的皮膚滿是傷痕真叫人心痛極了。她死得非常平靜，還是護士告訴了我我才知道她已經死了。」

他累得連哭的力氣都沒有了，他渾身癱軟地仰面躺着，好像四肢的力量都已枯竭，沒過一會兒便昏昏沉沉地睡着了。這是一個星期以來他第一次不靠吃安眠藥自己進入了夢鄉。自然對人有時候很殘忍，有時候又很仁慈。我給他蓋上被，把燈熄掉。第二天早晨我醒來的時候他仍然沒有睡醒。他一夜連身都沒翻，金邊眼鏡一直架在鼻樑上。

37

勃朗什·施特略夫死後因為情況複雜需要一關一關地辦理許多道手續，但是最後我們還是取得了殯葬的許可證。跟隨柩車到墓地去送葬的只有我同戴爾克兩個人，去的時候走得很慢，回來的路上馬車卻小跑起來，柩車的車夫不斷揮鞭抽打轅馬，在我心上引起一種奇怪的恐怖感，彷彿是馬車夫聳聳肩膀想趕快把死亡甩在後面似的。我坐在後面一輛馬車上不時地看到前邊搖搖擺擺的柩車，我們的馬車夫也不斷加鞭，不讓自己的車輛落後。我感到我自己也有一種趕快把這件事從心裏甩掉的願望，對這件實際上與我毫不相干的悲劇我已開始厭煩了，我找了另外一些話題同施特略夫談起來；雖然我這樣做是為了解除自己的煩悶，卻騙自己說是為了給施特略夫分一分神。

「你是不是覺得還是到別的地方去走一走的好？」我說，「現在再待在巴黎對你說來毫無意義了。」

他沒有回答我，我卻緊追不捨地問下去：

「你對於今後這一段日子有甚麼安排嗎？」

「沒有。」

「你一定得重新振作起來，為甚麼不到意大利去重新開始畫畫兒呢？」

他還是沒有回答，這時我們的馬車夫把我從窘境裏解救了出來。他把速度降低了一些，俯過身來同我講了一句甚麼。我聽不清他說的是甚麼，只好把頭伸出窗口去。他想知道我們在甚麼地方下車，我叫他稍微等一會兒。

「你還是來同我一起吃午飯吧，」我對戴爾克說，「我告訴馬車夫在皮卡爾廣場停車好不好？」

「我不想去了，我要回我的畫室去。」

我猶豫了一會兒。

「你要我同你一起去嗎？」我說。

「不要，我還是願意獨自回去。」

「好吧。」

我告訴車夫應該走的方向，馬車繼續往前走，我們兩人又重新沉默起來。戴爾克自從勃朗什被送進醫院那個倒霉的早上起就再也沒回畫室去，我很高興他沒有叫我陪伴他，我在他的門口同他分了手，如釋重負地獨自走開。巴黎的街道給了我新的喜悦，我滿心歡喜地看着街頭匆忙來往的行人。這一天天氣很好，陽光燦爛，我感到我的心頭洋溢着對生活的歡悦，這種感情比以往任何時候都更加強烈。我一點也由不得自己，我把施特略夫同他的煩惱完全拋在腦後，我要享受生活。

38

又有將近一個星期我沒有再看到他。一天晚上剛過七點他來找我，約我出去吃晚飯。他身服重孝，圓頂硬禮帽上繫着一條很寬的黑帶子，連使用的手帕也鑲着黑邊。他的這身喪服説明在一次災禍中他已經失去了世界上的一切親屬，甚至連姨表遠親也沒有了。他的肥胖的身軀、又紅又胖的面頰同身上的孝服很不協調。老天也真是殘忍，竟讓他這種無限悽愴悲慘帶上某種滑稽可笑的成份。

他告訴我他已打定主意要到外國去，但並不是去我所建議的意大利，而是荷蘭。

「我明天就動身，這也許是我們最後一次見面了。」

我説了一句適當的答話，他勉強地笑了笑。

「我已經有五年沒回老家了，我想家裏的情況我都忘記了。我好像離開祖傳的老屋那麼遙遠，甚至都不好意思再回去探望它了，但是現在我覺得這是我唯一的棲身之地。」

施特略夫現在遍體鱗傷，他的思想又讓他回去尋找慈母的溫情慰撫。多少年來他忍受的揶揄嘲笑現在好像已經把他壓倒，勃朗什對他的背叛給他帶來了最後一次打擊，使他失去了以笑臉承受譏嘲的韌性。他不能再同那些嘲笑他的人一起放聲大笑了，他已經成了一個擯棄於社會之外的人。他對我講他在一所整潔有序的磚房子裏消磨掉的童年。他的母親生性愛好整潔，廚房收拾得乾乾淨淨、鋥光瓦亮，簡直是個奇蹟。鍋碗瓢盆都放得有條不紊，任何地方也找不出一星灰塵。説實在的，他母親愛好清潔簡直有些過頭了。我彷彿看到了一個乾淨利落的小老太太，生着紅裏透白的面頰，從早到晚手腳不停閒，終生劬勞，把屋子收拾得井井有條，一塵不染。施特略夫的父親是個瘦削的老人，因為終生勞動，兩手骨節扭結，不言不語，誠實耿直。晚飯後他大聲讀着報紙，妻子和女兒（現在已經嫁給一個小漁船船長了）珍惜時間，埋頭做針線活。文明日新月異，這個小城卻好像被拋在後面，永遠也不會發生甚麼事情，如此年復一年，直到死亡最後來臨，像個老友似地給那些勤苦勞動一生的人帶來永久的安息。

「我父親希望我像他一樣做個木匠。我們家五代人都是幹的這個行業，總是父一代子一代地傳下去。也許這就是生活的智慧——永遠踩着父親的腳印走下去，既不左顧也不右盼。小的時候我對別人説我要同隔壁一家做馬具人家的女兒結婚，她是一個藍眼睛的小女孩，亞麻色的頭髮梳着一根小辮。要是同這個人結了婚，她也會把我的家收拾得井井有條，還會給我生個孩子接替我的行業。」

施特略夫輕輕嘆了一口氣，沉默了一會兒。他的思想縈迴在可能發生的這些圖景上，他自動放棄的這種安全穩定的生活使他無限眷戀。

「世界是無情的、殘酷的。我們生到人世間沒有人知道為了甚麼，我們死後沒有人知道到何處去。我們必須自甘卑屈，我們必須看到冷清寂寥的美妙。在生活中我們一定不要出風頭、露頭角，惹起命運對我們注目。讓我們去尋求那些淳樸、敦厚的人的愛情吧。他們的愚昧遠比我們的知識更為可貴。讓我們保持着沉默，滿足於自己小小的天地，像他們一樣平易溫順吧，這就是生活的智慧。」

這一番話我聽着像是他意志消沉的自白，我不同意他這種自暴自棄的態度。但是我也不想同他爭辯，宣講我的處世方針。

「是甚麼使你想起當畫家來呢？」我問他道。

他聳了聳肩膀。

「我湊巧有點兒繪畫的才能，在學校讀書的時候畫圖畫得過獎。我的可憐的母親很為我這種本領感到自豪，買了一盒水彩送給我。她還把我的圖畫拿給牧師、醫生和法官去看。後來這些人把我送到阿姆斯特丹，讓我試一試能不能考取獎學金入大學。我考取了。可憐的母親，她驕傲得了不得。儘管同我分開使她非常難過，她還是強顏歡笑，不叫我看出她的傷心來。她非常高興，自己的兒子能成為個藝術家。他們老兩口省吃儉用，好叫我能夠維持生活。當我的第一幅繪畫參加展出的時候，他們到阿姆斯特丹看來了，我的父親、母親和妹妹都來了。我的母親看見我的圖畫，眼淚都流出來了。」說到這裏，施特略夫自己的眼睛也掛上了淚花。「現在老家的屋子四壁都掛着我的一張張畫，鑲在漂亮的金框子裏。」

他的一張臉因為幸福的驕傲而閃閃發亮，我又想起來他畫的那些毫無生氣的景物，穿得花花綠綠的農民啊、絲柏樹啊、橄欖樹啊甚麼的。這些畫鑲着很講究的金框子，掛在一家村舍的牆上是多麼不倫不類呀！

「我那可憐的母親認為她把我培養成一個藝術家是幹了一件了不起的事，但是說不定要是父親的想法得以實現，我如今只不過是個老老實實的木匠，對我說來倒更好一些。」

「現在你已經了解了藝術會給人們帶來些甚麼，你還願意改變你的生活嗎？你肯放棄藝術給與你的所有那些快感嗎？」

「藝術是世界上最偉大的東西，」他沉吟了片刻說。

他沉思地看了我一會兒，好像對一件甚麼事拿不定主意。最後，他開口說：

「你知道我去看思特里克蘭德了嗎？」

「你？」

我吃了一驚。我本來以為他非常恨他，決不會同他見面的。施特略夫的臉浮起一絲笑容。

「你已經知道我這人是沒有自尊心的。」

「這話是甚麼意思？」

他給我說了一個奇異的故事。

39

我們那天埋葬了可憐的勃朗什，分手以後，施特略夫懷着一顆沉重的心走進自己的房子。他被甚麼驅使着向畫室走去，也許是被某種想折磨自己的模糊的願望，儘管他非常害怕他必將感到的劇烈痛苦。他拖着雙腳走上樓梯，他的兩隻腳好像很不願意往那地方移動。他在畫室外面站了很久很久，拚命鼓起勇氣來推門進去。他覺得一陣陣地犯惡心，想要嘔吐。他幾乎禁不住自己要跑下樓梯去把我追回來，求我陪着一起進去。他有一種感覺，彷彿畫室裏有人似的。他記得過去氣喘吁吁地走上樓梯，總要在樓梯口站一兩分鐘，讓呼吸平靜一些再進屋子，可是又由於迫不及待想見到勃朗什（心情那麼急切多麼可笑！）呼吸總是平靜不下來。每次見到勃朗什都使他喜不自禁，哪怕出門還不到一個鐘頭，一想到同她會面也興奮得無法自持，就像分別了一月之久似的。突然間他不能相信她已經死了。所發生的事只應是一個夢，一個噩夢；當他轉動鑰匙打開門以後，他會看到她的身軀微俯在桌子上面，同夏爾丹的名畫《飯前禱告》裏面那個婦女的身姿一樣優美。施特略夫一向覺得這幅畫精美絕倫。他急忙從口袋裏掏出鑰匙，把門打開，走了進去。

房間不像沒人住的樣子。勃朗什習性整潔，施特略夫非常喜歡她這一點。他小時候的教養使他對別人愛好整潔的習慣極富同感。當他看到勃朗什出於天性樣樣東西都放得井井有條，他心裏有一種熱呼呼的感覺。臥室看上去像是她離開沒有多久的樣子：幾把刷子整整齊齊地擺在梳妝枱上，每一把放在一隻梳子旁邊；她在畫室裏最後一夜睡過的床鋪不知有誰整理過，鋪得平平整整；她的睡衣放在一個小盒子裏，擺在枕頭上面。真不能相信，她永遠也不回這間屋子裏來了。

他感到口渴，走進廚房去給自己弄一點水喝。廚房也整齊有序。她同思特里克蘭德吵嘴的那天晚上，晚飯使用的餐具已經擺好在碗架上，而且洗得乾乾淨淨，刀叉收好在一隻抽屜裏。吃剩的一塊乾酪用一件甚麼器皿扣起來，一個洋鐵盒裏放着一塊麵包。她總是每天上街採購，只買當天最需要的東西，因此從來沒有甚麼東西留到第二天。從進行調查的警察那裏施特略夫了解到，那天晚上思特里克蘭德一吃過晚飯就離開了這所房子，而勃朗什居然還像通常一樣洗碟子刷碗，這真叫人不寒而慄。勃朗什臨死以前還這樣有條有理地做家務活兒，這說明了她的自殺是周密計劃的。她的自制能力讓人覺得可怕。突然間，施特略夫感到心如刀絞，兩膝發軟，幾乎跌倒在地上。他回到臥室，一頭扎在床上，大聲地呼喚着她的名字：

「勃朗什！勃朗什！」

想到她受的那些罪孽，施特略夫簡直無法忍受。他的腦子裏忽然閃現出她的幻影：她正站在廚房裏——一間比櫃櫥大不了多少的廚房——刷洗盤碗，擦拭刀叉，在刀架上把幾把刀子飛快地蹭了幾下，然後把餐具一一收拾起來。接着她把污水池擦洗了一下，把抹布掛起來——直到現在這塊已經磨破的灰色抹布還在那裏掛着。她向四邊看了看，是否一切都已收拾整齊。他彷彿看見她把捲起的袖口放下來，摘下了圍裙——圍裙掛在門後邊一個木栓上——，然後拿起了裝草酸的瓶子，走進了臥室。

痛苦使他一下子從床上跳起來，衝出了屋子。他走進了畫室。屋子裏很黑，因為大玻璃窗上還擋着窗簾，他一把把窗簾拉開。但是當他把這間他在裏面曾經感到那麼幸福的房間飛快地看了一眼以後，不禁嗚咽出聲來。屋子一點也沒有變樣。思特里克蘭德對環境漠不關心，他在別人的這間畫室住着的時候從來沒有想到把甚麼東西改換個位置。這間屋子經過施特略夫精心佈置很富於藝術趣味，表現出施特略夫心目中藝術家應有的生活環境。牆上懸着幾塊織錦，鋼琴上鋪着一塊美麗的但光澤已有些暗淡的絲織品，一個牆角擺着美洛斯的維納斯[1]的複製品，另一個牆角擺着麥迪琪的維納斯[2]複製品。這裏立着一個意大利式的小櫃櫥，櫃櫥頂上擺着一個德爾夫特[3]的陶器，那裏掛着一塊浮雕美術品。一個很漂亮的金框子裏鑲着委拉斯凱茲的名畫《天真的X》的描本，這是施特略夫在羅馬的時候描下來的；另外，還有幾張他自己的畫作，嵌着精緻的鏡框，陳列得極富於裝飾效果。施特略夫一向對自己的審美感非常自豪，對自己這間具有浪漫情調的畫室他總是欣賞不夠。雖然在目前這樣一個時刻，這間屋子好像在他心頭戳了一刀，他還是不由自主地把一張路易十五時代的桌子稍微挪動了一下。這張桌子是他的最珍愛的物品之一。突然，他發現有一幅畫面朝裏地掛在牆上。這幅畫的尺寸比他自己通常畫的要大得多，他很奇怪為甚麼屋子裏擺着這麼一幅畫。他走過去把它翻轉過來，想看一看上面畫的是甚麼。他發現這是一張裸體的女人像。他的心開始劇烈地跳動起來，因為他馬上就猜到這是思特里克蘭德的作品。他氣呼呼地把它往牆上一摔，——思特里克蘭德把畫留在這裏有甚麼用意？——因為用力過猛，畫掉了下來，面朝下地落到地上。不管是誰畫的，他也不能叫它扔在塵土裏；他把它撿了起來。這時他的好奇心佔了上風，他想要好好地看一看，於是他把這張畫拿到畫架上擺好，往後退了兩步，準備仔細瞅一瞅。

他倒抽了一口氣。畫面是一個女人躺在長沙發上，一隻胳臂枕在頭底下，另一隻順着身軀平擺着，屈着一條腿，另一條伸直。這是一個古典的姿勢。施特略夫的腦袋嗡的一下脹了起來。畫面的女人是勃朗什。悲痛、忌妒和憤怒一下子把他抓住；他一句完整的話也說不出，只是嘶啞地喊叫了一聲。他握緊了拳頭對着看不見的敵人搖晃着，他開始扯直了喉嚨尖叫起來。他快要發瘋了，他實在忍受不了，這簡直太過份了。他向四周看了看，想尋找一件器具，把這幅畫砍個粉碎，一分鐘也不允許它在這個世界上存在。但是身邊並沒有任何合手的武器，他在繪畫用品裏翻尋了一遍，不知為甚麼還是甚麼也沒有找到。他簡直發狂了。最後他終於找到了他需要的東西——一把刮油彩用的大刮刀。他一把把刮刀抄起來，發出一聲勝利的喊叫，像擎着一把匕首似地向那幅圖畫奔去。

施特略夫給我講這個故事的時候同事情發生的當時一樣激動，他把放在我倆中間桌子上的一把餐刀拿起來，拚命揮舞着。他抬起一隻胳臂，彷彿要扎下來的樣子。接着，突然把手一鬆，刀子哐啷一聲掉在地上。他望着我，聲音顫抖地笑了笑，沒有再說話。

「快說啊！」我催他道。

「我說不清楚自己是怎麼回事，正當我要在畫上戳個大洞的時候，當我已經抬起胳臂正準備往下扎的時候，突然間我好像看見它了。」

「看見甚麼了？」

「那幅畫，一件珍貴的藝術品。我不能碰它，我害怕了。」

施特略夫又停頓下來，直勾勾地盯着我，張着嘴，一對又藍又圓的眼珠似乎都要凸出來了。

「那真是一幅偉大的、奇妙的繪畫，我一下子被它震駭住了。我幾乎犯了一樁可怕的罪行。我移動了一下身體，想看得更清楚一些，我的腳踢在刮刀上，我打了個冷戰。」

激動着施特略夫的那種感情我確實體會到了，他說的這些話奇怪地把我打動了。我好像突然被帶進一個全部事物的價值都改變了的世界裏。我茫然不知所措地站在一旁，好像一個到了異鄉的陌生人，在那裏，一個人對於他所熟悉的事物的各種反應都與過去的不同了。施特略夫盡量想把他見到的這幅畫描述給我聽，但是他說得前言不搭後語，許多意思都只能由我猜測。思特里克蘭德已經把那一直束縛着的桎梏打碎了，他並沒有像俗話所說的「尋找到自己」，而是尋找到一個新的靈魂，一個具有意料不到的巨大力量的靈魂。這幅畫之所以能顯示出這樣強烈、這樣獨特的個性，並不只是因為它那極為大膽的簡單的線條，不只是因為它的處理方法（儘管那肉體被畫得帶有一種強烈的、幾乎可以說是奇妙的慾情），也不只是因為它給人的實體感，使你幾乎奇異地感覺到那肉體的重量，而且還因為它有一種純精神的性質，一種使你感到不安、感到新奇的精神，把你的幻想引向前所未經的路途，把你帶到一個朦朧空虛的境界，那裏為探索新奇的神秘只有永恆的星辰在照耀，你感到自己的靈魂一無牽掛，正經歷着各種恐怖和冒險。

如果我在這裏有些舞文弄墨，使用了不少形象比喻，這是因為施特略夫當時就是這麼表達他自己的。（估量大家都知道，一旦感情激動起來，一個人會很自然地玩弄起文學詞藻來的。）施特略夫企圖表達的是一種他過去從來沒經歷過的感覺，如果用一般的言語，他簡直不知道該如何說出口來。他像是一個神秘主義者費力地宣講一個無法宣傳的道理。但是有一件事我還是清楚的：人們動不動就談美，實際上對這個詞並不理解；這個詞已經使用得太濫，失去了原有的力量；因為成千上萬的瑣屑事物都分享了「美」的稱號，這個詞已經被剝奪掉它的崇高的含義了。一件衣服，一隻狗，一篇佈道詞，甚麼東西人們都用「美」來形容，當他們面對面地遇到真正的美時，反而認不出它來了。他們用以遮飾自己毫無價值的思想的虛假誇大使他們的感受力變得遲鈍不堪。正如一個假內行有時也會感覺到自己是在無中生有地偽造某件器物的精神價值一樣，人們已經失掉了他們用之過濫的賞識能力。但是施特略夫，這位本性無法改變的小丑，對於美卻有着真摯的愛和理解，正像他的靈魂也是誠實、真摯的一樣。對他說來，美就像虔誠教徒心目中的上帝一樣；一旦他見到真正美的事物，他變得恐懼萬分。

「你見到思特里克蘭德的時候，對他說甚麼了？」

「我邀他同我一起到荷蘭去。」

我愣在那裏，一句話也說不出來，目瞪口呆地直勾勾地望着他。

「我們兩人都愛勃朗什，在我的老家也有地方給他住。我想叫他同貧寒、淳樸的人們在一起，對他的靈魂是有好處的。我想他也許能從這些人身上學到一些對他有用的東西。」

「他說甚麼？」

「他笑了笑。我猜想他一定覺得我這個人非常蠢，他說他沒有那麼多閒工夫。」

我真希望思特里克蘭德用另一種措詞拒絕施特略夫的邀請。

「他把勃朗什的這幅畫送給我了。」

我很想知道思特里克蘭德為甚麼要這樣做，但是我甚麼也沒有說。好大一會兒，我們兩人都沒有說話。

「你那些東西怎麼處置了？」最後我問道。

「我找了一個收舊貨的猶太人，他把全部東西都買了去，給了我一筆整錢。我的那些畫我準備帶回家去。除了畫以外，我還有一箱子衣服，幾本書，此外，在這個世界上我甚麼財產也沒有了。」

「我很高興你回老家去，」我說。

我覺得他還是有希望讓過去的事成為過去的。我希望隨着時間的流逝，現在他覺得無法忍受的悲痛會逐漸減輕，記憶會逐漸淡薄，老天是以慈悲為懷的！他終究會再度挑起生活的擔子來的。他年紀還很輕，幾年以後再回顧這一段慘痛遭遇，在悲痛中或許不無某種愉悅的感覺。或遲或早，他會同一個樸實的荷蘭女人結婚，我相信他會生活得很幸福的。想到他這一輩子還會畫出多少幅蹩腳的圖畫來，我的臉上禁不住浮現出笑容。

第二天我就送他啓程回阿姆斯特丹去了。

註釋：

[1] 一稱「斷臂的阿芙羅底德」，一八二零年在希臘美洛斯發現的古希臘雲石雕像，現存巴黎盧佛爾宮。

[2] 十七世紀在意大利發掘出的雕像，因長期收藏在羅馬麥迪琪宮，故得名，現收藏於佛羅倫薩烏非濟美術館。

[3] 德爾夫特係荷蘭西部一個小城，以生產藍白色上釉陶器聞名。

40

在施特略夫離開以後的一個月裏，我忙於自己的事務，再也沒有見到過哪個同這件悲慘事件有關的人，我也不再去想它了。但是有一天，正當我出外辦事的時候，卻在路上看到了查理斯·思特里克蘭德。一見到他，那些我寧肯忘掉的令人氣憤的事馬上又回到我的腦子裏來，我對這個造成這場禍事的人感到一陣嫌惡。但是佯裝不見也未免太孩子氣，我還是對他點了點頭，然後加快了腳步，繼續走自己的路，可是馬上就有一隻手搭在我的肩膀上。

「你挺忙啊，」他熱誠地說。

對於任何一個不屑於理他的人他總是非常親切，這是思特里克蘭德的一個特點；從我剛才同他打招呼時的冷淡態度，他清楚地知道我對他的看法。

「挺忙，」我的回答非常簡短。

「我同你一起走一段路，」他說。

「幹甚麼？」我問。

「因為高興同你在一起。」

我沒有說甚麼，他默不作聲地伴着我走。我們就這樣走了大約四分之一里路，我開始覺得有一點滑稽。最後我們走過一家文具店，我突然想到我不妨進去買些紙，這樣我就可以把他甩掉了。

「我要進去買點東西，」我說，「再見。」

「我等着你。」

我聳了聳肩膀，便走進文具店去。我想到法國紙並不好，既然我原來的打算已經落空，自然也就用不着買一些我不需要的東西增加負擔了。於是我問了一兩樣他們準不會有的東西，一分鐘以後就走出來了。

「買到你要買的東西了嗎？」他問。

「沒有。」

我們又一聲不響地往前走，最後走到一處幾條路交叉的路口，我在馬路邊上停下來。

「你往哪邊走？」我問他。

「同你走一條路。」

「我回家。」

「我到你那裏去抽一斗煙。」

「你總得等人請你吧，」我冷冷地說。

「要是我知道有被邀請的可能我就等着了。」

「你看到前面那堵牆了嗎？」我問，向前面指了一下。

「看到了。」

「要是你還有這種眼力，我想你也就會看到我並不歡迎你了。」

「說老實話，我猜到了這一點。」

我撲哧地一聲笑了。我不能討厭一個能惹我發笑的人，這也許是我性格上的一個弱點，但是我馬上就繃起臉來。

「我覺得你是一個非常討厭的人。我怎麼會那麼倒霉，認識了你這麼一個最惹人嫌的東西。你為甚麼偏偏要纏着一個討厭你、看不起你的人呢？」

「你以為我很注意你對我的看法嗎，老兄？」

「真見鬼！」我說，因為感覺到我的動機一點也站不住腳，反而裝出一副更加氣憤的樣子。「我不想認識你。」

「你怕我會把你帶壞了嗎？」

他的語氣讓我覺得自己非常可笑，我知道他正斜着眼睛看我，臉上帶着譏嘲的笑容。

「我猜想你手頭又窘了吧！」我傲慢地說。

「要是我還認為有希望從你手裏借到錢，我真是個大傻瓜了。」

「要是你硬逼着自己討別人喜歡，那說明你現在已經窮得沒有辦法了。」

他咧開嘴笑了笑。

「只要我不時地能叫你開開心，你是永遠也不會真正討厭我的。」

我不能不咬住嘴唇才憋着沒有笑出，他說的話儘管可惡，卻有一定的真實性。此外，我的性格還有一個弱點：不論甚麼人，儘管道德上非常墮落，但只要能夠和我唇槍舌劍，針鋒相對，我還是願意同他在一起的。我開始覺得我對思特里克蘭德的厭惡只有靠我單方面努力才能維持下去。我認識到我精神上的弱點，看到我對他的態度實在有點兒裝腔作勢。而且我還知道，如果我自己已經感覺到這點，思特里克蘭德的敏銳的觀察力是不會看不到的。他肯定正在暗暗地笑我呢。我聳了聳肩膀，沒有再說甚麼，讓他在這場舌戰中佔了上風。

41

我們走到我住的房子。我不想對他說甚麼「請進來坐」這類的客氣話，而是一言不發地自己走上了樓梯。他跟在後面，踩着我的腳後跟走進我的住房。他過去從來沒到我這地方來過，但對我精心佈置的屋子連看也不看一眼。桌子上擺着一鐵罐煙草，他拿出煙斗來，裝了一斗煙。接着，他坐在一把沒有扶手的椅子上，身體往後一靠，蹺起椅子的前腿。

「要是你想舒服一下，為甚麼不坐在安樂椅上？」我忿忿地問道。

「你為甚麼對我的舒適這麼關心？」

「我並不關心，」我反駁說，「我關心的是自己。我看見別人坐在一把不舒服的椅子上自己就覺得不舒服。」

他咯咯地笑了笑，但是沒有換地方。他默默地抽着煙斗，不再理睬我。看來他正在沉思自己的事，我很奇怪他為甚麼到我這地方來。

作家對那些吸引着他的怪異的性格本能地感到興趣，儘管他的道德觀不以為然，對此卻無能為力。直到習慣已成自然，他的感覺變得遲鈍以後，這種本能常常使他非常狼狽。他喜歡觀察這種多少使他感到驚異的邪惡的人性，自認這種觀察是為了滿足藝術的要求。但是他的真摯卻迫使他承認：他對於某些行為的反感遠不如對這些行為產生原因的好奇心那樣強烈。一個惡棍的性格如果刻劃得完美而又合乎邏輯，對於創作者是具有一種魅惑的力量的，儘管從法律和秩序的角度看，他決不該對惡棍有任何欣賞的態度。我猜想莎士比亞在創作埃古[1]時可能比他借助月光和幻想構思苔絲德夢娜[2]懷着更大的興味。說不定作家在創作惡棍時實際上是在滿足他內心深處的一種天性，因為在文明社會中，風俗禮儀迫使這種天性隱匿到潛意識的最隱秘的底層下。給予他虛構的人物以血肉之軀，也就是使他那一部份無法表露的自我有了生命，他得到的滿足是一種自由解放的快感。

作家更關心的是了解人性，而不是判斷人性。

我的靈魂對思特里克蘭德確實感到恐怖，但與恐怖並存的還有一種叫我心寒的好奇心：我想尋找出他行為的動機。他使我困惑莫解，他對那些那麼關懷他的人製造了一齣悲劇，我很想知道他對自己一手製造的這齣悲劇究竟抱甚麼態度，我大膽地揮舞起手術刀來。

「施特略夫對我說，你給他妻子畫的那幅畫是你的最好的作品。」

思特里克蘭德把煙斗從嘴裏拿出來，微笑使他的眼睛發出亮光。
「畫那幅畫我非常開心。」
「為甚麼你要給他？」
「我已經畫完了。對我沒有用了。」
「你知道施特略夫差點兒把它毀掉嗎？」
「那幅畫一點兒也不令人滿意。」
他沉默了一會兒，接着又把煙斗從嘴裏拿出來，呵呵地笑出聲來。
「你知道那個小胖子來找過我嗎？」他說。
「他說的話沒有使你感動嗎？」
「沒有，我覺得他的話軟綿綿的非常傻氣。」
「我想你大概忘了，是你把他的生活毀了的，」我說。
他沉思地摩挲着自己長滿鬍鬚的下巴。
「他是個很蹩腳的畫家。」
「可是他是個很好的人。」
「還是一個手藝高超的廚師，」思特里克蘭德嘲弄地加添了一句。

他心腸冷酷到沒有人性的地步，我氣憤得要命，一點兒也不想給他留情面。

「我想你可以不可以告訴我——我問這個問題只是出於好奇——，你對勃朗什．施特略夫的慘死良心上一點兒也不感到內疚嗎？」

我瞅着他的臉，看他的面容有沒有甚麼變化，但是他的臉仍然毫無表情。

「為甚麼我要內疚？」

「讓我把事情的經過向你擺一擺。你病得都快死了，戴爾克．施特略夫把你接到自己家裏，像你親生父母一樣服侍你。為了你，他犧牲了自己的時間、金錢和安逸的生活。他把你從死神的手裏奪了回來。」

思特里克蘭德聳了聳肩膀。

「那個滑稽的小胖子喜歡為別人服務，這是他的習性。」

「就說你用不着對他感恩，難道你就該霸佔住他的老婆？在你出現在他們家門以前，人家生活得非常幸福，為甚麼你非要插進來不可呢？」

「你怎麼知道他們生活得幸福？」

「這不是明擺着的事嗎？」

「你甚麼事都看得很透。你認為他為她做了那件事，她會原諒他？」

「你說的是甚麼事？」

「你不知道他為甚麼同她結婚嗎？」

我搖了搖頭。

「她原來是羅馬一個貴族家裏的家庭教師，這家人的少爺勾引了她。她本以為那個男的會娶她做妻子，沒想到卻被這家人一腳踢了出來。她快臨產了，想要自殺。這時候施特略夫發現了她，同她結了婚。」

「施特略夫正是這樣一個人，我從來沒有見過哪個人像他那樣富於俠義心腸的。」

原先我就一直奇怪，這一對無論從哪一方面講都不相配的人是怎麼湊到一塊兒的，但是我從來沒有想過竟會是這麼一回事。戴爾克對他妻子的愛情與一般夫妻的感情很不相同，原因也許就在這裏。我發現他對她的態度有一些超過了熱情的東西，我也記得我總是懷疑勃朗什的拘謹沉默可能掩藏着某種我不知道的隱情。現在我明白了，她極力隱藏的遠遠不止是一個令她感到羞恥的秘密。她的安詳沉默就像籠罩着暴風雨侵襲後的島嶼上的淒清寧靜，她有時顯出了快活的笑臉也是絕望中的強顏歡笑。我的沉思被思特里克蘭德的話聲打斷了，他說了一句非常尖刻的話，使我大吃一驚。

「女人可以原諒男人對她的傷害，」他說，「但是永遠不能原諒他對她做出的犧牲。」

「你這人是不會引起同你相識的女人惱恨的，這一點你倒可以放心，」我頂了他一句。

他的嘴角上浮現起一絲笑容。

「你為了反駁別人從來不怕犧牲自己的原則，」他回答說。

「那個孩子後來怎麼樣了？」

「流產了，在他們結婚三四個月之後。」

這時我提出了最使我迷惑不解的那個問題。

「你可以不可以告訴我為甚麼你要招惹勃朗什·施特略夫？」

他很久很久沒有回答，我幾乎想再重複一遍我的問題了。

「我怎麼知道？」最後他說，「她非常討厭我，幾乎見不得我的面，所以我覺得很有趣。」

「我懂了。」

他突然一陣怒火上撞。

「去他媽的，我需要她。」

但是他馬上就不生氣了，望着我，微微一笑。

「開始的時候她簡直嚇壞了。」

「你對她說明了嗎？」

「不需要，她知道。我一直沒有說一句，她非常害怕，最後我得到了她。」

在他給我講這件事的語氣裏，我不知道有一種甚麼東西，非常奇特地表示出他當時的強烈的慾望。它令人感到驚措不安，或者甚至可以說非常恐怖。他平日的生活方式很奇特，根本不注意身體的需求，但是有些時候他的肉體卻好像要對他的精神進行一次可怕的報復。他內心深處的那個半人半獸的東西把他捉到手裏，在這種具有大自然的原始力量的天性的掌心裏他完全無能為力。他被牢牢地抓住，甚麼謹慎啊，感恩啊，在他的靈魂裏都一點兒地位也沒有了。

「但是你為甚麼要把她拐走呢？」我問。

「我沒有，」他皺了皺眉頭說，「當她說她要跟着我的時候，我差不多同施特略夫一樣吃驚。我告訴她當我不再需要她的時候，她就非走開不可，她說她願意冒這個險。」思特里克蘭德停了一會。「她的身體非常美，我正需要畫一幅裸體畫。等我把畫畫完了以後，我對她也就沒有興趣了。」

「她可是全心地愛着你啊。」

他從座位上跳起來，在我的小屋子裏走來走去。

「我不需要愛情，我沒有時間搞戀愛，這是人性的一個弱點。我是個男人，有時候我需要一個女性。但是一旦我的情慾得到了滿足，我就準備做別的事了。我無法克服自己的慾望，我恨它，它囚禁着我的精神。我希望將來能有一天，我會不再受慾望的支配，不再受任何阻礙地全心投到我的工作上去。因為女人除了談情說愛不會幹別的，所以她們把愛情看得非常重要，簡直到了可笑的地步。她們還想說服我們，叫我們也相信人的全部生活就是愛情，實際上愛情是生活中無足輕重的一部份。我只懂得情慾，這是正常的，健康的。愛情是一種疾病。女人是我享樂的工具，我對她們提出甚麼事業的助手、生活的侶伴這些要求非常討厭。」

思特里克蘭德從來沒有對我一次講這麼多話。他說話的時候帶着一肚子的怒氣。但是不論是這裏或是在其他地方，我都不想把我寫下來的假充為他的原話。思特里克蘭德的詞彙量很少，也沒有組織句子的能力，所以一定得把他的驚嘆詞、他的面部表情、他的手勢同一些平凡陳腐的詞句串聯起來才能弄清楚他的意思。

「你應該生活在婦女是奴隸、男人是奴隸主的時代，」我說。

「偏偏我生來是一個完全正常的男人。」

他一本正經地說了這麼一句話，不由得又使我笑起來。他卻毫不在意地只顧說下去，一邊在屋子裏走來走去。但是儘管他全神貫注地努力想把自己感覺到的表達出來，卻總是詞不達意。

「要是一個女人愛上了你，除非連你的靈魂也叫她佔有了，她是不會感到滿足的。因為女人是軟弱的，所以她們具有非常強烈的統治欲，不把你完全控制在手就不甘心。女人的心胸狹窄，對那些她理解不了的抽象東西非常反感。她們滿腦子想的都是物質的東西，所以對於精神和理想非常妒忌。男人的靈魂在宇宙的最遙遠的地方遨遊，女人卻想把它禁錮在家庭收支的賬簿裏。你還記得我的妻子嗎？我發覺勃朗什一點一點地施展起我妻子的那些小把戲來。她以無限的耐心準備把我網羅住，捆住我的手腳。她要把我拉到她那個水平上，她對我這個人一點也不關心，唯一想的是叫我依附於她。為了我，世界上任何事情她都願意做，只有一件事除外：不來打攪我。」

我沉默了一會兒。

「你離開她以後想到她要做甚麼嗎？」

「她滿可以回到施特略夫身邊去的，」他氣沖沖地說，「施特略夫巴不得她回去的。」

「你不通人性，」我回答說。「同你談這些事一點用也沒有，就像跟瞎子形容顏色一樣。」

他在我的椅子前邊站住，低下頭來望着我。我看出來他臉上的表情滿含輕蔑，又充滿了驚詫。

「勃朗什・施特略夫活着也好，死了也好，難道你真的那麼關心嗎？」

我想了想他提出的這個問題，因為我想真實地回答，無論如何一定要是我的真實思想。

「如果說她死了對我一點兒也無所謂，那我也未免太沒有人心了。生活能夠給她的東西很多，她這樣殘酷地被剝奪去生命，我認為是一件非常可怕的事。但是我也覺得很慚愧，因為說實在的，我並不太關心。」

「你沒有勇氣坦白承認你真正的思想，生命並沒有甚麼價值。勃朗什・施特略夫自殺並不是因為我拋棄了她，而是因為她太傻，因為她精神不健全。但是咱們談論她已經夠多的了，她實在是個一點也不重要的角色。來吧，我讓你看看我的畫。」

他說話的樣子，倒好像我是個小孩子，需要他把我的精神岔開似的。我氣得要命，但與其說是對他倒不如說對我自己。我回想起這一對夫妻——施特略夫同他的妻子，在蒙特瑪特爾區一間舒適的畫室中過的幸福生活，他們兩人淳樸、善良、殷勤好客，這種生活竟由於一件無情的偶然事件被打得粉碎，我覺得這真是非常殘忍的；但是最最殘忍的還是，這件事對別人並沒有甚麼影響。人們繼續生活下去，誰也沒有因為這個悲劇而活得更糟。我猜想，就連戴爾克不久也會把這件事遺忘，因為儘管他反應強烈，一時悲慟欲絕，感情卻沒有深度。至於勃朗什自己，不論她最初步入生活時曾懷有何等美妙的希望與夢想，死了以後，同她根本沒有降臨人世又有甚麼兩樣？一切都是空虛的，沒有意義的。

思特里克蘭德拿起了帽子，站在那裏看着我。

「你來嗎？」

「你為甚麼要同我來往？」我問他，「你知道我討厭你，鄙視你。」

他咯咯地笑了笑，一點也沒有惱怒。

「你同我吵嘴，實際上是因為我根本不在乎你對我的看法。」

我感到自己的面頰氣得通紅。你根本無法使他了解，他的冷酷、自私能叫人氣得火冒三丈，我恨不得一下子刺穿了他那副冷漠的甲冑。但是我也知道，歸根結底，他的話也不無道理。雖然我們沒有明確意識到，說不定我們還是非常重視別人看重不看重我們的意見、我們在別人身上是否有影響力的；如果我們對一個人的看法受到他的重視，我們就沾沾自喜，如果他對這種意見絲毫也不理會，我們就討厭他。我想這就是自尊心中最厲害的創傷，但是我並不想叫思特里克蘭德看出我這種氣惱。

「一個人可能完全不理會別人嗎？」我說，與其說是問他還不如說是問我自己，「生活中無論甚麼事都和別人息息相關，要想只為自己、孤零零地一個人活下去是個十分荒謬的想法。早晚有一天你會生病，會變得老態龍鍾，到那時候你還得爬着回去找你的同夥。當你感到需要別人的安慰和同情的時候，你不羞愧嗎？你現在要做的是一件根本不可能的事，你身上的人性早晚會渴望同其他的人建立聯繫的。」

「去看看我的畫吧！」

「你想到過死嗎？」

「何必想到死？死有甚麼關係？」

我凝望着他。他一動不動地站在我面前，眼睛裏閃着譏嘲的笑容。但是儘管他臉上是這種神情，一瞬間我好像還是看到個受折磨的、熾熱的靈魂正在追逐某種遠非血肉之軀所能想像的偉大的東西。我瞥見的是對某種無法描述的事物的熱烈追求。我凝視着站在我面前的這個人，衣服襤褸，生着一個大鼻子和炯炯發光的眼睛，火紅的鬍鬚，蓬亂的頭髮。我有一個奇怪的感覺，這一切只不過是個外殼，我真正看到的是一個脱離了軀體的靈魂。

「好吧，去看看你的畫吧。」我說。

註釋：

[1] 莎士比亞戲劇《奥瑟羅》中的反面人物。

[2]《奥瑟羅》主人公奥瑟羅的妻子。

42

我不知道為甚麼思特里克蘭德突然主動提出來要讓我看他的畫，但是對這樣一個機會我是非常歡迎的。作品最能洩露一個人的真實思想和感情。在交際應酬中，一個人只讓你看到他希望別人接受他的一些表面現象，你只能借助他無意中做出的一些小動作，借助不知不覺中掠過他臉上的一些表情對他作出正確的了解。有些時候，人們把一副假面裝得逼真，時間久了，他們真會變成他們裝扮的這樣一個人了。但是在他寫的書、畫的畫裏面，他卻毫無防範地把自己顯露出來。如果他作勢唬人，那只能暴露出他的空虛。他那些塗了油漆冒充鐵板的木條還會看出來只不過是木條。假充具有獨特的個性無法掩蓋平凡庸俗的性格。對於一個目光敏銳的觀察者，即使一個人信筆一揮的作品也完全可以洩露他靈魂深處的隱秘。

我必須承認，當我走上思特里克蘭德住處的無窮無盡的樓梯時，我感到有一些興奮，我似乎馬上就要步入一場奇異的冒險。我好奇地環顧了一下他的小屋子，這間屋子好像比我記憶中的更小、傢具雜物也更少了。我有些朋友總需要寬大的畫室，堅持要條件必備才能作畫，我倒想知道他們對這間畫室作何感想。

「你最好站在這兒，」他指着一塊地方說，他可能認為在他把畫拿給我看的時候，這是一個最適合觀賞的角度。

「我想你不願意我說話吧，」我說。

「這還用問，他媽的，我要你閉住你的嘴巴。」

他把一幅畫放在畫架上，叫我看一兩分鐘，然後取下來再放上另一張。我估計他一共給我看了三十來張。這是他作畫以來六年的成績，他一張也沒有出售。畫幅小一些的是靜物，最大的是風景。有半打左右是人物、肖像。

「就是這些，」最後他說。

我真希望當時我就能看出這些畫如何美、具有如何偉大的獨創的風格。這些畫裏面有許多幅我後來又有機會重新欣賞過，另外一些通過複製品我也非常熟悉了；我真有些奇怪，當我初次看畫的時候，為甚麼居然感到非常失望，我當時絲毫也沒有感到藝術品本應該給我的那種奇異的激動。我看到思特里克蘭德的繪畫，只有一種惶惑不安的感覺。實際上，我當時根本沒有想到要購買一幅，這是我永遠不能原諒自己的，我真是失去了一個大好的機會。這些畫大多數後來都被博物院收買去了，其餘的則成為有錢的藝術愛好者的珍藏品。我努力給自己找一些辯解，我認為我還是有鑒賞力的，只不過我認識到自己缺少創見。我對於繪畫了解得不多，我只是沿着別人替我開闢的路徑走下去。當時我最佩服的是印象派畫家，渴望弄到一張西斯萊[1]或德加[2]的作品。另外，我對馬奈也非常崇拜，他的那幅《奧林庇亞》我覺得是當代最偉大的繪畫，《草地上的早餐》也使我非常感動，我認為在當代繪畫中再也沒有別的作品能超過這幾幅畫了。

我不準備描寫思特里克蘭德拿給我看的那些畫了。對繪畫進行描述是一件枯燥乏味的事，再說，所有熱衷此道的人對這些畫早已瞭如指掌了。今天，當思特里克蘭德對近代繪畫已經產生了這麼大的影響，當他同少數幾個人首先探索的那塊蠻荒之地已經測繪了詳細地圖之後，再有誰第一次看到他的畫，早已有了心理準備了，而我則是破題兒第一遭看見這類作品，這一事實請讀者務必記住。首先，我感到震駭的是他畫法的笨拙。我看慣了的那些古老畫師的作品，並且堅信安格爾是近代最偉大的畫家，因此就認為思特里克蘭德畫得非常拙劣。我根本不了解他所追求的簡樸。我還記得他畫的一張靜物，一隻盤子上放着幾隻橘子，我發現他畫的盤子並不圓，橘子兩邊也不對稱，我就感到迷惑不解。他畫的頭像比真人略大一些，給人以粗笨的感覺。在我的眼睛裏，這些頭像畫得像是一些漫畫，他的畫法對我說來也完全是新奇的。我更看不懂的是那些風景畫。有兩三張畫的是楓丹白露的樹林，另外一些是巴黎市街。我的第一個感覺是，這些畫好像是出自一個喝醉酒的馬車夫的手筆。我完全被弄糊塗了，他用的色彩我也覺得出奇地粗獷。我當時心想，這些繪畫簡直是一齣沒有誰能理解的滑稽戲。現在回想起來，施特略夫當時真稱得起獨具慧眼了。他從一開始就看到這是繪畫史上的一個革命，今天全世界都已承認的偉大天才，他早在最初的那些年代就已辨視出來了。

但是即使說思特里克蘭德的畫當時使我感到困惑莫解，卻不能說這些畫沒有觸動我。儘管我對他的技巧懵然無知，我還是感到他的作品有一種努力要表現自己的真正力量。我感到興奮，也對這些畫很感興趣。我覺得他的畫好像要告訴我一件甚麼事，對我說來，了解這件事是非常重要的，但我又說不出來那究竟是甚麼。這些畫我覺得一點不美，但它們卻暗示給我——是暗示而不是洩露——一個極端重要的秘密。這些畫奇怪地逗弄着我。它們引起我一種我無法分析的感情。它們訴說着一件語言無力表達的事。我猜想，思特里克蘭德在有形的事物上模模糊糊地看到某種精神意義，這種意義非常奇異，他只能用很不完善的符號勉強把它表達出來。彷彿是他在宇宙的一片混亂中找到了一個新的圖案，正在笨拙地把它描摹下來，因為力不從心，心靈非常痛苦。我看到的是一個奮力尋求表現手段的備受折磨的靈魂。

「我懷疑，你的手段是否選擇對了。」我說。

「你說的是甚麼意思？」

「我想你是在努力表達些甚麼。雖然我不太清楚你想要表達的是甚麼，但我很懷疑，繪畫對你說是不是最好的表達方法。」

我曾經幻想，看過他的圖畫以後，我也許多少能夠了解一些他的奇怪的性格，現在我知道我的想法錯了。他的畫只不過更增加了他已經在我心中引起的驚詫，我比沒看畫以前更加迷惘了。只有一件事我覺得我是清楚的——也許連這件事也是我的幻想——，那就是，他正竭盡全力想掙脱掉某種束縛着他的力量。但是這究竟是怎樣一種力量，他又將如何尋求解脱，我一直弄不清楚。我們每個人生在世界上都是孤獨的，每個人都被囚禁在一座鐵塔裏，只能靠一些符號同別人傳達自己的思想；而這些符號並沒有共同的價值，因此它們的意義是模糊的、不確定的。我們非常可憐地想把自己心中的財富傳送給別人，但是他們卻沒有接受這些財富的能力。因此我們只能孤獨地行走，儘管身體互相依傍卻並不在一起，既不了解別人也不能為別人所了解。我們好像住在異國的人，對於這個國家的語言懂得非常少，雖然我們有各種美妙的、深奧的事情要說，卻只能局限於會話手冊上那幾句陳腐、平庸的話。我們的腦子裏充滿了各種思想，而我們能說的只不過是像「園丁的姑母有一把傘在屋子裏」這類話。

他的這些畫給我的最後一個印象是他為了表現某一精神境界所作的驚人的努力。我認為，要想解釋他的作品為甚麼使我這樣惶惑莫解，也必須從這一角度去尋找答案。對於思特里克蘭德，色彩和形式顯然具有一種獨特的意義。他幾乎無法忍受地感到必須把自己的某種感受傳達給別人，這是他進行創作的唯一意圖。只要他覺得能夠接近他追尋的事物，採用簡單的線條也好，畫得歪七扭八也好，他一點兒也不在乎。他根本不考慮真實情況，因為他要在一堆互不相關的偶然的現象下面尋找他自己感到意義重大的事物。他好像已經抓到了宇宙的靈魂，一定要把它表現出來不可。儘管這些畫使我困惑、混亂，我卻不能不被它們特有的熱情所觸動。我覺得看過這些畫以後心裏產生了一種感情，我絕沒想到對思特里克蘭德會有這樣一種感情——我感到非常非常同情他。

「我想我現在懂得了，你為甚麼屈從於對勃朗什·施特略夫的感情了，」我對他說。

「為甚麼？」

「我想你失掉勇氣了，你肉體的軟弱感染了你的靈魂。我不知道是怎樣一種無限思慕之情把你攫在手中，逼着你走上一條危險的、孤獨的道路，你一直在尋找一個地方，希望到達那裏就可以使自己從那折磨着你的精靈手裏解放出來。我覺得你很像一個終生跋涉的香客，不停地尋找一座可能根本不存在的神廟。我不知道你尋求的是甚麼不可思議的涅槃，你自己知道嗎？也許你尋找的是真理同自由，在一個短暫的時間裏你認為或許能在愛情中獲得解脱。我想，你的疲倦的靈魂可能期望在女人的懷抱裏求得休憩，當你在那裏沒能找到的時候，你就開始恨她了。你對她一點也不憐憫，因為你對自己就不憐憫。你把她殺死是因為懼怕，因為你還為你剛剛逃脱的危險而索索發抖呢。」

他揪着自己的鬍子乾笑了一下。

「你真是個可怕的感傷主義者，可憐的朋友。」

一個星期以後，我偶然聽説他已經到馬賽去了，我再也沒有看見過他。

註釋：

[1] 阿爾弗雷德·西斯萊（一八三九—一八九九），法國畫家。

[2] 埃德迦·德加（一八三四—一九一七），法國畫家。

43

回過頭來看一下，我發現我寫的關於查理斯·思特里克蘭德的這些事似乎很難令人滿意。我把自己知道的一些事情記載下來，但是我寫得並不清楚，因為我不了解它們發生的真實原因。最令人費解的莫過於思特里克蘭德為甚麼決心要做畫家這件事，看來簡直沒有甚麼道理可尋。儘管從他的生活環境一定找得出原因來，我卻一無所知。從他的談話裏我任何線索也沒有獲得。如果我是在寫一部小說，而不是敘述我知道的一個性格怪異的人的真人真事，我就會編造一些原因，解釋他生活上的這一突變。我會描寫他童年時期就感到繪畫是自己的天職，但迫於父親的嚴命或者必須為謀生奔走，這個夢想遭到破滅；我也可以描寫他如何對生活的桎梏感到痛恨，寫他對藝術的熱愛與生活的職責間的矛盾衝突，用以喚起讀者對他的同情。這樣我就可以把思特里克蘭德這個人寫得更加令人敬畏，或許人們能夠在他身上看到另一個普羅米修斯。我也許會塑造一個為了替人類造福甘心忍受痛苦折磨的當代英雄，這永遠是一個動人心弦的主題。

另外，我也可以從思特里克蘭德的婚姻關係中找到他立志繪畫的動機。我可以有十幾種方法處理這個故事：因為他妻子喜歡同文藝界人士來往，他也有緣結識一些文人和畫家，因而喚醒了那隱伏在他身上的藝術才能；也可能是家庭不和睦使他把精力轉到自己身上；再不然也可以歸結於愛情，譬如說，我可以寫一下他心中早就埋着熱愛藝術的火種，因為愛上一個女人，一下子把悶火搧成熊熊的烈焰。我想，如果這樣寫的話，思特里克蘭德太太在我筆下也就要以另一副面貌出現了。我將不得不把事實篡改一下，把她寫成一個嘮嘮叨叨、惹人生厭的女人，再不然就是性格褊狹，根本不了解精神的需求。思特里克蘭德婚後生活是一場無盡無休的痛苦煎熬，離家出走將是他的唯一出路。我想我將在思特里克蘭德如何委曲求全這件事上多費些筆墨，他如何心存憐憫，不願貿然甩掉折磨他的枷鎖。這樣寫，我當然就不會提他們的兩個孩子了。

如果想把故事寫得真實感人，我還可以虛構一個老畫家，叫思特里克蘭德同他發生關係。這個老畫家由於飢寒所迫，也可能是為了追逐虛名，糟蹋了自己青年時代所具有的天才，他後來在思特里克蘭德身上看到了自己虛擲的才華，他影響了思特里克蘭德，叫他拋棄了人世間的榮華，獻身於神聖的藝術。我會着力描寫一下這位成功的老人，又闊綽又有名望，但是他知道這不是真正的生活，他自己所無力尋求的，他要在這個年輕人身上體驗到，我想這種構思未嘗沒有諷刺意味。

但是事實卻遠沒有我想像的這麼動人。思特里克蘭德一出校門就投身於一家經紀人的事務所，他對這種生活並沒有甚麼反感。直到結婚，他過的就是從事這一行業的人那種平凡庸碌的生活，在交易所幹幾宗輸贏不大的投機買賣，關注着達爾貝賽馬或者牛津、劍橋比賽的結果，充其量不過一兩鎊錢的賭注。我猜想思特里克蘭德在工作之餘可能還練習練習擊拳；壁爐架上擺着朗格瑞夫人[1]同瑪麗．安德遜[2]的照片；讀的是《笨拙》雜誌和《體育時代》；到漢普斯台德去參加舞會。

有很長一段時間我沒有再見到過他，這一點關係也沒有。這些年間，他一直在努力奮鬥，力圖掌握一門極其困難的藝術，生活是非常單調的；有時為了掙錢餬口，他不得不採取一些權宜的手段，我認為這也並沒有甚麼值得大書特書的地方。即使我能夠把他這一段生活記載下來，也不過是他所見到的發生在別人身上的各種事件的記錄。我不認為他在這一段時間內的經歷對他自己的性格有任何影響。如果要寫一部以現代巴黎為背景的冒險小說，他倒可能積累了豐富的素材。但是他對周圍的事物始終採取一種超然物外的態度，從他的談話判斷，這幾年裏面並沒有發生任何給他留下特別印象的事。很可能在他去巴黎的時候，年紀已經太大，光怪陸離的環境對他已經沒有引誘力了。說來也許有些奇怪，我總覺得他這個人不僅非常實際，而且簡直可以說是木頭木腦的。我想他這一段生活是很富於浪漫情調的，但是他自己卻絕對沒有看到任何浪漫的色彩。或許一個人如果想體會到生活中的浪漫情調就必須在某種程度上是一個演員；而要想跳出自身之外，則必須能夠對自己的行動抱着一種既超然物外又沉浸於其中的興趣。但是思特里克蘭德卻是個心無二用的人，在這方面誰也比不上他。我不知道哪個人像他那樣總是強烈地意識到自己的存在。不幸的是，我無法描寫他在取得藝術成就的艱苦征途上勤奮的腳步；因為，如果我能寫一下他如何屢經失敗毫不氣餒，如何滿懷勇氣奮鬥不息，從不悲觀失望，如何在藝術家的勁敵——信心發生動搖的時刻，仍然不屈不撓地艱苦鬥爭，也許我能使讀者對這樣一個枯燥乏味的人物（這一點我是非常清楚的）產生一些同情。但是我卻毫無事實根據進行這一方面的描述。我從來沒有看見過思特里克蘭德工作的情形，而且我知道不只是我，任何其他人也都沒有見過他如何繪畫。他的一部鬥爭史是他個人的秘密。如果在他獨處於畫室中曾經同上帝的天使進行過劇烈的搏鬥，他是從來沒讓任何人了解到他的痛苦的。

當我開始敍述他同勃朗什．施特略夫的關係時，我也深為自己掌握材料不足所苦。為了把我的故事說得有頭有尾，我應該描寫一下他們這一悲劇性的結合是如何發展的，但是我對他倆三個月的同居生活卻一無所知。我不知道他們如何相處，也不知道他們平常談一些甚麼。不管怎麼說，一天是有二十四小時的，感情的高峰只是在稀有的時刻才達到的現象。其他的時間是怎麼過的，我只能借助自己的想像力。在光線沒有暗淡下來以前，只要勃朗什的氣力還能支持住，我想思特里克蘭德總是不停筆地作畫。我想勃朗什對他這樣沉溺於自己的繪畫中，一定感到非常氣惱。整個這段時間，她只是他的模特兒，他根本沒有想到她的情婦的角色。此外，就是相對無言的漫長的時刻，對她說來，也一定是件怪可怕的事。思特里克蘭德曾對我透露，勃朗什獻身給他，帶有某種向戴爾克．施特略夫報復的感情在內，因為戴爾克是在她丟盡了臉面的時候把她搭救起來的，思特里克蘭德洩露的這個秘密為許多玄妙的臆想打開了門戶。我希望思特里克蘭德的話並不真實，我覺得這有點兒太可怕了。但是話又說回來，誰能理解人心的奧秘呢？那些只希望從人心裏尋到高尚的情操和正常感情的人肯定是不會理解的。當勃朗什發現思特里克蘭德除了偶爾迸發出一陣熱情以外，總是離她遠遠的，心裏一定非常痛苦；而我猜想，即使在那些短暫的時刻，她也知道得很清楚，思特里克蘭德不過只把她當作自己取樂的工具，而不把她當人看待。他始終是一個陌生人，她用一切可憐的手段拚命想把他繫牢在自己身邊。她試圖用舒適的生活網羅住他，殊不知他對安逸的環境絲毫也不介意。她費盡心機給他弄合他口味的東西吃，卻看不到他吃甚麼東西都無所謂。她害怕叫他獨自一個人待着，總是不斷地對他表示關心、照護，當他的熱情酣睡的時候，就想盡各種方法喚醒它，因為這樣她至少還可以有一種把他把持在手的假象。也許她的智慧告訴她，她鑄造的這些鏈條只不過刺激起他的天性想把它砸斷，正像厚玻璃會使人看着手癢癢，想撿起半塊磚來似的。但是她的心卻不聽理智的勸告，總是逼着她沿着一條她自己也知道必然通向毀滅的路上滑下去。她一定非常痛苦，但是愛情的盲目性卻叫她相信自己的追求是真實的，叫她相信自己的愛情是偉大的，不可能不在他身上喚起同樣的愛情來還答她。

但是我對思特里克蘭德的性格的分析，除了因為有許多事實我不了解外，卻還有另外一個更為嚴重的缺憾。因為他同女人的關係非常明顯，也着實有令人震駭的地方，我就如實地記載下來，但實際上這只是他生活中一個非常微不足道的部份。儘管這種關係慘痛地影響了別的人，那也不過是命運對人生的嘲弄。實際上，思特里克蘭德的真正生活既包括了夢想，也充滿了極為艱辛的工作的。

小說之所以不真實正在這裏。一般說來，愛情在男人身上只不過是一個插曲，是日常生活中許多事務中的一件事，但是小說卻把愛情誇大了，給予它一個違反生活真實性的重要的地位。儘管也有很少數男人把愛情當作世界上的頭等大事，但這些人常常是一些索然寡味的人；即便對愛情感到無限興趣的女人，對這類男子也不太看得起。女人會被這樣的男人吸引，會被他們奉承得心花怒放，但是心裏卻免不了有一種不安的感覺——這些人是一種可憐的生物。男人們即使在戀愛的短暫期間，也不停地幹一些別的事分散自己的心思：賴以維持生計的事務吸引了他們的注意力；他們沉湎於體育活動；他們還可能對藝術感到興趣。在大多數情況下，他們把自己的不同活動分別安排在不同的間隔裏，在進行一種活動時，可以暫時把另一種完全排除。他們有本領專心致志進行當時正在從事的活動，如果一種活動受到另一種侵犯，他們會非常惱火。作為墜入情網的人來說，男人同女人的區別是：女人能夠整天整夜談戀愛，而男人卻只能有時有晌兒地幹這種事。

性的飢渴在思特里克蘭德身上佔的地位很小，很不重要，或毋寧說，叫他感到很嫌惡。他的靈魂追求的是另外一種東西。他的感情非常強烈，有時候慾念會把他抓住，逼得他縱情狂歡一陣，但是對這種剝奪了他寧靜自持的本能他是非常厭惡的。

我想他甚至討厭他在淫逸放縱中那必不可少的伴侶；在他重新控制住自己以後，看到那個他發洩情慾的女人，他甚至會不寒而慄。他的思想這時會平靜地飄浮在九天之上，他對那個女人感到又嫌惡又可怕，也許那感覺就像一隻翩翩飛舞於花叢中的蝴蝶，見到牠勝利地蛻身出來的骯髒的蛹殼一樣。我認為藝術也是性本能的一種流露。一個漂亮的女人、金黃的月亮照耀下的那不勒斯海灣，或者提香[3]的名畫《墓穴》，在人們心裏勾起的是同樣的感情。很可能思特里克蘭德討厭通過性行為發洩自己的感情（這本來是很正常的），因為他覺得同通過藝術創造取得自我滿足相比，這是粗野的。在我描寫這樣一個殘忍、自私、粗野、肉慾的人時，竟把他寫成是個精神境界極高的人，我自己也覺得奇怪，但是我認為這是事實。

作為一個藝術家，他的生活比任何其他藝術家都更困苦。他工作得比其他藝術家也更艱苦。大多數人認為會把生活裝點得更加優雅、美麗的那些東西，思特里克蘭德是不屑一顧的，對於名和利他都無動於衷。我們大多數人受不住各種引誘，總要對世俗人情做一些讓步；你卻無法讚揚思特里克蘭德抵拒得住這些誘惑，因為對他說來，這種誘惑是根本不存在的。他的腦子裏從來沒有想到要做任何妥協、讓步。他住在巴黎，比住在底比斯沙漠裏的隱士生活還要孤獨。對於別的人他沒有任何要求，只求人家別打擾他。他一心一意追求自己的目標，為了達到這個目的他不僅甘願犧牲自己——這一點很多人還是能做到的——，而且就是犧牲別人也在所不惜，他自己有一個幻境。

思特里克蘭德是個惹人嫌的人，但是儘管如此，我還是認為他是一個偉大的人。

註釋：

[1] 原名愛米麗·夏洛特·勒·布利頓（一八五二——一九二九），英國演員，以美貌著稱，後嫁與愛德華·朗格瑞。

[2] 瑪麗·安德遜（一八五九——一九四零），美國女演員。

[3] 提香（一四九零——一五七六），意大利威尼斯派畫家。

44

對於其他大師的繪畫藝術看法如何，是一件相當重要的事，我在這裏自然要記敘一下思特里克蘭德對過去一些偉大藝術家的意見。我怕值得我寫下的東西實在不多，思特里克蘭德不善講話，他根本不會把自己想要說的用精闢的言辭講出來，給聽的人留下較深的印象。他說話沒有風趣。如果說我多少還成功地記錄下他的一些話語，從中可以看出他的某些幽默感，這種幽默也主要表現為冷嘲熱諷。他辯駁別人話的時候非常粗野，有時候由於直言不諱，會叫你發笑；但是這些話之所以讓你覺得滑稽，只是因為他的話說得不多。如果他一開口就是這樣的話，人們也就不覺得有甚麼好笑的了。

我應該說，思特里克蘭德並不是一個智力超群的人，他對於繪畫的見解也絲毫沒有甚麼獨到之處。我從來沒有聽他談論過那些繪畫風格與他類似的畫家，例如塞尚，凡·高等人，我很懷疑他是否看過這些畫家的作品。他對於印象派畫家似乎不怎麼感興趣，這些人的技巧留給他一定的印象，但是我猜想他也許認為他們對待藝術的態度是平庸無奇的。有一次施特略夫正仔細評論莫奈的卓越藝術，思特里克蘭德突然插口說：「我更喜歡溫特爾哈爾特[1]。」我敢說他說這句是有意氣一氣施特略夫，如果他確實有這個意思，他算成功了。

我感到很失望，不能寫下他在評論一些老派畫家時的謬論。他的性格既然如此怪異，如果他在品評繪畫時也有一些奇談怪論，我筆下的這個形象就更加完美了。我覺得我很需要叫他對過去的一些畫家發表些荒誕的理論，但是我還是得講老實話，他同一般人一樣，對這些畫家也是讚不絕口，這叫我非常失望。我看他根本不知道誰是埃爾·格列柯。他對委拉斯凱茲相當敬佩，儘管懷有某種厭煩不耐的情緒。他喜歡夏爾丹，倫勃朗則使他感到入迷。他給我講倫勃朗的繪畫給他的印象時，用的語言極其粗鄙，我在這裏無法引述。誰也想不到他最喜愛的一位畫家竟是老布魯蓋爾[2]。我當時對老布魯蓋爾不太了解，而思特里克蘭德也沒有能力表達自己。我之所以記得他對布魯蓋爾的評論是因為他這句話實在太詞不達意了。

「他的畫不錯，」思特里克蘭德說，「我敢說他發現畫畫兒是件受罪的事。」

後來我在維也納看過彼得·布魯蓋爾的幾幅畫以後，我想我才懂得為甚麼這位畫家引起了思特里克蘭德的注意。這是另一個對世界懷着自己獨特幻覺的畫家。我當時做了大量筆記，準備將來寫一本關於布魯蓋爾的書，但是這些材料後來都遺失了，留下來的只是一種感情的回憶。在布魯蓋爾的眼睛裏，人們的形象似乎是怪誕的，他對人們這種怪誕的樣子非常氣憤；生活不過是一片混亂，充滿了各種可笑的、齷齪的事情，它只能給人們提供笑料，但是他笑的時候卻禁不住滿心哀傷。布魯蓋爾給我的印象是，他想用一種手段努力表達只適合於另一種方式表達的感情，思特里克蘭德之所以對他同情，說不定正是朦朧中意識到這一點。也許這兩個人都在努力用繪畫表現出更適合於通過文學表達的意念。

思特里克蘭德這時大概已經四十七歲了。

註釋：

[1] 弗朗茲·伊可薩維爾·溫特爾哈爾特（一八零五?—一八七三），德國宮廷畫家。

[2] 彼得·布魯蓋爾（一五二二?—一五六九），佛蘭德斯畫家；其子揚·布魯蓋爾（一五六八—一六二五）亦為畫家。

45

我在前面已經說過，如果不是由於偶然的機緣到了塔希提，我是肯定不會寫這本書的。查理斯．思特里克蘭德經過多年浪跡最後流落到的地方正是塔希提，也正是在這裏他創作出使他永遠名垂畫史的畫幅。我認為哪個藝術家也不可能把晝夜縈繞在他心頭的夢境全部付諸實現，思特里克蘭德為掌握繪畫的技巧，艱苦奮鬥、日夜處於痛苦的煎熬裏，但同其他畫家比較起來，他表現自己幻想中圖景的能力可能更差，只有到了塔希提以後，思特里克蘭德才找到順利的環境。在這裏，他在自己周圍處處可以看到為使自己的靈感開花結果不可或缺的事物，他晚年的圖畫至少告訴了我們他終生追尋的是甚麼，讓我們的幻想走入一個新鮮的、奇異的境界。彷彿是，思特里克蘭德的精神一直脫離了他的軀體到處漫遊，到處尋找寄宿，最後，在這個遙遠的土地上，終於進入了一個軀殼。用一句陳腐的話說，他在這裏可謂「得其所哉」。

我一踏上這個偏遠的島嶼，就應該立刻恢復對思特里克蘭德的興趣，這似乎是一件很自然的事；但事實是，我手頭的工作卻佔據了我的全部精神，根本無暇顧及與此無關的事；直到在塔希提住了幾天以後，我才想到這個地方同思特里克蘭德的關係。我畢竟同他分手已經十五年了，他逝世也已有九年之久了。現在回想當時的情況，在我到塔希提之後，不論手頭的事多麼重要，我本來應該立刻把它拋諸腦後的；但事實卻不是這樣，甚至一週以後我仍然無法從冗雜的事務中脱身出來。我還記得頭一天早上，我醒得很早。當我走到旅館的露台上時，周圍一點動靜也沒有。我圍着廚房轉了一圈，廚房的門還上着鎖，門外一條長櫈上，一個本地人，旅館的一個侍者，睡得正酣，看來一時我還吃不上早飯。於是我漫步到濱海的街道上，僑居在這裏的中國人已經在他們開的店舖裏忙碌起來了。天空仍然呈現出黎明時分的蒼白，環礁湖上籠罩着死一樣的沉寂。十英里之外，莫里阿島佇立在海面上，像是一座聖杯形狀的巍峨要塞，深鎖着自己的全部秘密。

我不太敢相信自己的眼睛。自從離開威靈頓以後，日子似乎過得非常奇特。威靈頓整齊有序，富於英國風味，使人想到英國南岸的一座濱海城市。這以後我在海上航行了三天，波浪滔天，烏雲在空中互相追逐。三天以後風停了，大海變得非常寂靜，一片碧藍。太平洋看來比別的海洋更加荒涼，煙波浩渺，即使在這個水域上作一次最普通的旅行也帶有冒險意味。你吸到胸中的空氣像是補身的甘香酒，叫你精神振奮，準備經歷一些你從來未料到的事。但是你除了知道已經駛進塔希提，朦朧中感到走近一塊黃金的國土外，它絕不向你洩露別的秘密。與塔希提構成姊妹島的莫里阿島迸入你的視野，危崖高聳，絢爛壯麗，突然從茫茫的海水裏神秘地一躍而出，像魔棍召喚出的一幅虛無飄渺的彩錦。莫里阿岩嶙峋，有如蒙特塞拉特島[1]被移植到太平洋中。面對這幅景象，你會幻想波利尼西亞的武士正在那裏進行奇特的宗教儀式，用以阻止世俗凡人了解某些秘密。當距離逐漸縮小，美麗的峰巒形狀愈加真切時，莫里阿島的美麗便完全呈現出來，但是在你的船隻從它旁邊駛過時，你會發現它仍然重門深鎖，把自己閉合為一堆人們無法接近的陰森可怖的巨石，沒有人能闖入它那幽森的奧秘中去。誰也不會感到驚奇：只要船隻駛到近處，想在珊瑚礁尋覓一個入口，它就會突然從人們的視線裏消失，映入你眼簾的仍是太平洋一片茫茫碧波。

塔希提卻是另外一番景象，它是一個高聳海面的綠葱葱的島嶼，暗綠色的深褶使你猜到那是一條條寂靜的峽谷。這些幽深的溝壑有一種神秘氣氛，淒冷的溪流在它深處嗚濺，你會感到，在這些濃蔭鬱鬱的地方，遠自太古以來生活就一直按照古老的習俗綿綿不息地延續到現在。塔希提也存在着某些淒涼、可怖的東西。但這種印象並沒有長久留在你的腦中，這只能使你更加敏銳地感到當前生活的歡樂。這就像一群與高采烈的人在聽一個小丑打諢，正在捧腹大笑時，會在小丑的眼睛裏看到淒涼的眼神一樣；小丑的嘴唇在微笑，他的笑話越來越滑稽，因為在他逗人發笑的時候他更加感到自己無法忍受的孤獨。因為塔希提正在微笑，它一邊微笑一邊對你表現出無限的情誼，它像一個美麗的婦人，既嫺雅又浪漫地向你展示她的全部美貌和魅力，特別是在船隻剛剛進入帕皮提港口的時候，你簡直感到心醉神馳。泊在碼頭邊的雙桅帆船每一艘都那麼整齊、乾淨，海灣環抱着的這座小城潔白、文雅，而法國火焰式建築物在蔚藍的天空下卻紅得刺目，像激情的呼喊一般，極力炫示自己鮮艷的色彩。它們是肉感的，簡直大膽到不顧廉恥的地步，叫你看了目瞪口呆。當輪船靠近碼頭時，蜂擁到岸邊的人群興高采烈而又彬彬有禮。他們一片笑語喧嘩，人人揮舞着手臂。從輪船上望去，這是一個棕色面孔的海洋。你會感到炎炎碧空下，色彩在炫目地旋轉移動。不論從船上往下卸行李也好，海關檢查也好，做任何事都伴隨着大聲喧鬧，而每個人都像在向你微笑。天氣非常熱，絢爛的顏色耀得你睜不開眼睛。

註釋：

[1] 蒙特塞拉特島是英屬西印度群島中的一個島嶼。

46

我在塔希提沒有待幾天便見到了尼柯爾斯船長。一天早晨，我正在旅館的露台上吃早飯，他走進來，作了自我介紹。他聽說我對查理斯·思特里克蘭德感興趣，便毛遂自薦，來找我談談思特里克蘭德的事。塔希提的居民同英國鄉下人一樣，很喜歡聊天，我隨便向一兩個人打聽了一下思特里克蘭德的畫兒，這消息很快就傳到每個人的耳朵裏去了。我問這位陌生的來客是否吃過早點。

「吃過了，我一起床就喝過咖啡了，」他回答說，「但是喝一口威士忌我並不反對。」

我把旅館的中國侍者喊過來。

「你是不是認為現在喝酒太早了點？」船長說。

「這該由你同你自己的肝臟做出決定，」我回答說。

「我其實是個戒酒主義者，」他一邊給自己斟了大半杯加拿大克拉伯牌威士忌，一邊說。

尼柯爾斯船長笑的時候露出一口很不整齊的發黑的牙齒，他生得瘦小枯乾，身材不到中等，花白的頭髮剪得很短，嘴上是亂扎扎的白髯子楂，尼柯爾斯船長已經有好幾天沒有刮臉了。他的臉上皺紋很深，因為長年暴露在陽光下，曬得黧黑。他生着一雙小藍眼睛，目光游移不定；隨着我的手勢，他的眼睛很快地轉來轉去，叫人一望而知是個社會上的老油子，但是這時候他對我卻是一片熱誠和真情實意。他身上穿的一套卡其衣褲邋裏邋遢，兩隻手也早該好好洗一洗了。

「我同思特里克蘭德很熟，」他說，他身體往椅子背上一靠，點上我遞給他的雪茄煙。「他到這個地方來還是通過我的關係。」

「你最早是在甚麼地方遇到他的？」我問。

「馬賽。」

「你在馬賽做甚麼？」

他像要討好我似地賠了個笑臉。

「呃，我當時沒在船上，境遇很糟。」

從我這位朋友的儀表來看，今天他的境遇一點也不比那時好，我決定同他交個朋友。同這些在南海群島的流浪漢相處，儘管得付出一點小代價，但總不會叫你吃虧的。這些人很容易接近，談起話來很殷勤。他們很少擺架子，只要一杯水酒，就一定能把他們的心打動。要想同他們混熟，用不着走一段艱辛的路途，只要對他們的閒扯洗耳恭聽，他們就不但對你非常信任，而且還會對你滿懷感激。他們把談話看做是生活的最大樂趣，用以證明自己出色的修養。這些人大多數談話都很有風趣，他們的閱歷很廣，又善於運用豐富的想像力。不能說這些人沒有某種程度的欺詐，但是他們對法律還是非常容忍，盡量遵守，只要法律有強大靠山的時候。同他們玩牌是件危險的勾當，但是他們那種頭腦敏捷會使這一最有趣的遊戲平添了極大的刺激。在我離開塔希提之前，已經同尼柯爾斯船長混得很熟了，我同他的這段交情只有使我的經驗更加豐富。儘管我招待了他許多雪茄和威士忌（他從來不喝雞尾酒，因為他實際上是個戒酒主義者），儘管他帶着一副施恩於人的溫文有禮的神氣向我借錢，好幾塊銀幣從我的口袋轉到了他的口袋裏去，我還是覺得他讓我享受到的樂趣大大超過了我付出的代價。自始至終他都是我的債主。如果我聽從作者的良心，不肯走離本題，只用幾行簡單的文字就把尼柯爾斯打發掉，我會感到對不起他的。

我不知道尼柯爾斯船長最初為甚麼要離開英國。這是一個他諱莫如深的話題，對於像他這樣的人直接問這類事也是很不謹慎的。從他的話語裏聽得出來，他曾經受了不白之冤。毫無疑問，他把自己看作是執法不公的犧牲品。我的想像卻總愛把他同某種詐騙或暴行聯繫起來。當他談到英國當局執法過於機械時，我非常同情地表示同意。令人高興的是，即使他在家鄉有過甚麼不愉快的遭遇，他的愛國熱情卻並未因此受到任何損傷。他常對我說，英國是全世界最了不起的國家，他覺得自己比哪國人都優越得多，不管甚麼美國人、殖民地人、達哥人、荷蘭人，或是卡納加人，全不在他眼裏。

然而我認為他生活得並不幸福。他長期患消化不良症，嘴裏經常含着一片胃蛋白酶藥片。每天上午他的胃口都不很好，但是如果只是這一病痛還不至於使他的精神受到傷害。他的生活還有一樁更大的不幸：八年以前他輕率地同一個女人結了婚。有一些男人，慈悲的天意注定叫他們終生做個單身漢，但是他們有的人由於任性，有的人由於拗不過環境，卻違背了上帝的意旨。再沒有誰比這種結了婚的單身漢更叫人可憐了。尼柯爾斯船長就是這樣一個人。我看見過他的老婆，我想，她的年齡不過二十七八歲，但是她是那種永遠讓人摸不清究竟多大歲數的女人，這種人二十歲的時候不比現在樣子年輕，到了四十歲也不會顯得更老。她給我的印象是皮緊肉瘦，一張並不標緻的面孔緊繃繃的，嘴唇只是薄薄的一條線，全身皮膚都緊包着骨頭。她輕易不露笑容，頭髮緊貼在頭上，衣服瘦瘦的，白斜紋料子看去活像是黑色的邦巴辛毛葛。我想像不出，為甚麼尼柯爾斯船長要同她結婚，既然結了婚為甚麼又不把她甩掉。也許他已經不止一次這樣做過，他的悲哀就來源於哪次都沒有成功。不論他跑多麼遠，不論他藏身多麼隱秘，尼柯爾斯太太就像命運一樣無可逃避，像良心一樣毫無憐憫，馬上就會來到他身邊。他逃不脫她，就像有因必有果一樣。

社會油子和藝術家或者紳士相同，是不屬於哪一個階級的；無業游民的粗野無禮既不會使他感到難堪，王公貴人的繁文縟節也不會叫他感到拘束。但是尼柯爾斯太太卻出身於一個最近名聲漸著的階層，就是人們稱之為中下層（這個名稱叫得好！）的社會階層。她的父親是個警察，而且我敢說還非常精明能幹。我不知道她為甚麼要抓住船長不放，我不相信是因為愛情。我從來沒聽她開口講過話，也許同她丈夫單獨在一起的時候她的話很多。不管怎麼說，尼柯爾斯船長怕她怕得要死。有時候他同我坐在旅館的露台上會突然意識到自己的老婆正在外面馬路上走動，她從來不叫他，她好像根本不知道他在這裏，只是安詳自若地在街頭踱來踱去。這時候船長就渾身不安起來，他看了看錶，長嘆一口氣。

「唉，我該走了，」他說。

在這種時候，說笑話也好，喝威士忌也好，再也沒有甚麼能把他留住了。要知道，尼柯爾斯船長本是個經十二級風暴也面不改色的人，只要有一把手槍，就是一打黑人上來，他也有膽量對付。有時尼柯爾斯太太也派他們的女兒，一個面色蒼白、總是耷拉着臉的七歲孩子，到旅館來。

「媽媽找你，」她帶着哭音地說。

「好，好，親愛的孩子，」尼柯爾斯船長說。

他馬上站起身來，陪同女兒走回家去。我想這是精神戰勝物質的一個極好的例證，所以我這段文章雖然寫得走了題，卻還是具有一些教訓意義的。

47

我試圖把尼柯爾斯船長給我講的一些有關思特里克蘭德的事連貫起來，下面我將盡量按照事情發生的先後次序記載。他們兩人是我同思特里克蘭德在巴黎最後會面的那年冬末認識的。思特里克蘭德和尼柯爾斯船長相遇以前的一段日子是怎麼過的，我一點也不清楚；但是他的生活肯定非常潦倒，因為尼柯爾斯船長第一次看到他是在夜宿店裏。當時馬賽正發生一場罷工，思特里克蘭德已經到了山窮水盡的地步，顯然連勉強賴以餬口的一點錢也掙不到了。

夜宿店是一幢龐大的石頭建築物，窮人和流浪漢，凡是持有齊全的身份證明並能讓負責這一機構的修道士相信他本是幹活吃飯的人，都能在這裏寄宿一個星期。尼柯爾斯在等着寄宿舍開門的一群人裏面注意到思特里克蘭德，因為斯特里克蘭德身軀高大樣子又非常古怪，非常引人注目。這些人沒精打彩地在門外等候着，有的來回蹀步，有的懶洋洋地靠着牆，也有的坐在馬路牙子上，兩腳伸在水溝裏。最後，當所有的人們排着隊走進了辦公室，尼柯爾斯船長聽見檢查證件的修道士同思特里克蘭德談話用的是英語。但是他並沒有機會同思特里克蘭德說話，因為人們剛一走進公共休息室，馬上就走來一位捧着一本大《聖經》的傳教士，登上屋子一頭的講台，布起道來。作為住宿的代價，這些可憐的流浪者必須耐心地忍受着。尼柯爾斯船長和思特里克蘭德沒有分配在同一間屋子裏，第二天清晨五點鐘，一個高大粗壯的教士把投宿的人們從床上趕下來，等到尼柯爾斯整理好床鋪、洗過臉以後，思特里克蘭德已經沒影了。尼柯爾斯船長在寒冷刺骨的街頭徘徊了一個鐘頭，最後走到一個水手們經常聚會的地方——維克多．耶魯廣場。他在廣場上又看見了思特里克蘭德，思特里克蘭德正靠着一座石雕像的底座打盹。他踢了思特里克蘭德一腳，把他從夢中踢醒。

「來跟我吃早飯去，朋友，」他說。

「去你媽的，」思特里克蘭德說。

我一聽就是我那位老朋友的語氣，這時我決定把尼柯爾斯船長看作是一位可以信任的證人了。

「一個子兒也沒有了吧？」船長又問。

「滾你的蛋，」思特里克蘭德說。

「跟我來。我給你弄頓早飯吃。」

猶豫了一會兒，思特里克蘭德從地上爬起來，兩個人向一處施捨麵包的救濟所走去。餓飯的人可以在那裏得到一塊麵包，但是必須當時吃掉，不准拿走。吃完麵包，他們又到一個施捨湯的救濟所，每天十一點到四點可以在那裏得到一碗鹽水稀湯，但不能連續領取一個星期。這兩個機構中間隔着一大段路，除非實在餓得要命，誰也懶得跑兩個地方。他們就這樣吃了早飯，查理斯·思特里克蘭德同尼柯爾斯船長也就這樣交上了朋友。

這兩個人大概在馬賽一起度過四個月。他倆的生活沒有甚麼奇遇——如果奇遇意味着一件意料之外或者令人激動的事；因為他們的時間完全用在為了生活四處奔波上，他們要想弄到些錢晚間找個住宿的地方，更要買些吃的東西對付轆轆飢腸。我真希望我能畫出幾幅絢麗多彩的圖畫，把尼柯爾斯船長的生動敍述在我想像中喚起的一幅幅畫面也讓讀者看到。他敍述他們兩人在這個海港的下層生活中的種種冒險完全可以寫成一本極有趣味的書，從他們遇到的形形色色的人物身上，一個研究民俗學的人也可以找到足夠的材料編纂一本有關流浪漢的大辭典。但是在這本書裏我卻只能用不多幾段文字描寫他們這一段生活。我從他的談話得到的印象是：馬賽的生活既緊張又粗野，豐富多彩，鮮明生動。相形之下，我所了解的馬賽——人群雜沓、陽光燦爛，到處是舒適的旅館和擠滿了有錢人的餐館——簡直變得平淡無奇、索然寡味了。那些親眼見過尼柯爾斯船長描繪給我聽的景象的人真是值得羨慕啊。

當夜宿店對他們下了逐客令以後，思特里克蘭德同尼柯爾斯船長就在硬漢子彼爾那裏找到另外一處歇夜的地方。硬漢子彼爾是一家水手寄宿舍的老闆，是一個身軀高大、生着一對硬拳頭的黑白混血兒。他給暫時失業的水手們提供食宿，直到在船上給他們找到工作為止。思特里克蘭德同尼柯爾斯船長在他這裏住了一個月，同十來個別的人，瑞典人、黑人、巴西人，一起睡在寄宿舍兩間屋子的地板上。這兩間屋子甚麼傢具也沒有，彼爾就分配他們住在這裏。每天他都帶着這些人到維克多·耶魯廣場去，輪船的船長需要僱用甚麼人都到這個地方來。這個混血兒的老婆是一個非常邋遢的美國胖女人，誰也不知道這個美國人怎麼會墮落到這一地步。寄宿的人每天輪流幫助她做家務事。思特里克蘭德給硬漢子彼爾畫了一張肖像作為食宿的報酬，尼柯爾斯船長認為這對思特里克蘭德來講是一件佔了大便宜的事。彼爾不但出錢給他買了畫布、油彩和畫筆，而且還給了他一磅偷運上岸的煙草。據我所知，這幅畫今天可能還掛在拉·柔耶特碼頭附近一所破舊房子的客廳裏，我估計現在可能值一千五百英鎊了。思特里克蘭德的計劃是先搭一條去澳大利亞或新西蘭的輪船，然後再轉途去薩摩亞或者塔希提。我不知道他怎麼會動念要到南太平洋去，雖然我還記得他早就幻想到一個充滿陽光的綠色小島，到一個四圍一片碧波、海水比北半球任何海洋更藍的地方去。我想他所以攀住尼柯爾斯船長不放也是因為尼柯爾斯熟悉這一地區，最後勸他到塔希提，認為這個地方比其他任何地方都更舒服，也完全是尼柯爾斯的主意。

「你知道，塔希提是法國領土，」尼柯爾斯對我解釋說，「法國人辦事不他媽的那麼機械。」

我想我明白他說這句話的意思。

思特里克蘭德沒有證件，但是硬漢子彼爾只要有利可圖（他替哪個水手介紹工作都要把人家第一個月的工資扣去），對這一點是不以為意的。湊巧有一個英國籍的司爐住在他這裏的時候死掉了，他就把這個人的證明文件給了思特里克蘭德。但是尼柯爾斯船長同思特里克蘭德兩個人都要往東走，而當時需要僱用水手的船恰好都是西行的。有兩次駛往美國的貨輪上需要人幹活都被思特里克蘭德拒絕了，另外還有一艘到紐卡斯爾的煤船他也不肯去。思特里克蘭德這種拗脾氣結果只能叫硬漢子彼爾吃虧，最後他失去了耐性，一腳把思特里克蘭德同尼柯爾斯船長兩個人一起踢出了大門，這兩個人又一次流落到街頭。

硬漢子彼爾寄宿舍的飯菜從來也稱不上豐盛，吃過飯從餐桌旁站起來跟剛坐下一樣餓得慌，但是儘管如此，有好幾天兩個人對那裏的伙食還是懷念不已。他們這次真正嘗到挨餓是甚麼滋味了。施捨菜湯的地方同夜宿舍都已經對他們關了門，現在他們賴以果腹的只剩下麵包施捨處給的一小片麵包了。夜裏，他們能在哪兒睡覺就在哪兒睡覺，有時候在火車站岔道上一個空車皮裏，有時候在貨站後面一輛卡車裏。但是天氣冷得要命，常常是迷迷糊糊地打一兩個鐘頭的盹兒就得到街上走一陣暖和暖和身體。他們最難受的是沒有煙抽，尼柯爾斯船長沒有煙簡直活不下去，於是他就開始到小啤酒館去撿那些頭天晚上夜遊的人扔的煙屁股和雪茄頭。

「我的煙斗就是比這更不是味兒的雜八湊煙也抽過。」他加添了一句，自我解嘲地聳了聳肩膀。在他說這句話的時候又從我遞過去的煙盒裏拿了兩支雪茄，一支銜在嘴上，一支揣在口袋裏。

偶然他們也有機會掙到一點兒錢。有時候一艘郵輪開進港，尼柯爾斯船長同僱用計時員攀上交情，會給兩人找個臨時裝卸工的活兒。如果是一艘英國船，他們會溜進前甲板下面的艙房裏，在水手那裏飽餐一頓。當然，這樣做要冒一定的風險，如果遇見船上的高級船員，他們就要從跳板上被趕下來，為了催他們動作快一些，屁股後面還要挨一靴子。

「一個人只要肚子吃飽，屁股叫人踢一腳算不得甚麼，」尼柯爾斯船長說，「拿我個人說，我是從來不生氣的，高級船員理應考慮船上的風紀的。」

我的腦子裏活生生地出現一幅圖畫：一個氣沖沖的大副飛起一腳，尼柯爾斯船長腦袋朝下地從窄窄的跳板上滾下來。像一個真正的英國人那樣，他對英國商船隊的這種紀律嚴明的精神非常高興。

在魚市場裏也不時能夠找點零活兒幹。還有一次，卡車要把堆在碼頭上的許多筐橘子運走，思特里克蘭德同尼柯爾斯船長幫助裝車，每人掙了一法郎。有一天兩人很走運：一條從馬達加斯加繞過好望角開來的貨輪需要上油漆，一個開寄宿店的老闆弄到包工合同，他們兩個人一連幾天站在懸在船幫旁邊的一條木板上，往鏽跡斑斑的船殼上塗油漆。這件差事肯定很投合思特里克蘭德的慣受諷嘲的脾氣。我向尼柯爾斯船長打聽，在那困頓的日子裏，思特里克蘭德有甚麼反應。

「從來沒聽他說過一句喪氣話，」船長回答說，「有時候他有點兒悶悶不樂，但是就是在我們整天吃不到一口飯，連在中國佬那裏歇宿的房錢都弄不到手的時候，他仍然像蛐蛐一樣歡蹦亂跳。」

我對此並不覺得驚奇。思特里克蘭德正是超然於周圍環境之外的人，就是在最沮喪的情況下也是如此。這到底是由於心靈的寧靜還是矛盾對立，那是難以說清的。

「中國茅房」，這是一個流浪漢給一個獨眼的中國人在布特里路附近開的一家雞毛店起的名字。六個銅子可以睡在一張小床上，三個銅子兒可以打一宵地鋪。他們在這裏認識了不少同他們一樣窮困潦倒的朋友，遇到他們分文不名、而夜裏又天氣奇冷的時候，他們會毫不猶豫地同哪個白天湊巧掙到一法郎的人借幾文宿費。這些流浪漢並不吝嗇，誰手頭有錢都樂於同別人分享。他們來自世界各個地方，但是大家都很講交情，並不因國籍不同而彼此見外，因為他們都覺得自己是一個國家——安樂鄉的自由臣民；這個國家領土遼闊，把他們這些人全部囊括在自己的領域裏。

「可是思特里克蘭德要是生起氣來，我看可不是好惹的，」尼柯爾斯船長回憶當時的情況說，「有一天我們在廣場上碰見了硬漢子彼爾，彼爾想討回他給查理斯的身份證明。

「『你要是想要，就自己來拿吧，』查理斯說。

「彼爾是個身強力壯的大漢，但是被查理斯的樣子給鎮住了，他只是不住口地咒罵，所有能夠用上的髒字眼兒都用到了。硬漢子彼爾開口罵人是很值得一聽的事。開始的時候，查理斯不動聲色地聽着，過了一會兒，他往前邁了一步，只說了一句：『滾蛋，你他媽的這隻豬玀。』他罵的這句話倒沒甚麼，重要的是他罵人的樣子。硬漢子彼爾馬上住了口，你可以看出來他膽怯了。他連忙轉身走開，好像突然記起自己還有個約會似的。」

按照尼柯爾斯船長的敍述，思特里克蘭德當時罵人的話同我寫的並不一樣，但既然這是一本供家庭閱讀消遣的書，我覺得不妨違反一些真實性，還是改換幾個雅俗共賞的字眼兒為好。

且說硬漢子彼爾並不是個受了普通水手侮辱而隱忍不發的人。他的權勢完全靠着他的威信，一個住在他開的寄宿舍的水手對他倆說，彼爾發誓要把思特里克蘭德幹掉，後來又有另外一個人告訴他們同樣的消息。

一天晚上，尼柯爾斯船長和思特里克蘭德正坐在布特里路的一家酒吧間裏。布特里路是一條狹窄的街道，兩旁都是一間間的平房，每所房子只有一間小屋，就像擁擠的集市棚子或者馬戲團的獸籠。每間屋子門口都可以看到一個女人，有的懶洋洋地靠着門框，或者哼着小曲，或者用沙啞的嗓子向過路人打招呼，也有的無精打彩地看一本書。她們有的是法國人，有的是意大利人，有的是西班牙人，有的是日本人，也有的是黑人；有的胖，有的瘦；在厚厚的脂粉、烏黑的眼眉和猩紅的唇脂下面，你可以看到歲月在她們臉上刻下的痕跡和墮落放蕩留下的傷疤。她們有的人穿着黑色內衫和肉色長襪，有的頭髮鬈曲、染成金黃顏色，穿着紗衣，打扮得像小女孩。從敞開的門外邊，可以看到屋子裏的紅磚地，一張大木床，牌桌上擺着一隻大口水罐和一個面盆。街頭上形形色色的人踱來踱去——郵輪上的印度水手，瑞典三桅帆船上的金髮的北歐人，軍艦上的日本兵，英國水手，西班牙人，法國巡洋艦上英俊的水兵，美國貨輪上的黑人。白天，這裏污穢骯髒，但是到了夜裏，在小屋子的燈光照耀下，這條街就有一種罪惡的魅力。瀰漫在空中的醜惡的淫慾使人感到窒息，簡直是可怕的，但是在這一切纏繞着你、激動着你的景象裏卻有某種神秘的東西。你覺得有一種人們並不了解的原始力量又讓你厭惡，又深深地把你迷住。在這裏，一切文明、體面都已蕩然無存，人們面對的只是陰鬱的現實，一種既熱烈又悲哀的氣氛籠罩着一切。

在思特里克蘭德和尼柯爾斯坐的酒吧間裏擺着一架自動鋼琴，機械地演奏着喧噪聒耳的舞曲。屋子四周人們圍坐在小桌旁邊，這邊六七個水手已經喝得半醉，吵吵嚷嚷，那邊坐着的是一群士兵。屋子中央人們正一對對地擠在一起跳舞。留着大鬍子、面色黝黑的水手用粗硬的大手使勁摟着自己的舞伴。女人們身上只穿着內衫。不時地也有兩個水手站起來互相摟着跳舞。喧鬧的聲音震耳欲聾。沒有一個人不在喝，不在叫，不在高聲大笑；當一個人使勁吻了一下坐在他膝頭上的女人時，英國的水手中就有人噓叫，更增加了屋子的嘈雜。男人們的大靴子揚起的塵土和口裏噴出的煙霧弄得屋子烏煙瘴氣，空氣又悶又熱。賣酒的櫃枱後面坐着一個女人在給孩子餵奶。一個身材矮小、生着一張長滿雀斑的扁臉年輕侍者，托着擺滿啤酒杯子的托盤不住腳地走來走去。

過了不大一會兒工夫，硬漢子彼爾在兩個高大黑人的陪同下走了進來。一眼就可以看出，他已經有七八分醉意了，他正在故意尋釁鬧事。一進門彼爾就東倒西歪地撞在一張枱子上，把一杯啤酒打翻了。坐在這張桌子邊上的是三個士兵，雙方馬上爭吵起來。酒吧間老闆走出來，叫硬漢子彼爾走出去。老闆脾氣暴烈，從來不容顧客在他的酒館鬧事。硬漢子彼爾氣餒有些收斂，他不太敢同酒吧間老闆衝突，因為老闆有警察作後盾。彼爾罵了一句，掉轉了身軀。忽然，他一眼看見了思特里克蘭德。他搖搖晃晃地走到思特里克蘭德前邊，一句話不說，嘬了一口唾沫，直啐到思特里克蘭德臉上。思特里克蘭德抄起酒杯，向他扔去。跳舞的人都停了下來，有那麼一分鐘，整個酒吧間變得非常安靜，一點聲音也沒有。但是等硬漢子彼爾撲到思特里克蘭德身上的時候，所有的人的鬥志都變得激昂起來。剎那間，酒吧間開始了一場混戰。啤酒枱子打翻了，玻璃杯在地上摔得粉碎。雙方厮打得越來越厲害。女人們躲到門邊和櫃枱後面去，過路的行人從街頭湧進來。只聽見到處一片咒罵聲、拳擊聲、喊叫聲，屋子中間，一打左右的人打得難解難分。突然間，警察衝了進來，所有的人都爭先恐後地往門外竄。當酒吧間裏多少清靜下來以後，只見硬漢子彼爾人事不省地躺在地上，頭上裂了個大口子。尼柯爾斯船長拽着思特里克蘭德逃到外面街上，思特里克蘭德的胳臂淌着血，衣服撕得一條一條的。尼柯爾斯船長也是滿臉血污，他的鼻子挨了一拳。

「我看在硬漢子彼爾出院以前，你還是離開馬賽吧，」當他倆回到「中國茅房」開始清洗的時候，他對思特里克蘭德說。

「真比鬥雞還熱鬧，」思特里克蘭德說。

我彷彿看到了他臉上譏嘲的笑容。

尼柯爾斯船長非常擔心，他知道硬漢子彼爾是睚眥必報的。思特里克蘭德叫這個混血兒丟了大臉，彼爾頭腦清醒的時候，是要小心提防的。他不會馬上就動手，他會暗中等待一個適宜時機。早晚有一天夜裏，思特里克蘭德的脊背上會叫人捅上一刀，一兩天以後，從港口的污水裏會撈上一具無名流浪漢的屍體。第二天晚上尼柯爾斯到硬漢子彼爾家裏去打聽了一下。彼爾仍然住在醫院裏，但是他妻子已經去看過他。據他妻子說，彼爾賭天誓日說，他一出院就要結果思特里克蘭德的性命。

又過了一個星期。

「我總是說，」尼柯爾斯船長繼續回憶當時的情況，「要打人就把他打得厲厲害害的，這會給你一點時間，思考一下下一步該怎麼辦。」

這以後思特里克蘭德交了一步好運，一艘開往澳大利亞的輪船到水手之家去要一名司爐，原來的司爐因為神經錯亂在直布羅陀附近投海自殺了。

「你一分鐘也別耽誤，夥計，立刻到碼頭去，」船長對思特里克蘭德說，「趕快簽上你的名字，你是有證明文件的。」

思特里克蘭德馬上就出發了，尼柯爾斯船長從此再也沒有同他見面。這艘輪船在碼頭只停泊了六小時，傍晚時分，尼柯爾斯船長看着輪船煙囱冒出的黑煙逐漸稀薄，輪船正在寒冬的海面上乘風破浪向東駛去。

我盡量把這些故事敍述得生動一些，因為我喜歡拿這一段經歷同他住在倫敦阿施里花園時的生活進行對比，當時他忙着做股票生意，那時的生活我是親眼見過的。但是我也非常清楚，尼柯爾斯船長是個大言不慚的牛皮大王，他告訴我的這些事也有可能沒有一句是真話。今後我如果發現思特里克蘭德在世的時候根本不認識他，他對馬賽的知識完全來自一本雜誌，我是一點也不會感到吃驚的。

48

這本書我本來準備就寫到這裏為止。我最初的計劃是首先敍述一下思特里克蘭德一生中最後幾年是怎樣在塔希提度過的，以及他悲慘的死亡，然後再回頭來描寫我所了解的他早年的生活。我預備這樣做倒不是由於我的任性，而是因為想把思特里克蘭德啓程遠航作為這本書的收尾；他那孤獨的靈魂中懷着種種奇思遐想，終於向點燃起自己豐富想像的陌生的荒島出發了。我喜歡這樣一個畫面：他活到四十七歲（到了這個年紀大多數人早已掉進舒適的生活溝槽裏了）動身到天涯海角去尋找一個新世界；大海在凜冽的北風中一片灰濛濛，白沫四濺，他迷茫地盯視着逐漸消失、再也無法重見的法國海岸。我想他的這一行為含有某種豪邁的精神，他的靈魂裏具有大無畏的勇氣。我本來想讓這本書結束的時候給人一線希望。我覺得這樣也許能夠突出思特里克蘭德的不可征服的精神。但是我卻寫不好；不知為甚麼我不能把這些寫下來，在試了一兩次之後我還是放棄這樣一個結構了。我走的還是老路子——從頭開始。我決定按照我了解到的事實以先後順序記敍我所知道的思特里克蘭德的生平。

我掌握的事實只是一些斷簡殘篇。我的處境很像一個生物學家，根據一根骼不僅要重新塑造出一個早已滅絕的生物的外貌，還要推測出它的生活習慣。思特里克蘭德沒有給那些在塔希提同他有接觸的人留下甚麼特別的印象。在這些人眼睛裏，他只不過是一個永遠缺錢花的流浪漢，唯一與眾不同的地方是他愛畫一些他們認為是莫名其妙的畫。直到他死了多年以後，巴黎和柏林的畫商陸續派來幾個代理人搜尋思特里克蘭德可能散失在島上的遺作時，這些人才多少認識到在他們當中一度生活過一位了不起的人物。他們這時想起來，當時只要花一點點錢就能買到今天已經價值連城的名畫，他們白白讓機會從眼皮底下溜掉，真是追悔莫及。塔希提有一位姓寇漢的猶太商人，手裏存着思特里克蘭德的一幅畫，他得到這幅畫的情況有一點不尋常。寇漢是個法國小老頭，生着一對溫柔、善良的眼睛，臉上總是堆着笑容；他一半是商人，一半是水手，自己有一隻快艇，常常勇敢地往來於包莫圖斯群島、馬克薩斯和塔希提群島之間，運去當地需要的商品，載回來椰子乾、蚌殼和珍珠。我去看他是因為有人告訴我他有一顆大黑珍珠要廉價出售，後來我發現他的要價超過我的支付能力，我便同他談起思特里克蘭德來，他同思特里克蘭德很熟。

「你知道，我對他感興趣是因為他是個畫家，」他對我說，「很少有畫家到我們這些島上來，我很可憐他，因為我覺得他畫的畫很蹩腳。他的頭一個工作就是我給他的，我在半島上有一個種植園，需要一個白人監工。除非有個白人監督着他們，這些土人是絕不肯給你幹活的。我對他說：『你有的是時間畫畫兒，你還可以掙點錢。』我知道他正在挨餓，但是我給他的工資很高。」

「我想他不是一個令人滿意的監工，」我笑着說。

「我對他的要求並不苛刻，我對藝術家總是同情的。我們一家人生來就是這樣，你知道。但是他只幹了幾個月的活兒。等他攢夠了錢，能夠買油彩和畫布的時候，他就想離開這地方，跑到荒林裏去，但是我還是經常不斷地能見到他。每過幾個月他就到帕皮提來一次，待幾天；他會從隨便哪個人手裏弄到點錢，於是又無影無蹤了。正是在他這樣一次訪問時，他到我家裏來，要向我借兩百法郎。他的樣子像是一個禮拜沒吃一頓飽飯了，我不忍心拒絕他。當然了，我知道這筆錢我絕不會再要回來了。你猜怎麼着，一年以後，他又來看我了，帶着一幅畫。他沒提向我借錢的事，他只說：『這是一幅你那座種植園的畫，是我給你畫的。』我看了看他的畫。我不知道該說甚麼。當然了，我還是對他表示感謝。他走了以後，我把這幅畫拿給我的妻子看。」

「他畫得怎麼樣?」我問。

「別問我這個,我一點也看不懂,我活了一輩子也沒見過這種畫。』這幅畫咱們怎麼辦?』我問我的妻子說。『甚麼時候也掛不出去,』她說,『人家會笑掉大牙的,』就這樣她把它拿到閣樓上,同各式各樣的廢物堆在一起。我的妻子甚麼東西也捨不得扔掉,這是她的習性。幾年以後,你自己可以想像一下,正當大戰爆發之前,我哥哥從巴黎給我寫來一封信說:『你是否聽說過一個在塔希提住過的英國人?看來這人是個天才,他的畫現在能賣大錢。看看你有沒有辦法弄到他畫的任何東西,給我寄來,這件事很能賺錢。』於是我對我的妻子說:『思特里克蘭德給我的那張畫還有沒有?會不會仍然在閣樓上放着呢?』『沒錯兒,』她回答說,『你也知道,我甚麼東西都不扔。這是我的毛病。』我們兩人走到閣樓上,這裏堆着自從我們住到這所房子的第一天起積攢了三十年的各式各樣的破爛貨,那幅畫就在這些我也弄不清楚到底都是些甚麼的廢物堆裏面。我又仔細看了看,我說:『誰想得到,我的半島上的種植園裏的一個監工,一個向我借過兩百法郎的人,居然是個偉大天才。你看得出這幅畫哪點畫得好嗎?』『看不出來,』她說,『一點也不像咱們的種植園,再說我也從來沒有見過椰子樹長着藍葉子。他們巴黎人簡直發瘋了，也說不定你哥哥能把那幅畫賣兩百法郎，正好能抵思特里克蘭德欠我們的那筆債。』不管怎麼說，我們還是把畫包裝好，給我哥哥寄去了。最後我收到了他的回信，你猜他信裏面怎麼說？『畫已收到，』他說，『我必須承認，開始我還認為你在同我開玩笑。我真不應該出這筆寄費，我幾乎沒有膽量把它拿給同我談過這件事的那位先生看。當他告訴我這是一件傑作，並出價三萬法郎要購買它的時候，你可以想像到我是多麼吃驚，我猜想他還肯出更多的錢。但是說老實話，這件事當時太出乎我的意料，弄得我簡直暈頭轉向了。沒等我腦子清醒過來以前，這筆生意已經拍板成交了。』」

接着，寇漢先生又說出幾句着實令人起敬的話。

「我希望可憐的思特里克蘭德還活着。我真想知道，在我把兩萬九千八百法郎賣畫的錢交到他手裏的時候，他會說甚麼。」

49

我住在鮮花旅館，旅館的女主人，約翰生太太給我講了一個悲慘的故事——她如何把大好良機白白錯過去了。思特里克蘭德死了以後，他的一些遺物在帕皮提市場上拍賣。她親自跑了一趟，因為在拍賣的物品中有一個她需要的美國式煤油爐子，她花了二十七法郎把爐子買了下來。

「有十來張畫，」她對我說，「但是都沒有鑲框，誰也不要。有幾張要賣十法郎，但是大部份只賣五六法郎一張。想想吧，如果我把它們買下來，現在可是大富翁了。」

但是蒂阿瑞·約翰生無論在甚麼情況下也絕對發不了財，她手頭根本存不下錢。她是一個在塔希提落戶的白人船長同一個土著女人結婚生的女兒。我認識她的時候，她已經五十歲了，但是樣子比年紀顯得還要老。她的身軀又大又壯，一身肥肉；如果不是一張只能呈現出仁慈和藹表情來的一團和氣的面孔，她的儀表會是非常威嚴的。她的胳臂像兩條粗羊腿，乳房像兩顆大圓白菜，一張胖臉滿是肥肉，給人以渾身赤裸、很不雅觀的感覺。臉蛋下面是一重又一重的肉下巴（我說不上她有幾重下巴），嘟嘟嚕嚕地一直垂到她那肥胖的胸脯上。平常她總穿着一件粉紅色的寬大的薄衫，戴着一頂大草帽，但是當她把頭髮鬆垂下來的時候（她常常這樣做，因為她對自己的頭髮感到很驕傲），你會看到她生着一頭又黑又長、打着小鬈的秀髮；此外，她的眼睛也非常年輕，炯炯有神。她的笑聲是我聽到過的最富有感染性的笑聲；開始的時候只是在喉嚨裏一陣低聲咯咯，接着聲音越來越大，直到她那肥胖的身軀整個都哆哆嗦嗦地震顫起來。她最喜歡的是三件東西——笑話、酒同漂亮的男人，有緣同她結識真是一件榮幸的事。

她是島上最好的廚師，對美饌佳餚有很深的愛好。從清早直到夜晚，你甚麼時候都會看見她坐在廚房裏一把矮椅上，一名中國廚師和兩三個本地的使女圍着她團團轉；她一面發號施令，一面同所有的人東拉西扯，偷空還要品嚐一下她設計烹調出的令人饞涎欲滴的美味。如果要對一位朋友表示敬意，她就親自下廚。殷勤好客是她的本性，只要鮮花旅館有東西吃，島上的人誰也用不着餓肚皮。她從來不因為房客付不出賬而把他們趕走。有一次有一個住在她旅館的人處境不佳，她竟一連幾個月供給這人食宿，分文不收。最後開洗衣店的中國人因為這人付不起錢不再給他洗衣服，她就把這位房客的衣服和自己的混在一起給洗衣店送去。她說，她不能看着這個可憐的人穿髒襯衫，此外，既然他是一個男人，而男人又非抽煙不可，她還每天給這個人一個法郎，專門供他買紙煙。她對這個人同對那些每星期付一次賬的客人一樣殷勤和氣。

年齡和發胖已經使她自己不能再談情說愛了，但是她對年輕人的戀愛事卻極有興趣。她認為情慾方面的事是人的本性，男人女人都是如此，她總是從自己的豐富經驗中給人以箴言和範例。

「我還不到十五歲的時候，我父親就發現我有了愛人，」她說，「他是熱帶鳥號上的三副，一個漂亮的年輕人。」

她嘆了一口氣。人們都說女人總是不能忘懷自己的第一個愛人，但是也許她並不是永遠把頭一個愛人記在心上的。

「我父親是個明白事理的人。」

「他怎麼着你了？」我問。

「他差點兒把我打得一命嗚呼，以後他就讓我同約翰生船長結了婚，我倒也不在乎。當然了，約翰生船長年紀大多了，但是他也很漂亮。」

蒂阿瑞——這是一種香氣芬芳的白花，她父親給她起的名字。這裏的人說，只要你聞過這種花香，不論走得多麼遠，最終還要被吸引回塔希提去——蒂阿瑞對思特里克蘭德這個人記得非常清楚。

「他有時候到這裏來，我常常看見他在帕皮提走來走去。我挺可憐他，他瘦得要命，口袋總是空空的。我一聽説他到城裏來了，就派一個茶房去把他找來，到我這裏來吃飯。我還給他找過一兩回工作，但是他甚麼事也幹不長。過不了多久，他就又想回到荒林裏去，於是一天清早，他人就不見了。」

思特里克蘭德大約是在離開馬賽以後六個月到的塔希提。他在一隻從奥克蘭駛往舊金山的帆船上幹活兒，弄到一個艙位。到達塔希提的時候，他隨身帶的只是一盒油彩、一個畫架和一打畫布。他口袋裏有幾英鎊錢，這是他在悉尼幹活兒掙的。他在城外一個土著人家裏租了一間小屋子。我猜想他一到塔希提就好像回到家裏一樣。蒂阿瑞告訴我思特里克蘭德有一次同她講過這樣的話：

「我正在擦洗甲板，突然間有一個人對我講：『看，那不是嗎？』我抬起頭一望，看到了這個島的輪廓。我馬上就知道這是我終生尋找的地方。後來我們的船越走越近，我覺得好像記得這個地方。有時候我在這裏隨便走的時候，我見到的東西好像都很熟悉。我敢發誓，過去我曾經在這裏待過。」

「有的時候這個地方就是這樣把人吸引住，」蒂阿瑞說，「我聽說，有的人趁他們乘的輪船上貨的時候到岸上來，準備待幾小時，可是從此就再也不離開這個地方了。我還聽說，有些人到這裏來，準備在哪個公司幹一年事，他們對這個地方罵不絕口，離開的時候，發誓賭咒，寧肯上吊也決不再回來。可是半年以後，你又看見他們登上這塊陸地，他們會告訴你說，在別的任何地方他們也無法生活下去。」

50

我認為有些人誕生在某一個地方可以說未得其所。機緣把他們隨便拋擲到一個環境中，而他們卻一直思念着一處他們自己也不知道坐落在何處的家鄉。在出生的地方他們好像是過客；從孩提時代就非常熟悉的濃蔭鬱鬱的小巷，同小夥伴遊戲其中的人煙稠密的街衢，對他們說來都不過是旅途中的一個宿站。這種人在自己親友中可能終生落落寡合，在他們唯一熟悉的環境裏也始終孑身獨處。也許正是在本鄉本土的這種陌生感才逼着他們遠遊異鄉，尋找一處永恆定居的寓所。說不定在他們內心深處仍然隱伏着多少世代前祖先的習性和癖好，叫這些徬徨者再回到他們祖先在遠古就已離開的土地。有時候一個人偶然到了一個地方，會神秘地感覺到這正是自己棲身之所，是他一直在尋找的家園。於是他就在這些從未寓目的景物裏，從不相識的人群中定居下來，倒好像這裏的一切都是他從小就熟稔的一樣，他在這裏終於找到了寧靜。

我給蒂阿瑞講了一個我在聖托瑪斯醫院認識的人的故事。這是個猶太人，姓阿伯拉罕。他是個金黃頭髮、身體粗壯的年輕人。性格靦覥，對人和氣，但是很有才能。他是靠着一筆獎學金入學的，在五年學習期間，任何一種獎金只要他有機會申請就絕對沒有旁人的份兒。他先當了住院內科醫生，後來又當了住院外科醫生，沒有人不承認他的才華過人。最後他被選進領導機構中，他的前程已經有了可靠的保證。按照世情推論，他在自己這門事業上肯定會飛黃騰達、名利雙收的。在正式上任以前，他想度一次假，因為他自己沒有錢，所以在一艘開往地中海的不定期貨船上謀了個醫生位置。這種貨輪上一般是沒有醫生的，只是由於醫院裏有一名高級外科醫生認識跑這條航線的一家輪船公司的經理，貨輪看在經理情面上才錄用了阿伯拉罕。

幾個星期以後，醫院領導人收到一份辭呈，阿伯拉罕聲明他決定放棄這個人人嫉羨的位置。這件事使人們感到極其驚詫，千奇百怪的謠言不脛而走。每逢一個人幹出一件出人意料的事，他的相識們總是替他想出種種最令人無法置信的動機。但是既然早就有人準備好填補他留下的空缺，阿伯拉罕不久也就被人遺忘了。以後再也沒人聽到他的任何消息，這個人就這樣從人們的記憶裏消失了。

大約十年之後，有一次我乘船去亞歷山大港[1]。即將登陸之前，一天早上，我被通知同其他旅客一起排好隊，等待醫生上船來檢查身體。來的醫生是個衣履寒酸、身體肥碩的人。當他摘下帽子以後，我發現這人的頭髮已經完全禿了，我覺得彷彿過去在甚麼地方見過他。忽然，我想起來了。

「阿伯拉罕，」我喊道。

他轉過頭來，臉上顯出驚奇的神色。愣了一會兒，他也認出我來，立刻握住我的手。在我們兩人各自驚嘆了一番後，他聽說我準備在亞歷山大港過夜，便邀請我到英僑俱樂部去吃晚飯。在我們會面以後，我再次表示在這個地方遇到他實在出乎我的意料之外。他現在的職務相當低微，他給人的印象也很寒酸。這以後他給我講了他的故事。在他出發到地中海度假的時候，他一心想的是再回倫敦去，到聖·托瑪斯醫院去就職。一天早晨，他乘的那艘貨輪在亞歷山大港靠岸，他從甲板上看着這座陽光照耀下的白色城市，看着碼頭上的人群。他看着穿着襤褸的軋別丁衣服的當地人，從蘇丹來的黑人，希臘人和意大利人成群結隊、吵吵嚷嚷，土耳其人戴着平頂無檐的土耳其小帽，他看着陽光和碧藍的天空。就在這個時候，他的心境忽然發生了奇異的變化。他無法描述這是怎麼一回事。事情來得非常突兀，據他說，好像晴天響起一聲霹靂，但他覺得這個譬喻不夠妥當，又改口說好像得到了甚麼啓示。他的心好像被甚麼東西揪了一下，突然間，他感到一陣狂喜，有一種取得無限自由的感覺。他覺得自己好像回到了老家，他當時當地就打定主意，今後的日子他都要在亞歷山大度過了。離開貨輪並沒有甚麼困難，二十四小時以後，他已經帶着自己的全部行李登岸了。

「船長一定會覺得你發瘋了，」我笑着說。

「別人愛怎麼想就怎麼想，我才不在乎呢。做出這件事來的不是我，是我身體裏一種遠比我自己的意志更強大的力量。上岸以後，我四處看了看，想着我要到一家希臘人開的小旅館去，我覺得我知道在哪裏能找到這家旅館。你猜怎麼着？我一點兒也沒有費勁兒就走到這家旅館前邊，我一看見這地方馬上就認出來了。」

「你過去到過亞歷山大港嗎？」

「沒有，在這次出國前我從來沒有離開過英國。」

不久以後，他就在公立醫院找到個工作，從此一直待在那裏。

「你從來沒有後悔過嗎？」

「從來沒有，一分鐘也沒有後悔過。我掙的錢剛夠維持生活，但是我感到心滿意足。我甚麼要求也沒有，只希望這樣活下去，直到我死。我生活得非常好。」

第二天我就離開了亞歷山大港，直到不久以前我才又想起阿伯拉罕的事。那是我同另外一個行醫的老朋友，阿萊克·卡爾米凱爾一同吃飯的時候。卡爾米凱爾回英國來短期度假，我偶然在街頭上遇見了他。他在大戰中工作得非常出色，榮獲了爵士封號，我向他表示了祝賀。我們約好一同消磨一個晚上，一起敍敍舊。我答應同他一起吃晚飯，他建議不再約請別人，這樣我倆就可以不受干擾地暢談一下了。他在安皇后街有一所老宅子，佈置很優雅，因為他是一個很富於藝術鑒賞力的人。我在餐廳的牆上看到一幅貝洛托[2]的畫，還有兩幅我很羨慕的佐範尼[3]的作品。當他的妻子，一個穿着金色衣服、高身量、樣子討人喜歡的婦女離開我們以後，我笑着對他說，他今天的生活同我們在醫學院做學生的時代相比，變化真是太大了。那時，我們在威斯敏斯特橋大街一家寒酸的意大利餐館吃一頓飯都認為是非常奢侈的事。現在阿萊克·卡爾米凱爾在六七家大醫院都兼任要職，據我估計，一年可以有一萬鎊的收入。這次受封為爵士，只不過是他遲早要享受到的第一個榮譽而已。

「我混得不錯，」他說，「但是奇怪的是，這一切都歸功於我偶然交了一個好運。」

「我不懂你說的是甚麼意思？」

「不懂？你還記得阿伯拉罕吧？應該飛黃騰達的本該是他。做學生的時候，他處處把我打得慘敗。獎金也好，助學金也好，都被他從我手裏奪去，哪次我都甘拜下風。如果他這樣繼續下去，我現在的地位就是他的了。他對於外科手術簡直是個天才，誰也無法同他競爭。當他被指派為聖．托瑪斯附屬醫學院註冊員的時候，我是絕對沒有希望進入領導機構的。我只能開業當個醫生，你也知道，一個普通開業行醫的人有多大可能跳出這個槽槽去。但是阿伯拉罕卻讓位了，他的位子讓我弄到手了，這樣就給了我步步高升的機會了。」

「我想你說的話是真的。」

「這完全是運氣。我想，阿伯拉罕這人心理一定變態了。這個可憐蟲，一點兒救也沒有了。他在亞歷山大港衛生部門找了個小差事——檢疫員甚麼的。有人告訴我，他同一個醜陋的希臘老婆子住在一起，生了半打長着瘰癧疙瘩的小崽子。所以我想，問題不在於一個人腦子聰明不聰明，真正重要的是要有個性，阿伯拉罕缺少的正是個性。」

個性？在我看來，一個人因為看到另外一種生活方式更有重大的意義，只經過半小時的考慮就甘願拋棄一生的事業前途，這才需要很強的個性呢。貿然走出這一步，以後永不後悔，那需要的個性就更多了。但是我甚麼也沒說。阿萊克．卡爾米凱爾繼續沉思着說：

「當然了，如果我對阿伯拉罕的行徑故作遺憾，我這人也就太虛偽了。不管怎麼說，正因為他走了這麼一步，才讓我佔了便宜。」他吸着一支長長的寇羅納牌哈瓦那雪茄煙，舒適地噴着煙圈。「但是如果這件事同我個人沒有牽連的話，我是會為他虛擲才華感到可惜的，一個人竟這樣糟蹋自己實在太令人心痛了。」

我很懷疑，阿伯拉罕是否真的糟蹋了自己。做自己最想做的事，生活在自己喜愛的環境裏，淡泊寧靜、與世無爭，這難道是糟蹋自己嗎？與此相反，做一個著名的外科醫生，年薪一萬鎊，娶一位美麗的妻子，就是成功嗎？我想，這一切都取決於一個人如何看待生活的意義，取決於他認為對社會應盡甚麼義務，對自己有甚麼要求。但是我還是沒有說甚麼，我有甚麼資格同一位爵士爭辯呢？

註釋：

[1] 在埃及。

[2] 貝爾納多·貝洛托（一七二零——一七八零），意大利威尼斯派畫家。

[3] 約翰·佐範尼（一七三三——一八一零），出生於德國的英國畫家。

51

當我給蒂阿瑞講完了這個故事，她很稱讚我看問題的敏銳。這以後，我們埋頭幹了幾分鐘活兒，誰也沒有再開口，因為我們當時正在剝豆子。她的眼睛對廚房裏發生的事一件也不放過，沒過多一會兒，她看到中國廚師做了一件她非常不贊成的事，馬上對他罵了一大串話，但是那個中國人也毫不示弱，於是你一言我一語，展開一場極為激烈的舌戰。他們對罵時用的是當地土話，我只聽得懂五六個詞，給我的印象是，好像世界末日都快要到了。但是沒過多久，和平就又恢復了，而且蒂阿瑞居然還遞給廚師一根紙煙，兩個人都舒舒服服地噴起雲霧來。

「你知道，他的老婆還是我給找的呢，」蒂阿瑞突如其來地說了一句，一張大臉上佈滿了笑容。

「廚師的老婆？」

「不，思特里克蘭德的。」

「他已經有了呀。」

「他也這麼說。可是我告訴他，他的老婆在英國，英國在地球的那一邊呢。」

「不錯，」我回答說。

「每隔兩三個月，當他需要油彩啊、煙草啊，或者缺錢花的時候，他就到帕皮提來一趟。到了這裏，他總是像個沒主的野狗似地東遊西蕩，我看着怪可憐的。我這裏僱着一個女孩子，幫我收拾房間，她名字叫愛塔。她是我的一個遠房親戚，父母都死了，所以我只好收留了她。思特里克蘭德有時候到我這兒來吃一頓飽飯，或者同我這裏的哪個幹活兒的下盤棋。我發現每次他來的時候，愛塔都盯着他。我就問她她是不是喜歡這個人，她說她很喜歡他。你知道這些女孩子是怎麼樣的，都喜歡找個白人。」

「愛塔是本地人嗎？」我問。

「是的，一滴白人的血液也沒有。就這樣，在我同她談了以後，我就派人把思特里克蘭德找來，我對他說：『思特里克蘭德啊，你也該在這裏安家落戶了。像你這樣年齡的人不應該再同碼頭邊上的女人鬼混了，那裏面沒有好人，跟她們在一起你是落不出好兒來的。你又沒有錢，不管甚麼事你都幹不長，沒有幹過兩個月的。現在沒有人肯僱你了。儘管你說你可以同哪個土人一直住在叢林裏頭，他們也願意同你住在一起，因為你是個白人，但是作為一個白人來說，你這種生活可不像樣子。

現在我給你出個主意，思特里克蘭德。』」

蒂阿瑞說話的時候一會兒用法語，一會兒用英語，因為這兩種話她說得同樣流利。她說話的時候語調像是在唱歌，聽起來非常悅耳。如果小鳥會講英語的話，你會覺得牠正是用這種調子說話的。

「『聽我說，你跟愛塔結婚怎麼樣？她是個好姑娘，今年才十七歲。她從來不像這裏有些女孩那樣亂來——同個把船長或是大副要好過，這種事倒是有，但是跟當地人卻絕對沒有亂來過。她是很自愛的，你知道[1]。上回奧阿胡號到這裏來的時候，船上的事務長對我講，他在所有這些島上還從來沒有遇見過比她更好的姑娘呢。她現在也到了尋個歸宿的時候啦，再說，船長也好、大副也好，總不時地想換個口味。凡是給我幹活的女孩子我都不叫她們幹多少年。愛塔在塔拉窩河旁弄到一小塊地產，就在你到這裏不久以前，收穫的椰子乾按現在的市價算足夠你舒舒服服過日子。那裏還有一幢房子，你要想畫畫兒要多少時間有多少時間。你覺得怎麼樣？』」

蒂阿瑞停下來喘了一口氣。

「就在這個時候，他告訴我他在英國是有老婆的。『我可憐的思特里克蘭德，』我對他說，『他們在別的地方都有個外家；一般說來，這也是為甚麼他們到我們這些島上來的原故。愛塔是個通情達理的姑娘，她不要求當着市長的面舉行甚麼儀式。她是個耶穌教徒，你知道，信耶穌教的對待這種事不像信天主教的人那麼古板。』

「這時候他說道：『那麼愛塔對這件事有甚麼意見呢？』『看起來，她對你很有情意[2]，』我說，『如果你願意，她也會同意的。要不要我叫她來一下？』思特里克蘭德咯咯地笑起來，像他平常那樣，笑聲乾乾巴巴，樣子非常滑稽。於是我就把愛塔叫過來，愛塔知道剛才我在同思特里克蘭德談甚麼，這個騷丫頭；我一直用眼角盯着她，她假裝在給我熨一件剛剛洗過的罩衫，耳朵卻一個字不漏地聽着我倆講話。她走到我面前，咯咯地笑着，但是我看得出來，她有一些害羞。思特里克蘭德打量了她一陣，沒有說甚麼。」

「她長得好看嗎？」我問。

「挺漂亮。但是你過去一定看到過她的畫兒了。他給她畫了一幅又一幅，有時候圍着一件帕利歐[3]，有時候甚麼都不穿。不錯，她長得蠻漂亮。她會做飯，是我親自教會她的。我看到思特里克蘭德正在琢磨這件事，我就對他說：『我給她的工資很多，她都攢起來了。她認識的那些船長和大副有時候也送給她一點兒東西，她已經攢了好幾百法郎了。』

「思特里克蘭德一邊揪着大紅鬍子，一邊笑起來。

「『喂，愛塔，』他說，『你喜歡不喜歡叫我當你丈夫？』

「她甚麼話也沒說，只是嘰嘰咯咯地笑着。

「『我不是告訴你了嗎，思特里克蘭德，這個女孩子對你挺有情意[4]嗎？』我說。

「『我可是要揍你的。』他望着她說。

「『你要是不打我，我怎麼知道你愛我呢？』她回答說。」

蒂阿瑞把這個故事打斷，回溯起自己的往事來。

「我的第一個丈夫，約翰生船長，也總是經常不斷地用鞭子抽我。他是個男子漢，六英尺三高，長得儀表堂堂。他一喝醉了，誰也勸不住他，總是把我渾身打得青一塊、紫一塊，多少天也退不去。咳，他死了的時候我那個哭啊。我想我這輩子再也不能從這個打擊裏恢復過來啦。但是我真的懂得我的損失多麼大，那還是在我同喬治·瑞恩尼結婚以後。要是不跟一個男的一起生活，你是永遠不會知道他是怎樣一個人的。喬治·瑞恩尼叫我大失所望，任何一個男人也沒有這麼叫我失望過。他長得也挺漂亮，身材魁梧，差不多同約翰生船長一樣高，看起來非常結實。但是這一切都是表面現象。他從來沒有喝醉過，從來沒有動手打過我，簡直可以當個傳教士。每一條輪船進港我都同船上的高級船員談情説愛，可是喬治·瑞恩尼甚麼也看不見。最後我實在膩味他了，我跟他離了婚。嫁了這麼一個丈夫有甚麼好處呢？有些男人對待女人的方式真是太可怕了。」

我安慰了一下蒂阿瑞，表示同情地説，男人總是叫女人上當的，接着我就請她繼續給我講思特里克蘭德的故事。

「『好吧，』我對思特里克蘭德説，『這事不用着急。慢慢地好好想一想。愛塔在廂房裏有一間挺不錯的屋子，你跟她一起生活一個月，看看是不是喜歡她，你可以在我這裏吃飯。一個月以後，如果你決定同她結婚，你就可以到她那塊地產上安下家來。』

「他同意這樣做。愛塔仍然給我幹活兒，我叫思特里克蘭德在我這裏吃飯，像我答應過的那樣，我教給愛塔做一兩樣他喜歡吃的菜。他並沒有怎麼畫畫兒，他在山裏遊蕩，在河裏邊洗澡，他坐在海邊上眺望鹹水湖。每逢日落的時候，就到海邊上去看莫里阿島，他也常常到礁石上去釣魚。他喜歡在碼頭上閒逛，同本地人東拉西扯。他從不叫叫嚷嚷，非常討人喜歡。每天吃過晚飯他就同愛塔一起到廂房裏去，我看得出來，他渴望回到叢林裏去。到了一個月頭上，我問他打算怎麼辦。他說，要是愛塔願意走的話，他是願意同愛塔一起走的。於是我給他們準備了一桌喜酒，我親自下的廚。我給他們做了豌豆湯、葡萄牙式的大蝦、咖喱飯和椰子色拉——你還沒嚐過我做的椰子色拉呢，是不是？在你離開這裏以前我一定給你做一回——我還給他們準備了冰激淩。我們拚命地喝香檳，接着又喝甜酒。啊，我早就打定主意，一定要把婚禮辦得像個樣子。吃完了飯，我們就在客廳裏跳舞。那時候我還不像現在這麼胖，我從年輕的時候就喜歡跳舞。」

鮮花旅館的客廳並不大，擺着一架簡易式的鋼琴，沿着四邊牆整整齊齊地擺着一套菲律賓紅木傢具，上面鋪着烙着花的絲絨罩子，圓桌上放着幾本照相簿，牆上掛着蒂阿瑞同她第一個丈夫約翰生船長的放大照片。雖然蒂阿瑞已經又老又胖，可是有幾次我們還是把布魯塞爾地毯捲起來，請來在旅館裏幹活的女孩子同蒂阿瑞的兩個朋友，跳起舞來，只不過伴奏的是由一台像害了氣喘病似的唱機放出的音樂而已。露台上，空氣裏瀰漫着蒂阿瑞花的濃郁香氣，頭頂上，南十字座星在萬里無雲的天空上閃爍發光。

蒂阿瑞回憶起很久以前的那次盛會，臉上不禁顯出迷醉的笑容來。

「那天我們一直玩到半夜三點鐘，上床的時候沒有一個人不喝得醉醺醺的。我早就同他們講好，他們可以乘我的小馬車走，一直到大路通不過去的地方。那以後，他們還要走很長的一段路。愛塔的產業在很遠很遠的一處山巒疊抱的地方，他們天一亮就動身了，我派去送他們的僕人直到第二天才回來。

「不錯，思特里克蘭德就這樣結婚了。」

註釋：

[1] 原文為法語。

[2] 原文為法語。

[3] 當地人的服裝，一種用土布做的束腰。

[4] 原文為法語。

52

我想，這以後的三年是思特里克蘭德一生中最幸福的一段日子。愛塔的房子距離環島公路有八公里遠，要到那裏去需要走過一條為熱帶叢林濃蔭覆蓋着的羊腸小道。這是一幢用本色木頭蓋成的帶涼台的平房，一共有兩間屋子，屋外還有一間用作廚房的小棚子。室內沒有傢具，地上鋪着席子當床用，只有涼台上放着一把搖椅。

芭蕉樹一直長到房子的跟前，巨大的葉子破破爛爛，好像一位遭了厄運的女王的破爛衣衫。房子背後有一株梨樹，房子四周到處種着能變錢花的椰子樹。愛塔的父親生前圍着這片地產種了一圈巴豆；這些巴豆如今生得密密匝匝，開着絢爛的花朵，像一道火焰牆似地把椰林圍繞起來。此外，正對着房子還有一棵芒果樹，房前一塊空地邊上有兩棵姊妹樹，開着火紅的花朵，同椰子樹的金黃椰果競相鬥妍。

思特里克蘭德就靠着這塊地的出產過活，很少到帕皮提去。離他住的地方不遠有一條小河，他經常在裏面洗澡。有時候河水裏有魚群出現，土人們便拿着長矛從各處走來，大吵大嚷地把正向海裏游去的受驚的大魚叉上來。思特里克蘭德有時候也到海灘上去，回來的時候總帶來一筐各種顏色的小魚。愛塔用椰子油把魚炸了，有時還配上一隻大海蝦，另外她還常常給他做一盤味道鮮美的螃蟹，這種螃蟹在腳底下爬來爬去，一伸手就可以捉住。山上面長着野橘子樹，愛塔偶然同村子裏兩三個女伴上山去，總是滿載而歸，帶回許多芬芳甘美的綠色小橘子。不久以後，椰子成熟，就該到採摘的時候了。愛塔的表兄表弟、堂兄堂弟（像所有的土人一樣，她的親戚數也數不過來）成群結隊地爬到樹上去，把成熟的大椰子扔下來。他們把椰子剖開，放在太陽底下曬。曬乾以後就把椰肉取出來，裝在口袋裏。婦女們把一袋袋的椰肉運到鹹水湖附近一個村落的貿易商人那裏，換回來大米、肥皂、罐頭肉和一點點兒錢。有時候鄰村有甚麼慶賀宴會，就要殺豬。附近的人蜂擁到那裏，又是跳舞，又是唱讚美詩，大吃大喝一頓，吃得人人都快要嘔吐了。

但是他們的房子離附近的村子很遠，塔希提的人是不喜歡活動的。他們喜歡旅行，喜歡閒聊天，就是不喜歡走路。有時候一連幾個星期也沒有人到思特里克蘭德同愛塔家裏來。思特里克蘭德畫畫兒、看書，天黑了以後，就同愛塔一起坐在涼台上，一邊抽煙一邊望着天空。後來愛塔給他生了一個孩子。生孩子的時候來服侍她的一個老婆婆待下來，一直也沒有走。不久，老婆婆的一個孫女也來同他們住在一起，後來又來了個小夥子——誰也不清楚這個人從哪兒來，同哪個人有親屬關係——，他也毫無牽掛地在這裏落了戶，就這樣他們逐漸成了個大家庭。

53

「看啊，那就是布呂諾船長[1]。」有一天，我腦子裏正在往一塊拼綴蒂阿瑞給我講的關於思特里克蘭德的片片斷斷的故事時，她忽然喊叫起來。「這個人同思特里克蘭德很熟，他到思特里克蘭德住的地方去過。」

我看到的是一個已過中年的法國人，蓄着一大捧黑鬍子，不少已經花白，一張曬得黝黑的面孔，一對閃閃發光的大眼睛。他身上穿着一套很整潔的帆布衣服。其實吃午飯的時候我已經注意到他了，旅館的一個中國籍侍者阿林告訴我，他是從包莫圖斯島來的，他乘的船當天剛剛靠岸。蒂阿瑞把我引見給他，他遞給我一張名片。名片很大，當中印着他的姓名——勒內·布呂諾，下面一行小字是「龍谷號船長」。我同蒂阿瑞當時正坐在廚房外面的一個小涼台上，蒂阿瑞在給她手下的一個女孩子裁衣服，布呂諾船長就和我們一起坐下了。

「是的，我同思特里克蘭德很熟，」他說。「我喜歡下棋，他也是只要找到個棋友就同人下。我每年為了生意上的事要到塔希提來三四回，如果他湊巧也在帕皮提，總要找我來一起玩幾盤。後來，他結婚了，」——說到結婚兩個字布呂諾船長笑了笑，聳了一下肩膀——「在同蒂阿瑞介紹給他的那個女孩子到鄉下去住以前，他邀請我有機會去看看他，舉行婚禮那天我也是賀客之一。」他看了蒂阿瑞一眼，兩個人都笑了。「結婚以後，他就很少到帕皮提來了。大約一年以後，湊巧我到他居住的那一帶去，我忘了是為辦一件甚麼事了。事情辦完以後，我對自己說：『噯，我幹嗎不去看看可憐的思特里克蘭德呀？』我向一兩個本地的人打聽，問他們知道不知道有這麼一個人，結果我發現他住的地方離我那兒還不到五公里遠。於是我就去了，我這次去的印象永遠也不會忘記。我的住家是在珊瑚島上，是環抱着鹹水湖的一個低矮的環形小島。那地方的美是海天茫茫的美，是湖水變幻不定的色彩和椰子樹的搖曳多姿。而思特里克蘭德住的地方卻是另一種美，好像是生活在伊甸園裏。哎呀，我真希望我能把那迷惑人的地方描摹給你們聽。與人寰隔絕的一個幽僻的角落，頭頂上是蔚藍的天空，四圍一片鬱鬱蒼蒼的樹木。那裏是觀賞不盡的色彩，芬芳馥郁的香氣，蔭翳涼爽的空氣。這個人世樂園是無法用言語形容的。他就住在那裏，不關心世界上的事，世界也把他完全遺忘。我想，在歐洲人的眼睛裏，那地方也許顯得太骯髒了一些；房子破破爛爛，而且收拾得一點兒也不乾淨。我剛走近那幢房子，就看見涼台上躺着三四個當地人，你知道這裏的人總愛湊在一起。我看見一個年輕人攤開了身體在地上躺着，抽着紙煙，身上除了一條帕利歐以外甚麼也沒有穿。」

所謂帕利歐就是一長條印着白色圖案的紅色或藍色的棉布，圍在腰上，下面搭在膝蓋上。

「一個女孩子，大概有十五六歲吧，正在用鳳梨樹葉編草帽，一個老太婆蹲在地上抽煙袋。後來我才看到愛塔，她正在給一個剛出世不久的小孩餵奶，另外一個小孩，光着屁股，在她腳底下玩。愛塔看見我以後，就招呼思特里克蘭德。思特里克蘭德從屋子裏走到門口，他身上同樣也只圍着一件帕利歐。他留着大紅鬍子，頭髮黏成一團，胸上長滿了汗毛，樣子真是古怪。他的兩隻腳磨得起了厚繭，還有許多疤痕，我一看就知道他從不穿鞋。說實在的，他簡直比當地人更加土化。他看見我好像很高興，吩咐愛塔殺一隻雞招待我。他把我領進屋子裏，給我看我來的時候他正在畫的一張畫。屋子的一個角落裏擺着一張床，當中是一個畫架，畫架上釘着一塊畫布。因為我覺得他挺可憐，所以花了不多錢買了他幾張畫，這些畫大多數我都寄給法國的朋友了。雖然我當時買這些畫是出於對他的同情，但是時間長了，我還是喜歡上它們了。我發現這些畫有一種奇異的美，別人都說我發瘋了，但事實證明我是正確的，我是這個地區第一個能鑒賞他的繪畫的人。」

他幸災樂禍地向蒂阿瑞笑了笑。於是蒂阿瑞又一次後悔不迭地給我們講起那個老故事來：在拍賣思特里克蘭德遺產的時候，她怎樣一點兒也沒有注意他的畫，只花了二十七個法郎買了一個美國的煤油爐子。

「這些畫你還保留着嗎？」我問。

「是的，我還留着。等我的女兒到了出嫁的年齡我再賣，給她做陪嫁。」

他又接着給我們講他去看思特里克蘭德的事。

「我永遠也忘不了我同他一起度過的那個晚上。本來我想在他那裏只待一個鐘頭，但是他執意留我住一夜。我猶豫了一會兒，說老實話，我真不喜歡他建議叫我在上面過夜的那張草席。但是最後我還是聳了聳肩膀，同意留下了。當我在包莫圖斯島給自己蓋房子的時候，有好幾個星期我睡在外面露天地裏，我睡的床要比這張草席硬得多，蓋的東西只有草葉子。講到咬人的小蟲，我的又硬又厚的皮膚實在是最好的防護物。

「在愛塔給我們準備晚飯的時候，我同思特里克蘭德到小河邊上去洗了一個澡。吃過晚飯後，我們就坐在露台上乘涼，我們一邊抽煙一邊聊天。我來的時候看見的那個年輕人有一架手風琴，他演奏的都是十幾年以前音樂廳裏流行過的曲子。在熱帶的夜晚，在這樣一個離開人類文明幾千里以外的地方，這些曲調給人以一種奇異的感覺。我問思特里克蘭德，他這樣同各式各樣的人胡亂住在一起，是否覺得厭惡。他回答說不，他喜歡他的模特兒就在眼前。過了不久，當地人都大聲打着呵欠，各自去睡覺了，露台上只剩下我同思特里克蘭德。我無法向你描寫夜是多麼寂靜。在我們包莫圖斯的島上，夜晚從來沒有這裏這麼悄無聲息，海濱上有一千種小動物發出的聲響。各式各樣的帶甲殼的小東西永遠也不停息地到處爬動，另外還有生活在陸地上的螃蟹嚓嚓地橫爬過去。有的時候你可以聽到鹹水湖裏魚兒跳躍的聲音，另外的時候，一條棕色鯊魚把別的魚兒驚得亂竄，弄得湖裏發出一片劈啪的潑濺聲。但是壓倒這一切嘈雜聲響的還是海水拍打礁石的隆隆聲，它像時間一樣永遠也不終止。但是這裏卻一點兒聲音也沒有，空氣裏充滿了夜間開放的白花的香氣。這裏的夜這麼美，你的靈魂好像都無法忍受肉體的桎梏了。你感覺到你的靈魂隨時都可能飄升到縹緲的空際，死神的面貌就像你親愛的朋友那樣熟悉。」

蒂阿瑞嘆了口氣。

「啊，我真希望我再回到十五歲的年紀。」

這時，她忽然看見一隻貓正在廚房桌上偷對蝦吃，隨着連珠炮似的一串咒罵，她又麻利又準確地把一本書扔在倉皇逃跑的貓尾巴上。

「我問他同愛塔一起生活幸福不幸福。

「『她不打擾我，』他說。『她給我做飯，照管孩子。我叫她做甚麼她就做甚麼。凡是我要求一個女人的，她都給我了。』

「『你離開歐洲從來也沒有後悔過嗎？有的時候你是不是也懷念巴黎或倫敦街頭的燈火？懷念你的朋友、夥伴？還有我不知道的一些東西，劇院呀、報紙呀、公共馬車隆隆走過鵝卵石路的聲響？』

「很久，很久，他一句話也沒有說。最後他開口道：

「『我願意待在這裏，一直到我死。』

「『但是你就從來也不感到厭煩，不感到寂寞？』我問道。

「他咯咯地笑了幾聲。

「『我可憐的朋友[2]，』他說，『很清楚，你不懂做一個藝術家是怎麼回事。』」

布呂諾船長轉過頭來對我微微一笑，他的一雙和藹的黑眼睛裏閃着奇妙的光輝。

「他這樣說對我可太不公平了，因為我也知道甚麼叫懷着夢想。我自己就也有幻想，從某一方面講，我自己也是個藝術家。」

半天我們都沒有説話。蒂阿瑞從她的大口袋裏拿出一把香煙來，遞給我們每人一支，我們三個人都抽起煙來。最後她開口說：

「既然這位先生[3]對思特里克蘭德有興趣，你為甚麼不帶他去見一見庫特拉斯醫生啊？他可以告訴他一些事，思特里克蘭德怎樣生病，怎樣死的，等等。」

「我很願意[4]，」船長看着我説。

我謝了謝他，他看了看手錶。

「現在已經六點多鐘了，如果你肯同我走一趟，我想這時候他是在家的。」

我二話沒説，馬上站了起來，我倆立刻向醫生家裏走去。庫特拉斯住在城外，而鮮花旅館是在城市邊緣上，所以沒有幾步路，我們就已經走到郊野上了。路很寬，一路上遮覆着胡椒樹的濃蔭。路兩旁都是椰子和香子蘭種植園，一種當地人叫海盜鳥的小鳥在棕櫚樹的葉子裏嘰嘰喳喳地叫着。我們在路上經過一條淺溪，上面有一座石橋；我們在橋上站了一會兒，看着本地人的孩子在水裏嬉戲。他們笑着、喊着，在水裏互相追逐，棕色的小身體滴着水珠，在陽光下閃閃發光。

註釋：

[1] 原文為法語。

[2] 原文為法語。

[3] 原文為法語。

[4] 原文為法語。

54

我一面走路一面思索着他到這裏以後的景況。最近一些日子我聽到思特里克蘭德不少軼事，不能不認真思考一下這裏的環境。他在這個遙遠的海島上似乎同在歐洲不一樣，一點兒也沒有引起別人的厭嫌；相反地，人們對他都很同情，他的奇行怪癖也沒有人感到詫異。在這裏的人們——不論是歐洲人或當地土著——眼裏，他當然是個怪人，但是這裏的人對於所謂怪人已經習以為常，因此對他從不另眼相看。世界上有的是怪人，他們的舉止離奇古怪。也許這裏的居民更能理解，一般人都不是他們想要做的那種人，而是他們不得不做的那種人。在英國或法國，思特里克蘭德可以說是個不合時宜的人，「圓孔裏插了個方塞子」，而在這裏卻有各種形式的孔，甚麼樣子的塞子都能各得其所。我並不認為他到這裏以後脾氣比過去變好了，不那麼自私了，或者更富於人情味兒了，而是這裏的環境對他比以前適合了。假如他過去就在這裏生活，人們就不會注意到他的那些劣點了。他在這裏所經歷到的是他在本鄉本土不敢希冀、從未要求的——他在這裏得到的是同情。

這一切我感到非常驚奇，我把我的想法試着同布呂諾船長談了一些，他並沒有立刻回答我甚麼。

「我對他感到同情其實也沒有甚麼奇怪的，」最後他說，「因為，儘管我們兩人可能誰也不知道，我們尋求的卻是同一件東西。」

「你同思特里克蘭德完全是不同類型的人，有甚麼東西會是你們倆共同尋求的呢？」

「美。」

「你們尋求的東西太高了，」我咕噜了一句。

「你知道不知道，一個人要是墜入情網，就可能對世界上一切事物都聽而不聞、視而不見了？那時候他就會像古代鎖在木船裏搖槳的奴隸一樣，身心都不是自己所有了。把思特里克蘭德俘獲住的熱情正同愛情一樣，一點自由也不給他。」

「真奇怪，你怎麼會也這麼説？」我回答道。「很久以前，我正是也有這種想法，我覺得他這個人是被魔鬼抓住了。」

「使思特里克蘭德着了迷的是一種創作欲，他熱切地想創造出美來。這種激情叫他一刻也不能寧靜，逼着他東奔西走。他好像是一個終生跋涉的朝聖者，永遠思慕着一塊聖地。盤踞在他心頭的魔鬼對他毫無憐憫之情。世上有些人渴望尋獲真理，他們的要求非常強烈，為了達到這個目的，就是叫他們把生活的基礎完全打翻，也在所不惜。思特里克蘭德就是這樣一個人；只不過他追求的是美，而不是真理。對於像他這樣的人，我從心眼裏感到憐憫。」

「你說的這一點也很奇怪。有一個他曾經傷害過的人也這樣對我說，說他非常可憐思特里克蘭德。」我沉默了一會兒。「我很想知道，對於一種我一直感到迷惑不解的性格，你是不是已經找到了答案，你怎麼會想到這個道理的？」

他對我笑了笑。

「我不是告訴你了，從某一個角度講，我也是個藝術家嗎？我在自己身上也深深感到激勵着他的那種熱望。但是他的手段是繪畫，我的卻是生活。」

布呂諾船長這時給我講了一個故事，我想我應該在這裏說一說。因為即使作為對比，這個故事對我記敘思特里克蘭德的生平也能說明一些問題。再說，我認為這個故事本身就是非常美的。

布呂諾船長是法國布列塔尼地方的人，年輕時在法國海軍裏服過役。結婚以後，他退了役，在坎佩爾附近一小份產業上定居下來，準備在恬靜的鄉居生活中過自己的後半生。但是由於替他料理財務的一位代理人出了差錯，一夜之間，他發現自己已經一文不名了。他和他的妻子在當地人們眼目中本來享有一定的地位，他倆絕對不願意仍然捱在原來的地方過苦日子。早年他在遠涉重洋時，曾經到過南太平洋群島，這時他就打定主意再到南海去闖一條路子。他先在帕皮提住了幾個月，一方面規劃一下自己的未來，一方面積累一些經驗。幾個月以後，他從法國一位朋友手裏借了一筆錢，在包莫圖斯群島裏買下一個很小的島嶼。這是一個環形小島，中間圍着一個鹹水湖；島上長滿了灌木和野生的香石榴，從來沒有人居住過。他的老婆是個很勇敢的女人，他就帶着自己的老婆和幾個土人登上這個小島。他們首先着手蓋房子，清理灌木叢，準備種植椰子。這是在我遇到他二十年以前的事，現在這個荒島已經成了一座整飭的種植園了。

「開始一段日子工作非常艱苦，我們兩個人拼死拼活地幹活兒。每天天一亮我就起來，除草、種樹、蓋房子，晚上一倒在床上，我總是像條死狗似的一覺睡到天亮，我的妻子同我一樣毫不吝惜自己的力氣。後來我們有了孩子，先是一個男孩兒，後來又生了個女兒。我和我的妻子教他們讀書，他們知道的一點兒知識都是我倆教的。我們託人從國內運來一架鋼琴，我妻子教他們彈琴、說英語，我教他們拉丁文和數學，我們一起讀歷史。兩個孩子還學會了駕船，游泳的本領也一點兒不比土人差，島上的事兒他們樣樣都很精通。我們的椰子林長得很好，此外，我們那裏的珊瑚礁上還盛產珠蚌。我這次到塔希提來是為了買一艘雙桅帆船。我想用這艘船打撈蚌殼，準能把買船的錢賺回來。誰能說準，我也許真會撈獲一些珍珠呢。我幹的每一件事都是白手起家的，我也創造了美。在我瞧着那些高大、挺拔的椰子樹，心裏想到每一棵都是自己親手培植出來的，你真不知道我那時是甚麼心情啊。」

「讓我問你一個問題：這個問題你過去也問過思特里克蘭德。你離開了法國，把布列塔尼的老家拋在腦後，從來也沒有後悔過嗎？」

「將來有一天，等我女兒結了婚，我兒子娶了妻子，能夠把我在島上的一番事業接過去以後，我就和我妻子回去，在我出生的那所老房子裏度過我們的殘年。」

「你那時回顧過去，會感到這一輩子是過得很幸福的。」

「當然了[1]，在我們那個小島上，日子可以說比較平淡，我們離開文明社會非常遙遠——你可以想像一下，就是到塔希提來一趟，在路上也要走四天，但是我們過得很幸福。世界上只有少數人能夠最終達到自己的理想。我們的生活很單純、很簡樸。我們並不野心勃勃，如果說我們也有驕傲的話，那是因為在想到通過雙手獲得的勞動成果時的驕傲。我們對別人既不嫉妒，更不懷恨。唉，我親愛的先生[2]，有人認為勞動的幸福是句空話，對我說來可不是這樣。我深深感到這句話的重要意義，我是個很幸福的人。」

「我相信你是有資格這樣說的。」

「我也希望我能這樣想。我的妻子不只是我貼心的朋友，還是我的好助手；不只是賢妻，還是良母，我真是配不上她。」

船長的這番話在我的腦子裏描繪了別樣一種生活，使我思索了好大一會兒。

「你過着這樣的生活，而且取得很大成功，顯然這不只需要堅強的意志，而且要有堅毅的性格，」我說。

「也許你說得對，但是如果沒有另外一個因素，我們是甚麼也做不成的。」

「那是甚麼呢？」

他站住了，有些像演戲似地抬起了兩隻胳臂。

「對上帝的信仰，要是不相信上帝我們早就迷途了。」

話說到這裏，我們已經走到庫特拉斯醫生的門口。

註釋：

[1] 原文為法語。

[2] 原文為法語。

55

庫特拉斯醫生是一個又高又胖的法國人，已經有了一把年紀。他的體型好像一隻大鴨蛋，一對藍眼睛灼灼逼人，卻又充滿了善意，時不時地帶着志滿意得的神情落在自己鼓起的大肚皮上。他的臉色紅撲撲的，配着一頭白髮，讓人一看見就發生好感。他接見我們的地方很像在法國小城市裏的一所住宅，兩件波利尼西亞的擺設在屋子裏顯得非常刺眼。庫特拉斯醫生用兩隻手握住我的手——他的手很大——，親切地看着我，但是從他的眼神我卻可以看出他是個非常精明的人。在他同布呂諾船長握手的時候，他很客氣地問候夫人和孩子[1]。我們寒暄了幾句，又閒扯了一會兒本地的各種新聞，今年椰子和香草果的收成等等，這以後談話轉到我這次來訪的本題。

我現在只能用自己的語言把庫特拉斯給我講的故事寫下來，他當時給我敘述時，繪聲繪色，他的原話經我一轉述就要大為減色。他的嗓音低沉，帶着回音，同他魁梧的體格非常相配。他說話時很善於表演，聽他講話，正像一般人愛用的一個譬喻，就像在觀看戲劇，而且比大多數戲演得更為精彩。

事情的經過大概是這樣的。有一次庫特拉斯醫生到塔拉窩去給一個生病的女酋長看病，庫特拉斯把這位女酋長淋漓盡致地描寫了一番。女酋長生得又胖又蠢，躺在一張大床上抽着紙煙，周圍站着一圈烏黑皮膚的侍從。看過病以後，醫生被請到另一間屋子裏，被招待了一頓豐盛的飯食——生魚、炸香蕉、小雞，還有一些他不知名的東西[2]，這是當地土著[3]的標準飯菜。吃飯的時候，他看見人們正在把一個眼淚汪汪的年輕女孩子從門口趕走。他當時並沒有注意，但在他吃完飯，正準備上馬車啓程回家的時候，他又看見她在不遠的地方站着。她悽悽慘慘地望着他，淚珠從面頰上淌下來。醫生問了問旁邊的人，這個女孩兒是怎麼回事。他被告知說，女孩子是從山裏面下來的，想請他去看一個生病的白人。他們已經告訴她，醫生沒有時間管她的事。庫特拉斯醫生把她叫過來，親自問了一遍她有甚麼事。她說她是愛塔派來的，愛塔過去在鮮花旅館幹活兒，她來找醫生是因為「紅毛」病了。她把一塊揉皺了的舊報紙遞到醫生手裏，醫生打開一看，裏面是一張一百法郎的鈔票。

「誰是『紅毛』？」醫生問一個站在旁邊的人。

他被告訴説，「紅毛」是當地人給那個英國人，一個畫家起的外號兒。這個人現在同愛塔同居，住在離這裏七公里遠的山叢中的一條峽谷裏。根據當地人的描述，他知道他們說的是思特里克蘭德。但是要去思特里克蘭德住的地方，只能走路去；他們知道他去不了，所以就把女孩子打發走了。

「說老實話，」醫生轉過頭來對我說，「我當時有些躊躇。在崎嶇不平的小路上來回走十四公里路，那滋味着實不好受，而且我也沒法當夜再趕回帕皮提了。此外，我對思特里克蘭德也沒有甚麼好感。他只不過是個遊手好閒的懶漢，寧願跟一個土著女人姘居，也不想像別人似地自己掙錢吃飯。我的上帝[4]，我當時怎麼知道，有一天全世界都承認他是個偉大天才呢？我問了問那個女孩子，他是不是病得很厲害，不能到我那兒去看病。我還問她，思特里克蘭德得的是甚麼病。但是她甚麼也不說。我又叮問了她幾句，也許還對她發了火，結果她眼睛看着地，撲簌簌地掉起眼淚來，我無可奈何地聳了聳肩膀。不管怎麼說，給病人看病是醫生的職責，儘管我一肚子悶氣，還是跟着她去了。」

庫特拉斯醫生走到目的地的時候，脾氣一點兒也不比出發的時候好，他走得滿身大汗，又渴又累。愛塔正在焦急地等着，還走了一段路來接他。

「在我給任何人看病以前，先讓我喝點兒甚麼，不然我就渴死了，」醫生喊道，「看在上帝份兒上[5]，給我摘個椰子來。」

愛塔喊了一聲，一個男孩子跑了過來，噌噌幾下就爬上一棵椰子樹，扔下一隻成熟的椰子來。愛塔在椰子上開了一個洞，醫生痛痛快快地喝了一氣。這以後，他給自己捲了一根紙煙，情緒比剛才好多了。

「紅毛在甚麼地方啊？」他問道。

「他在屋子裏畫畫兒呢，我沒有告訴他你要來，你進去看看他吧。」

「他有甚麼不舒服？要是他還畫得了畫兒，就能到塔拉窩走一趟。叫我走這麼該死的遠路來看他，是不是我的時間不如他的值錢？」

愛塔沒有說話，她同那個男孩子一起跟着走進屋子。把醫生找來的那個女孩兒這時在陽台上坐下來；陽台上還躺着一個老太婆，背對着牆，正在捲當地人吸的一種紙煙。醫生感到這些人的舉止都有些奇怪，心裏有些氣惱。走進屋子以後，他發現思特里克蘭德正在清洗自己的調色板，畫架上擺着一幅畫。思特里克蘭德紮着一件帕利歐，站在畫架後面，背對着門。聽到有腳步聲，他轉過身來。他很不高興地看了醫生一眼。他有些吃驚，他討厭有人來打攪他。但是真正感到吃驚的是醫生，庫特拉斯一下子僵立在那裏，腳下好像生了根，眼睛瞪得滾圓。他看到的是他事前絕沒有料到的，他嚇得膽戰心驚。

「你怎麼連門也不敲就進來了，」思特里克蘭德説，「有甚麼事兒？」

醫生雖然從震驚中恢復過來，但還是費了很大勁兒才能開口説話。他來時的一肚子怒氣已經煙消雲散。他感到——哦，對，我不能否認。[6]——他感到從心坎裏湧現出一陣無限的憐憫之情。

「我是庫特拉斯醫生。我剛才到塔拉窩去給女酋長看病，愛塔派人請我來給你看看。」

「她是個大傻瓜。最近我身上有的地方有些痛，有時候有點兒發燒，但這不是甚麼大病。過些天自然就好了。下回有人再去帕皮提，我會叫他帶些金雞納霜回來的。」

「你還是照照鏡子吧。」

思特里克蘭德看了他一眼，笑了笑，走到掛在牆上的一面小鏡子前頭。這是那種價錢很便宜的鏡子，鑲在一個小木框裏。

「怎麼了？」

「你沒有發現你的臉有甚麼變化嗎？你沒有發現你的五官都肥大起來，你的臉——我該怎麼説呢？——你的臉已經成了醫書上所説的『獅子臉』了。我可憐的朋友[7]，難道一定要我給你指出來，你得了一種可怕的病了嗎？」

「我？」

「你從鏡子裏就可以看出來，你的臉相都是麻風病的典型特徵。」

「你是在開玩笑麼？」思特里克蘭德說。

「我也希望是在開玩笑。」

「你是想告訴我，我害了麻風病麼？」

「非常不幸，這已經是不容置疑的事了。」

庫特拉斯醫生曾經對許多人宣判過死刑，但是每一次都無法克服自己內心的恐怖感。他總是想，被宣判死刑的病人一定拿自己同醫生比較，看到醫生身心健康、享有生活的寶貴權利，一定又氣又恨，病人的這種感情每次他都能感覺到。但是思特里克蘭德卻只是默默無言地看着他，一張已經受這種惡病蹂躪變形的臉絲毫也看不出有任何感情變化。

「他們知道嗎？」最後，思特里克蘭德指着外面的人說。這些人這時靜悄悄地坐在露台上，同往日的情景大不相同。

「這些本地人對這種病的徵象是非常清楚的，」醫生說，「只是他們不敢告訴你罷了。」

思特里克蘭德走到門口，向外面張望了一下。他的臉相一定非常可怕，因為外面的人一下子都哭叫、哀號起來，而且哭聲越來越大。思特里克蘭德一句話也沒説，他愣愣地看了他們一會兒，便轉身走回屋子。

「你認為我還能活多久？」

「誰説得準？有時候染上這種病的人能活二十年。如果早一些死倒是上帝發慈悲呢。」

思特里克蘭德走到畫架前面，沉思地看着放在上面的畫。

「你到這裏來走了很長一段路，帶來重要消息的人理應得到報酬。把這幅畫拿去吧，現在它對你不算甚麼，但是將來有一天可能你會高興有這樣一幅畫的。」

庫特拉斯醫生謝絕説，他到這兒來不需要報酬，就是那一百法郎他也還給了愛塔。但是思特里克蘭德卻堅持要他把這幅畫拿走，這以後他們倆一起走到外面陽台上，幾個本地人仍然在非常哀痛地嗚咽着。

「別哭了，女人。把眼淚擦乾吧，」思特里克蘭德對愛塔説。「沒有甚麼大了不起的，我不久就要離開你了。」

「他們不會把你弄走吧？」她哭着說。

當時在這些島上還沒有實行嚴格的隔離制度，害麻風病的人如果自己願意，是可以留在家裏的。

「我要到山裏去，」思特里克蘭德說。

這時候愛塔站起身，看着他的臉說：

「別人誰願意走誰就走吧，我不離開你。你是我的男人，我是你的女人。要是你離開了我，我就在房子後面這棵樹上上吊，我在上帝面前發誓。」

她說這番話時，神情非常堅決。她不再是一個溫柔、馴順的土人女孩子，而是一個意志堅定的婦人，她一下子變得誰也認不出來了。

「你為甚麼要同我在一起呢？你可以回到帕皮提去，而且很快地你還會找到另一個白人。這個老婆子可以給你看孩子，蒂阿瑞會很高興地再讓你重新給她幹活兒的。」

「你是我的男人，我是你的女人，你到哪兒去我也到哪兒去。」

有那麼一瞬間，思特里克蘭德的鐵石心腸似乎被打動了，淚水湧上他的眼睛，一邊一滴，慢慢地從臉頰上流下來，但是他的臉馬上又重新浮現出平日慣有的那種譏嘲的笑容。

「女人真是奇怪的動物，」他對庫特拉斯醫生說，「你可以像狗一樣地對待她們，你可以揍她們揍得你兩臂痠痛，可是到頭來她們還是愛你。」他聳了聳肩膀。

「當然了，基督教認為女人也有靈魂，這實在是個最荒謬的幻覺。」

「你在同醫生說甚麼？」愛塔有些懷疑地問他，「你不走吧？」

「如果你願意的話，我就不走，可憐的孩子。」

愛塔一下子跪在他的腳下，兩臂抱緊他的雙腿，拚命地吻他。思特里克蘭德看着庫特拉斯醫生，臉上帶着一絲微笑。

「最後他們還是要把你抓住，你怎麼掙扎也白費力氣。白種人也好，棕種人也好，到頭來都是一樣的。」

庫特拉斯醫生覺得對於這種可怕的疾病說一些同情的話是很荒唐的，他決定告辭。思特里克蘭德叫那個名叫塔耐的男孩子給他領路，帶他回村子去。說到這裏，庫特拉斯醫生停了一會兒。最後他對我說：

「我不喜歡他，我已經告訴過你，我對他沒有甚麼好感。但是在我慢慢走回塔拉窩村的路上，我對他那種自我克制的勇氣卻不由自主地產生了敬佩之情。他忍受的也許是一種最可怕的疾病。當塔耐和我分手的時候，我告訴他我會送一些藥去，對他的疾病也許會有點兒好處。但是我也知道，思特里克蘭德是多半不肯服我送去的藥的，至於這種藥——即使他服了——有多大效用，我就更不敢希望了。我讓那孩子給愛塔帶了個話，不管她甚麼時候需要我，我都會去的。生活是嚴酷的，大自然有時候竟以折磨自己的兒女為樂趣。在我坐上馬車駛回我在帕皮提的溫暖的家庭時，我的心是沉重的。」

很長一段時間，我們誰都沒有說話。

「但是愛塔並沒有叫我去，」醫生最後繼續說，「我湊巧也有很長時間沒有機會到那個地區去，關於思特里克蘭德我甚麼消息也沒聽到。有一兩次我聽說愛塔到帕皮提來買繪畫用品，但是我都沒有看見她。大約過了兩年多，我才又去了一趟塔拉窩，仍然是給那個女酋長看病。我問那地方的人，他們聽到過思特里克蘭德的甚麼消息沒有。這時候，思特里克蘭德害了麻風病的事已經到處都傳開了。首先是那個男孩子塔耐離開了他們住的地方，不久以後，老太婆帶着她的孫女兒也走了。後來只剩下思特里克蘭德、愛塔和他們的孩子了。沒有人走近他們的椰子園，當地的土人對這種病怕得要命，這你是知道的，在過去的日子裏，害麻風病的人一被發現就被活活兒打死。但是有時候村裏的小孩到山上去玩，偶然會看到這個留着大紅鬍子的白人在附近遊蕩，孩子們一看見他就像嚇掉了魂兒似地沒命地跑掉。有時候愛塔半夜到村子裏來，叫醒開雜貨店的人買一些她需要的東西。她知道村子裏的人對她也同樣又害怕又厭惡，正像對待思特里克蘭德一樣，因此她總是避開他們。又有一次有幾個女人爹着膽子走到他們住的椰子園附近，這次她們走得比哪次都近，看見愛塔正在小溪裏洗衣服，她們向她投擲了一陣石塊。這次事件發生以後，村裏的雜貨商就被通知給愛塔傳遞一個消息：以後如果她再用那條溪水，人們就要來把她的房子燒掉。」

「這些混賬東西，」我說。

「別這麼說，我親愛的先生[8]，人們都是這樣的。恐懼使人們變得殘酷無情……我決定去看看思特里克蘭德。當我給女酋長看好病以後，我想找一個男孩子給我帶路，但是沒有一個人肯陪我去，最後還是我一個人摸索着去了。」

庫特拉斯醫生一走進那個椰子園，就有一種忐忑不安的感覺。雖然走路走得渾身燥熱，卻不由得打了個寒戰。空氣中似乎有甚麼敵視他的東西，叫他望而卻步；他覺得有一種看不見的勢力阻攔着他，許多隻看不見的手往後拉他。沒有人再到這裏來採摘椰子，椰果全都腐爛在地上，到處是一片荒涼破敗的景象。低矮的樹叢從四面八方侵入這個種植園，看來人們花費了無數血汗開發出的這塊土地不久就又要被原始森林重新奪回去了。庫特拉斯醫生有一種感覺，彷彿這是痛苦的居留地。他越走近這所房子，越感到這裏寂靜得令人心神不安。開始他還以為房子裏沒有人了呢，但是後來他看見了愛塔。她正蹲在一間當廚房用的小棚子裏，用鍋子煮東西，身旁有一個小男孩，一聲不出地在泥土地上玩兒。愛塔看見醫生的時候，臉上並沒有笑容。

「我是來看思特里克蘭德的，」他說。

「我去告訴他。」

愛塔向屋子走去，登上幾層台階，走上陽台，然後進了屋子。庫特拉斯醫生跟在她身後，但是走到門口的時候卻聽從她的手勢在外邊站住。愛塔打開房門以後，他聞到一股腥甜氣味，在麻風病患者居住的地方總是有這種令人作嘔的氣味。他聽見愛塔說了句甚麼，以後他聽見思特里克蘭德的語聲，但是他卻一點兒也聽不出這是思特里克蘭德的聲音。這聲音變得非常沙啞、模糊不清。庫特拉斯醫生揚了一下眉毛，他估計病菌已經侵襲了病人的聲帶了。過了一會兒，愛塔從屋子裏走出來。

「他不願意見你，你快走吧。」

庫特拉斯醫生一定要看看病人，但是愛塔攔住他，不叫他進去。庫特拉斯醫生聳了聳肩膀，他想了一會兒，便轉身走去。她跟在他身邊，醫生覺得，她也希望自己馬上離開。

「有沒有甚麼事我可以替你做的？」他問。

「你可以給他送點兒油彩來，」她說。「別的甚麼他都不要。」

「他還能畫畫兒嗎？」

「他正在往牆上畫壁畫兒。」

「你的生活真不容易啊，可憐的孩子。」

她的臉上終於露出了笑容，眼睛裏放射出一種愛的光輝，一種人世上罕見的愛情的光輝。她的目光叫庫特拉斯醫生嚇了一跳，他感到非常驚異，甚至產生了敬畏之感，他不知道自己該説甚麼。

「他是我的男人，」她説。

「你們的那個孩子呢？」醫生問道，「我上次來，記得你們是有兩個小孩兒的。」

「是有兩個，那個已經死了，我們把他埋在芒果樹底下了。」

愛塔陪着醫生走了一小段路以後，就對醫生說，她得回去了。庫特拉斯醫生猜測，她不敢往更遠裏走，怕遇見村子裏的人。他又跟她說了一遍，如果她需要他，只要捎個話去，他一定會來的。

註釋：

[1] 原文為法語。

[2] 原文為法語。

[3] 原文為法語。

[4] 原文為法語。

[5] 原文為法語。

[6] 原文為法語。

[7] 原文為法語。

[8] 原文為法語。

56

兩年又過去了，也許是三年，因為在塔希提，時間總是不知不覺地流逝過去，沒有人費心去計算。但是最後終於有人給庫特拉斯醫生帶來個信兒，說是思特里克蘭德很快就要死了。愛塔在路上攔住一輛往帕皮提遞送郵件的馬車，請求趕車的人立刻到醫生那裏去一趟。但是消息帶到的時候，醫生恰巧不在家。直到傍晚他才聽到這個信兒，天已經太晚了，他當天無法動身，他是第二天清早才啓程去的。他首先到了塔拉窩，然後下車步行，這是他最後一次走七公里的路到愛塔家去。小路幾乎已被荒草遮住，看來已經有好幾年沒有行人的足跡了。路很不好走，有時候他得跋涉過一段河灘；有時候他得分開長滿荊棘的茂密的矮樹叢。有好幾次他不得不從岩石上爬過去，為了躲避掛在頭頂樹枝上的野蜂窩。密林裏萬籟無聲。

最後他走到那座沒有油漆過的木房子前面時，他長舒了一口氣。這所房子現在已經破舊得不成樣子，而且一片齷齪，不堪入目。迎接他的仍是一片無法忍受的寂靜。他走到陽台上，一個小孩兒正在陽光底下玩兒，一看見他便飛快地跑掉了。在這個孩子的眼睛裏，所有陌生人都是敵人。庫特拉斯醫生意識到孩子正躲在一棵樹後面偷偷地看着他，房門敞開着。他叫了一聲，但是沒有人回答。他走了進去。他在另一扇門上敲了敲，仍然沒有回答。他把門柄一扭便走進去，撲鼻而來的一股臭味幾乎叫他嘔吐出來。他用手帕堵着鼻子，硬逼着自己走進去。屋子裏光線非常暗，從外面燦爛的陽光下走進來，一時他甚麼也看不見。當他的眼睛適應了室內的光線時，他嚇了一大跳。他不知道自己走到甚麼地方來了，彷彿是，他突然走入了一個神奇的世界；蒙蒙中，他好像覺得自己正置身於一個原始大森林中，大樹下面徜徉着一些赤身裸體的人。過了一會兒他才知道，他看到的是四壁上的巨大壁畫。

「上帝啊[1]，我不是被太陽曬昏了吧，」他喃喃自語道。

一個人影晃動了一下，引起他的注意，他發現愛塔正躺在地板上，低聲嗚咽着。

「愛塔，」他喊道，「愛塔。」

她沒有理睬他。屋子裏的腥臭味又一次差點兒把他熏倒，他點了一支方頭雪茄。他的眼睛已經完全適應屋裏的朦朧光線了，他凝視着牆上的繪畫，心中激蕩着無法控制的感情。他對於繪畫並不怎麼內行，但是牆上的這些畫卻使他感到激動。四面牆上，從地板一直到天花板，展開一幅奇特的、精心繪製的巨畫，非常奇妙，也非常神秘。庫特拉斯醫生幾乎連呼吸都停止了，他心中出現了一種既無法理解、又不能分析的感情。如果能夠這樣比較的話，或許一個人看到開天闢地之初就是懷着這種欣喜而又畏服的感覺的。這幅畫具有壓人的氣勢，它既是肉慾的，又充滿無限熱情。與此同時它又含着某種令人恐懼的成份，叫人看着心驚肉跳。繪製這幅巨作的人已經深入到大自然的隱秘中，探索到某種既美麗、又可怕的秘密。這個人知道了一般人所不該知道的事物。他畫出來的是某種原始的、令人震駭的東西，是不屬於人世塵寰的。庫特拉斯醫生模模糊糊地聯想到黑色魔法，既美得驚人，又污穢邪惡。

「上帝啊[2]，這是天才。」

這句話脱口而出，只是説出來以後他才意識到自己是在下了一個評語。

後來他的眼睛落在牆角的一張草席上，他走過去，看到了一個肢體殘缺、讓人不敢正眼看的可怕的東西，那是思特里克蘭德。他已經死了。庫特拉斯醫生運用了極大的意志力，俯身看了看這具可怕的屍骸。他突然嚇得跳起來，一顆心差點兒跳到嗓子眼兒上，因為他感到身後邊有甚麼東西。回頭一看，原來是愛塔。不知道甚麼時候，愛塔已經站起來，走到他胳臂肘旁邊，同他一起俯視着地上的死人。

「老天爺，我的神經一定出了毛病了，」他說，「你可把我嚇壞了。」

這個一度曾是活生生的人，現在已經氣息全無了。庫特拉斯又看了看，便心情沉鬱地掉頭走開。

「他的眼睛已經瞎了啊。」

「是的，他已經瞎了快一年了。」

註釋：

[1] 原文為法語。

[2] 原文為法語。

57

這時候庫特拉斯太太看朋友回來，我們的談話暫時被打斷了。庫特拉斯太太像一隻帆篷張得鼓鼓的小船，精神抖擻地闖了進來。她是個又高大又肥胖的女人，胸部膨脝飽滿，卻緊緊勒着束胸。她生着一個大鷹鈎鼻，下巴耷拉着三圈肥肉，身軀挺得筆直。儘管熱帶氣候一般總是叫人慵懶無力，對她卻絲毫沒有影響。相反地，庫特拉斯太太又精神又世故，行動敏捷果斷，在這種叫人昏昏欲睡的地帶裏，誰也想不到她有這麼充沛的精力。此外，她顯然還是個非常健談的人；自踏進屋門的一分鐘起，她就談論這個、品評那個，話語滔滔不絕。我們剛才那場談話在庫特拉斯太太進屋以後顯得非常遙遠、非常不真實了。

過了一會兒，庫特拉斯醫生對我說：

「思特里克蘭德給我的那幅畫一直掛在我的書房[1]裏。你要去看看嗎？」

「我很想看看。」

我們站起來，醫生領着我走到室外環繞着這幢房子的陽台上。我們在外面站了一會兒，看了看他花園裏爭奇鬥妍的絢爛的鮮花。

「看了思特里克蘭德用來裝飾他房屋四壁的那些奇異的畫幅，很久很久我老是忘不掉，」他沉思地說。

我腦子裏想的也正是這件事，看來思特里克蘭德終於把他的內心世界完全表現出來了。他默默無言地工作着，心裏非常清楚，這是他一生中最後一個機會了。我想思特里克蘭德一定把他理解的生活、把他的慧眼所看到的世界用圖像表示了出來。我還想，他在創作這些巨畫時也許終於尋找到心靈的平靜，纏繞着他的魔鬼最後被拔除了。他痛苦的一生似乎就是為這些壁畫做準備，在圖畫完成的時候，他那遠離塵囂的受折磨的靈魂也就得到了安息。對於死他毋寧說抱着一種歡迎的態度，因為他一生追求的目的已經達到了。

「他的畫主題是甚麼？」我問。

「我說不太清楚。他的畫奇異而荒誕，好像是宇宙初創時的圖景——伊甸園，亞當和夏娃……我怎麼知道呢[2]？是對人體美——男性和女性的形體——的一首讚美詩，是對大自然的頌歌；大自然，既崇高又冷漠，既美麗又殘忍……它使你感到空間的無限和時間的永恆，叫你產生一種畏懼的感覺。他畫了許多樹，椰子樹、榕樹、火焰花、鱷梨……所有那些我天天看到的；但是這些樹經他一畫，我再看的時候就完全不同了，我彷彿看到它們都有了靈魂，都各自有一個秘密，彷彿它們的靈魂和秘密眼看就要被我抓到手裏，但又總是被它們逃脱掉。那些顏色都是我熟悉的顏色，可是又有所不同，它們都具有自己的獨特的重要性。而那些赤身裸體的男男女女，他們既都是塵寰的、是他們揉捏而成的塵土，又都是神靈。人的最原始的天性赤裸裸地呈現在你眼前，你看到的時候不由得感到恐懼，因為你看到的是你自己。」

庫特拉斯醫生聳了一下肩膀，臉上露出笑容。

「你會笑我的。我是個實利主義者，我生得又蠢又胖——有點兒像福斯塔夫[3]，對不對？——抒情詩的感情對我是很不合適的，我在惹人發笑，但是我真的還從來沒有看過哪幅畫給我留下這麼深的印象。説老實話[4]，我看這幅畫時的心情，就像我進了羅馬西斯廷小教堂一樣。在那裏我也是感到在天花板上繪畫的那個畫家非常偉大，又敬佩又畏服。那真是天才的畫，氣勢磅礴，叫人感到頭暈目眩。在這樣偉大的壁畫前面，我感到自己非常渺小，微不足道。但是人們對米開朗基羅的偉大還是有心理準備的，而在這樣一個土人住的小木房子裏，遠離文明世界，在俯瞰塔拉窩村莊的群山懷抱裏，我卻根本沒想到會看到這樣令人吃驚的藝術作品。另外，米開朗基羅神智健全，身體健康。他的那些偉大作品給人以崇高、肅穆的感覺。但是在這裏，雖然我看到的也是美，卻叫我覺得心神不安。我不知道那究竟是甚麼，但它確實叫我不能平靜。它給我一種印象，彷彿我正坐在一間空蕩蕩的屋子隔壁，我知道那間屋子是空的，但不知為甚麼，我又覺得裏面有一個人，叫我驚恐萬狀。你責罵你自己吧，你知道這只不過是你的神經在作祟——但是，但是……過一小會兒，你就再也不能抗拒那緊緊捕捉住你的恐懼了。你被握在一種無形的恐怖的掌心裏，無法逃脱。是的，我承認當我聽到這些奇異的傑作被毀掉的時候，我並不是只覺得遺憾的。」

「怎麼，毀掉了？」我喊起來。

「是啊[5]，你不知道嗎？」

「我怎麼會知道？我沒聽説過這些作品倒是事實，但是我還以為它們落到某個私人收藏家手裏去了呢。思特里克蘭德究竟畫了多少畫兒，直到今天始終沒有人編製出目錄來。」

「自從眼睛瞎了以後他就總是一動不動地坐在那兩間畫着壁畫的屋子裏，一坐就是幾個鐘頭。他用一對失明的眼睛望着自己的作品，也許他看到的比他一生中看到的還要多。愛塔告訴我，他對自己的命運從來也沒有抱怨過，他從來也不沮喪。直到生命最後一刻，他的心智一直是安詳、恬靜的。但是他叫愛塔作出諾言，在她把他埋葬以後——我告訴你沒有，他的墓穴是我親手挖的，因為沒有一個土人肯走近這所沾染了病菌的房子，我倆把他埋葬在那株芒果樹底下，我同愛塔，他的屍體是用三塊帕利歐縫在一起包裹起來的——他叫愛塔保證，放火把房子燒掉，而且要她親眼看着房子燒光，在每一根木頭都燒掉以前不要走開。」

半天半天我沒有說話；我陷入沉思中。最後我說：

「這麼說來，他至死也沒有變啊。」

「你了解嗎？我必須告訴你，當時我覺得自己有責任勸阻她，叫她不要這麼做。」

「後來你真是這樣說了嗎？」

「是的。因為我知道這是一個偉大天才的傑作，而且我認為，我們是沒有權利叫人類失去它的。但是愛塔不聽我的勸告，她已經答應過他了。我不願意繼續待在那兒，親眼看着那野蠻的破壞活動。只是事情過後我才聽人說，她是怎樣幹的。她在乾燥的地板上和草席上倒上煤油，點起一把火來。沒過半晌，這座房子就變成了焦炭，一幅偉大的傑作就這樣化為灰燼了。」

「我想思特里克蘭德也知道這是一幅傑作，他已經得到了自己所追求的東西，他可以說死而無憾了。他創造了一個世界，也看到自己的創造多麼美好。以後，在驕傲和輕蔑的心情中，他又把它毀掉了。」

「我還是得讓你看看我的畫，」庫特拉斯醫生說，繼續往前走。

「愛塔同他們的孩子後來怎樣了？」

「他們搬到馬爾奎撒群島去了，她那裏有親屬。我聽說他們的孩子在一艘喀麥隆的雙桅帆船上當水手，人們都說他長得很像死去的父親。」

走到從陽台通向診療室的門口，庫特拉斯醫生站住，對我笑了笑。

「我的畫是一幅水果靜物畫。你也許覺得診療室裏掛着這樣一幅畫不很適宜，但是我的妻子卻絕對不讓它掛在客廳裏，她說這張畫給人一種猥褻感。」

「水果靜物會叫人感到猥褻？」我吃驚地喊起來。

我們走進屋子，我的眼睛立刻落到這幅畫上，很久很久我一直看着它。

畫的是一堆水果：芒果、香蕉、橘子，還有一些我叫不出名字的東西。第一眼望去，這幅畫一點兒也沒有甚麼怪異的地方。如果擺在後期印象派的畫展上，一個不經心的人會認為這是張滿不錯的、但也並非甚麼傑出的畫幅，從風格上講，同這一學派也沒有甚麼不同。但是看過以後，說不定這幅畫就總要回到他的記憶裏，甚至連他自己也不知道為甚麼。據我估計，從此以後他就永遠也不能把它忘掉了。

這幅畫的着色非常怪異，叫人感到心神不寧，其感覺是很難確切說清的。濃濁的藍色是不透明的，有如刻工精細的青金石雕盤，但又顫動着閃閃光澤，令人想到生活的神秘悸動；紫色像腐肉似的叫人感到嫌惡，但與此同時又勾起一種熾熱的慾望，令人模糊想到亥里俄嘉巴魯斯[6]統治下的羅馬帝國；紅色鮮艷刺目，有如冬青灌木結的小紅果——一個人會聯想英國的聖誕節，白雪皚皚，歡樂的氣氛和兒童的笑語喧嘩——，但畫家又運用自己的魔筆，使這種光澤柔和下來，讓它呈現出有如乳鴿胸脯一樣的柔嫩，叫人神怡心馳；深黃色有些突兀地轉成綠色，給人帶來春天的芳香和濺着泡沫的山泉的明淨。誰能知道，是甚麼痛苦的幻想創造出這些果實的呢？該不是看管金蘋果園的赫斯珀里得斯三姐妹[7]在波利尼西亞果園中培植出來的吧！奇怪的是，這些果實都像活的一樣，彷佛是在混沌初開時創造出來的，當時任何事物還都沒有固定的形體，豐實肥碩，散發着濃郁的熱帶氣息，好像具有一種獨特的憂鬱的感情。它們是被施展了魔法的果子，任何人嚐了就能打開通向不知道哪些靈魂秘密的門扉，就可以走進幻境的神秘宮殿。它們孕育着無法預知的危險，咬一口就可能把一個人變成野獸，但也說不定變成神靈。一切健康的、正常的東西，淳樸人們所有的一切美好的情誼、樸素的歡樂都遠遠地避開了它們；但它們又具有莫大的誘惑力，就像伊甸園中能分辨善惡的智慧果一樣，能把人帶進未知的境界。

最後，我離開了這幅畫。我覺得思特里克蘭德一直把他的秘密帶進了墳墓。

「喂，雷耐，親愛的[8]，」外面傳來了庫特拉斯太太的興高采烈的響亮的聲音，「這麼半天，你在幹甚麼啊？開胃酒[9]已經準備好了。問問那位先生[10]願意不願意喝一小杯規那皮杜邦內酒。」

「當然願意，夫人[11]，」我一邊說一邊走到陽台上去。

圖畫的魅力被打破了。

註釋：

[1] 原文為法語。

[2] 原文為法語。

[3] 莎士比亞戲劇《亨利四世》中人物，身體肥胖，喜愛吹牛。

[4] 原文為法語。

[5] 原文為法語。

[6] 一名埃拉嘉巴魯斯（二零五？—二二二），羅馬帝國皇帝。

[7] 根據希臘神話，赫斯珀里得斯姐妹負責看管赫拉女神的金蘋果樹，並有巨龍拉冬幫助守衛。

[8] 原文為法語。

[9] 原文為法語。

[10] 原文為法語。

[11] 原文為法語。

58

我離開塔希提的日子已經到了。根據島上好客的習慣，凡是萍水相逢和我有一面之識的人臨別時都送給我一些禮物——椰子樹葉編的筐子、露兜樹葉織的席、扇子……。蒂阿瑞給我的是三顆小珍珠和用她一雙胖手親自做的三罐番石榴醬。最後，當從惠靈頓開往舊金山的郵船在碼頭停泊了二十四小時，汽笛長鳴，招呼旅客上船的時候，蒂阿瑞把我摟在她肥大的胸脯裏（我有一種掉在波濤洶湧的大海中的感覺），眼睛裏閃着淚珠，把她的紅嘴唇貼在我的嘴上。輪船緩緩駛出鹹水湖，從珊瑚礁的一個通道小心謹慎地開到廣闊的海面上，這時，一陣憂傷突然襲上我的心頭。空氣裏仍然瀰漫着從陸地飄來的令人心醉的香氣，塔希提離我卻已經非常遙遠了，我知道我再也不會看到它了。我的生命史又翻過了一頁，我覺得自己距離那誰也逃脫不掉的死亡又邁近了一步。

一個月零幾天以後，我回到了倫敦。我把幾件極待處理的事辦好以後，想到思特里克蘭德太太或許願意知道一下她丈夫最後幾年的情況，便給她寫了一封信。從大戰前很長一段日子我們就沒有見面了，我不知道她這時住在甚麼地方，只好翻了一下電話簿才找到她的地址。她在回信裏約定了一個日子，到了那一天，我便到她在坎普登山的新居——一所很整齊的小房子——去登門造訪。這時思特里克蘭德太太已經快六十歲了，但是她的相貌一點兒也不顯老，誰也不會相信她是五十開外的人。她的臉比較瘦，皺紋不多，是那種年齡很難刻上鑿痕的面孔，你會覺得年輕時她一定是個美人，比她實際相貌要漂亮得多。她的頭髮沒有完全灰白，梳理得恰合自己的身份，身上的黑色長衫樣子非常時興。我彷彿聽人說過，她的姐姐麥克安德魯太太在丈夫死後幾年也去世了，給思特里克蘭德太太留下一筆錢。從她現在的住房和給我們開門的使女的整齊利落的樣子看，我猜想這筆錢是足夠叫這位寡婦過着小康的日子的。

我被領進客廳以後才發現屋裏還有一位客人。當我了解了這位客人的身份以後，我猜想思特里克蘭德太太約我在這個時間來，不是沒有目的的。這位來客是凡·布施·泰勒先生，一位美國人。思特里克蘭德太太一邊表示歉意地對他展露着可愛的笑容，一邊詳細地給我介紹他的情況。

「你知道，我們英國人見聞狹窄，簡直太可怕了。如果我不得不做些解釋，你一定得原諒我。」接着她轉過來對我說：「凡·布施·泰勒先生就是那位美國最有名的評論家。如果你沒有讀過他的著作，你的教育可未免太欠缺了，你必須立刻着手彌補一下。泰勒先生現在正在寫一點兒東西，關於親愛的查理斯的，他特地來我這裏看看我能不能幫他的忙。」

凡·布施·泰勒先生身體非常削瘦，生着一個大禿腦袋，骨頭支稜着，頭皮閃閃發亮；大寬腦門下面一張臉面色焦黃，滿是皺紋，顯得枯乾瘦小。他舉止文靜，彬彬有禮，說話時帶着些新英格蘭州口音。這個人給我的印象非常僵硬刻板，毫無熱情；我真不知道他怎麼會想到要研究查理斯·思特里克蘭德來。思特里克蘭德太太在提到她死去的丈夫時，語氣非常溫柔，我暗自覺得好笑。在這兩人談話的當兒，我把我們坐的這間客廳打量了一番。思特里克蘭德太太是個緊跟時尚的人，她在阿施里花園舊居時那些室內裝飾都不見了，牆上糊的不再是莫里斯牆紙，傢具上套的不再是色彩樸素的印花布，舊日裝飾着客廳四壁的阿倫德爾圖片也都撤下去了。現在這間客廳是一片光怪陸離的顏色，我很懷疑，她知道不知道她把屋子裝點得五顏六色的這種風尚都是因為南海島嶼上一個可憐的畫家有過這種幻夢，對我的這個疑問她自己作出了回答。

「你這些靠墊真是太了不起了，」凡·布施·泰勒先生說。

「你喜歡嗎？」她笑着說，「巴克斯特[1]設計的，你知道。」

但是牆上還掛着幾張思特里克蘭德的最好畫作的彩色複製品，這該歸功於柏林一家頗具野心的印刷商。

「你在看我的畫呢，」看到我的目光所向，她說，「當然了，他的原畫我無法弄到手，但是有了這些也足夠了，這是出版商主動送給我的，對我來說真是莫大的安慰。」

「每天能欣賞這些畫，實在是很大的樂趣，」凡·布施·泰勒先生說。

「一點兒不錯，這些畫是極有裝飾意義的。」

「這也是我的一個最基本的看法，」凡·布施·泰勒先生說，「偉大的藝術從來就是最富於裝飾價值的。」

他們的目光落在一個給孩子餵奶的裸體女人身上，女人身旁還有一個年輕女孩子跪着給小孩遞去一朵花，小孩卻根本不去注意。一個滿臉皺紋、皮包骨的老太婆在旁邊看着她們。這是思特里克蘭德畫的神聖家庭。我猜想畫中人物都是他在塔拉窩村附近那所房子裏的寄居者，而那個餵奶的女人和她懷裏的嬰兒就是愛塔和他們的第一個孩子。我很想知道思特里克蘭德太太對這些事是不是也略知一二。

談話繼續下去。我非常佩服凡．布施．泰勒先生的老練，凡是令人感到尷尬的話題，他完全迴避掉。我也非常驚奇思特里克蘭德太太的圓滑，儘管她沒有說一句不真實的話，卻充份暗示了她同自己丈夫的關係非常融睦，從來沒有任何嫌隙。最後，凡．布施．泰勒先生起身告辭，他握着女主人的一隻手，向她說了一大篇優美動聽、但未免過於造作的感謝詞，便離開了我們。

「我希望這個人沒有使你感到厭煩。」當門在凡．布施．泰勒的身背後關上以後，思特里克蘭德太太說。「當然了，有時候也實在讓人討厭，但是我總覺得，有人來了解查理斯的情況，我是應該盡量把我知道的提供給人家的。作為一個偉大天才的未亡人，這該是一種義務吧。」

她用她那一對可愛的眼睛望着我，她的目光非常真摯，非常親切，同二十多年以前完全一樣，我有點兒懷疑她是不是在耍弄我。

「你那個打字所大概早就停業了吧？」我說。

「啊，當然了，」她大大咧咧地說，「當年我開那家打字所主要也是為了覺得好玩，沒有其他甚麼原因。後來我的兩個孩子都勸我把它出讓給別人，他們認為太耗損我的精神了。」

我發現思特里克蘭德太太已經忘記了她曾不得不自食其力這一段不光彩的歷史。同任何一個正派女人一樣，她真實地相信只有依靠別人養活自己才是規矩的行為。

「他們都在家，」她說，「我想你給他們談談他們父親的事，他們一定很願意聽的。你還記得羅伯特吧？我很高興能夠告訴你，他的名字已經提上去，就快要領陸軍十字勳章了。」

她走到門口去招呼他們，走進來一個穿卡其服的高大男人，脖子上繫着牧師戴的硬領。這人生得身材魁梧，有一種壯健的美，一雙眼睛仍然和他童年時期一樣真摯爽朗。跟在他後面的是他妹妹。她這時一定同我初次見到她母親時年齡相仿，她長得非常像她母親，也給人這樣的印象：小時候長得一定要比實際上更漂亮。

「我想你一定一點兒也不記得他倆了，」思特里克蘭德太太說，驕傲地笑了笑。「我的女兒現在是朵納爾德遜太太了，她丈夫是炮兵團的少校。」

「他是一個真正從士兵出身的軍人，」朵納爾德遜太太高高興興地說，「所以現在剛剛是個少校。」

我想起很久以前我的預言：她將來一定會嫁一個軍人。看來這件事早已注定了，她的風度完全是個軍人的妻子。她對人和藹親切，但另一方面她幾乎毫不掩飾自己內心的信念，她同一般人是有所不同的。羅伯特的情緒非常高。

「真是太巧了，你這次來正趕上我在倫敦，」他說，「我只有三天假。」

「他一心想趕快回去，」他母親說。

「啊，這我承認，我在前線過得可太有趣兒了。我交了不少朋友，那裏的生活真是頂呱呱的。當然了，戰爭是可怕的，那些事兒大家都非常清楚。但是戰爭確實能表現出一個人的優秀本質，這一點誰也不能否認。」

這以後我把我聽到的查理斯·思特里克蘭德在塔希提的情形給他們講了一遍。我認為沒有必要提到愛塔和她生的孩子，但是其餘的事我都如實說了。在我談完他慘死的情況以後我就沒有再往下說了。有一兩分鐘大家都沒有說話。後來羅伯特·思特里克蘭德劃了根火柴，點着了一支紙煙。

「上帝的磨盤轉動很慢，但是卻磨得很細，」羅伯特說，頗有些道貌岸然的樣子。

思特里克蘭德太太和朵納爾德遜太太滿腹虔誠地低下頭來。我一點兒也不懷疑，這母女兩人所以表現得這麼虔誠是因為她們都認為羅伯特剛才是從《聖經》上引證了一句話[2]。説實在的，就連羅伯特本人是否絕對無此錯覺，我也不敢肯定。不知為甚麼，我突然想到愛塔給思特里克蘭德生的那個孩子。聽別人說，這是個活潑、開朗、快快活活的小夥子。在想像中，我彷彿看見一艘雙桅大帆船，這個年輕人正在船上幹活兒，他渾身赤裸，只在腰間圍着一塊粗藍布；天黑了，船兒被清風吹動着，輕快地在海面上滑行，水手們都聚集在上層甲板上，船長和一個管貨的人員坐在帆布椅上自由自在地抽着煙斗。思特里克蘭德的孩子同另一個小夥子跳起舞來，在喑啞的手風琴聲中，他們瘋狂地跳着。頭頂上是一片碧空，群星熠熠，太平洋煙波淼茫，浩瀚無垠。

《聖經》上的另一句話也到了我的唇邊，但是我卻控制着自己，沒有說出來，因為我知道牧師不喜歡俗人侵犯他們的領域，他們認為這是有瀆神明的。我的亨利叔叔在威特斯台柏爾教區做了二十七年牧師，遇到這種機會就會說：魔鬼要幹壞事總可以引證《聖經》。他一直忘不了一個先令就可以買十三隻大牡蠣的日子。

註釋：

[1] 雷昂·尼古拉耶維奇·巴克斯特（一八六六—一九二四），俄羅斯畫家和舞台設計家。

[2] 羅伯特所說「上帝的磨盤」一語，許多外國詩人學者都曾講過。美國詩人朗費羅也寫過類似詩句，並非出自《聖經》。

天地外國經典文庫

① **到燈塔去** ［英］弗吉尼亞·伍爾夫 著 瞿世鏡 譯
② **鼠疫** ［法］阿爾貝·加繆 著 劉方 譯
③ **動物農場** ［英］喬治·奧威爾 著 榮如德 譯
④ **人間失格（附《女生徒》）** ［日］太宰治 著 竺家榮 譯
⑤ **美麗新世界** ［英］奧爾德斯·赫胥黎 著 陳超 譯
⑥ **都柏林人** ［愛爾蘭］詹姆斯·喬伊斯 著 王逢振 譯
⑦ **局外人** ［法］阿爾貝·加繆 著 柳鳴九 譯
⑧ **月亮和六便士** ［英］威廉·薩默塞特·毛姆 著 傅惟慈 譯
⑨ **柏拉圖對話集** ［古希臘］柏拉圖 著 戴子欽 譯
⑩ **愛的教育** ［意］埃德蒙多·德·亞米契斯 著 夏丏尊 譯
⑪ **一九八四** ［英］喬治·奧威爾 著 董樂山 譯
⑫ **老人與海** ［美］歐內斯特·海明威 著 李育超 譯
⑬ **泰戈爾散文詩選集** ［印度］羅賓德拉納特·泰戈爾 著 吳岩 譯
⑭ **荷風細語** ［日］永井荷風 著 陳德文 譯
⑮ **流動的盛宴** ［美］歐內斯特·海明威 著 湯永寬 譯
⑯ **最後一片葉子** ［美］歐·亨利 著 黃源深 譯
⑰ **面紗** ［英］威廉·薩默塞特·毛姆 著 張和龍 譯
⑱ **漂泊的異鄉人** ［英］D·H·勞倫斯 著 劉志剛 譯
⑲ **莎士比亞十四行詩集** ［英］威廉·莎士比亞 著 馬海甸 譯
⑳ **變形記** ［奧］弗蘭茨·卡夫卡 著 謝瑩瑩等 譯
㉑ **羅生門** ［日］芥川龍之介 著 林少華 譯
㉒ **烏合之眾** ［法］古斯塔夫·勒龐 著 陸泉枝 譯
㉓ **一生** ［法］莫泊桑 著 盛澄華 譯